有爱的青春陪伴者

逐雪令
ZHU XUE
LING
苏非影 著
·下卷

图书在版编目（CIP）数据

逐雪令. 下卷 / 苏非影著. -- 贵阳 : 贵州人民出版社, 2020.4
ISBN 978-7-221-15216-9

Ⅰ. ①逐… Ⅱ. ①苏… Ⅲ. ①长篇小说－中国－当代 Ⅳ. ①I247.5

中国版本图书馆CIP数据核字(2020)第010219号

逐雪令. 下卷

苏非影/著

出版统筹：陈继光
选题策划：大鱼文化
责任编辑：胡　洋
特约编辑：周丽萍
装帧设计：蔡　璨
封面绘制：符　殊
出版发行：贵州人民出版社（贵阳市观山湖区会展东路SOHO办公区A座 505081）
印　　刷：长沙鸿发印务实业有限公司
开　　本：880×1230毫米 1/32
字　　数：241千字
印　　张：9.5
版　　次：2020年4月第1版
印　　次：2020年4月第1次印刷
书　　号：ISBN 978-7-221-15216-9
定　　价：38.80元

目录

目 录

楔子

大妙如意城

屋外狂风大作，屋里冷如冰窖。

一灯如豆，灯下放着一只托盘，盘里是一碗掺了沙子的冷饭，一个硬得可以砸死人的冷馒头，还有一碟看不出本来颜色的酱菜。

如往常一样，一点肉末星子也看不到。

洛雪淡定地闭上了眼睛。

今天也是完全不想吃饭的一天……

一旁的小丫头焉莎却很着急，一个劲儿地催促："姑娘快点吃吧，总是不吃饭可不行呀，饿坏了身子城主回来会心疼的。"

城主？

洛雪扯了扯嘴角，她在这儿待了也有半年了，就没见他回来过……

明知她是睁眼说瞎话，洛雪也懒得纠正，慢吞吞问道："焉莎，是不是没有按时把碗筷送回去，郑厨娘就要罚你？"

焉莎被拆穿了，只好垂头丧气道："是……是的。"

"多久？"

“半个时辰之内。”

这么点时间，从这里到厨房打个来回都不够，何况此时沙暴余势未消，这明摆着欺负人。

洛雪一下子睁开眼睛，拉过焉莎的胳膊，撸起袖管，果然在她纤细的手臂上看到几道新添的鞭痕。

“又被打了？”

焉莎不敢动。

“你又傻站着了？我不是教过你的……”洛雪恨铁不成钢，松开手比画，“要是她们再用鞭子抽你，你就往这个位置走，再这样转身，肯定能躲开。”

焉莎快哭了：“我……我不敢！姑娘你也快别说了，要是得罪了阗总管的人，我们以后连冷饭都吃不到了……”

小姑娘红着眼睛的样子真是我见犹怜，看得洛雪顿时没了脾气。

焉莎只有十三岁，半年前被爹娘用两头羊换进来，一没靠山二没本事，跟着她已经够倒霉了，其他的事，还是不要勉强了。

她叹了口气，伸手揉了揉焉莎卷曲的长发，然后打开窗把饭菜全倒了，将一个空托盘推了过去。

“行了，快去吧！”

焉莎瞪圆了眼睛：“姑娘你……你怎么都倒掉了？”

“你不会当作我已经吃了吗？”真是孺子不可教也！

洛雪边说边起身打开门，一阵狂风迎面扑来，风里夹杂着沙粒，砸了她满头满脸。

这该死的沙暴。

她吐了两口沙子，朝焉莎招了招手，指着不远处一片胡杨林：“你沿水渠穿过林子，院子后面就是厨房了，近很多。”

焉莎应了一声，提起食盒走了两步，又不放心地回头：“姑娘你等会儿，阗总管说过今天会煎药的，我去看看，顺便再给你拿点吃的来。”说着一头扎进狂风里，晃晃悠悠地走远了。

看着焉莎瘦小的背影，洛雪忍不住皱眉。她已经断药快一个月了，所谓的“今天会煎药”多半也是假的，小姑娘还是太天真了。

一想起很久没吃药，脑袋和四肢经脉又阵阵刺痛起来，她轻轻“嘶”了一声，赶紧关门进屋。本来身体就弱，又成天吃不饱穿不暖，爹不疼娘不爱的，再不好好保重，迟早连自己是谁都没弄明白就呜呼哀哉了。

洛雪抱着被子，缩在床角等了两个时辰，也不见焉莎回来。

不用猜就知道，小姑娘一定是遇到了什么麻烦。说来也奇怪，她已经够潦倒了，还总是有人看她不顺眼，连带她身边的人也跟着遭殃。

她起身裹上唯一一件厚斗篷，匆匆推门走了出去。

肆虐的沙暴已经平息，但天空还是一片灰蒙。放眼望去，从地面到屋顶都铺上了一层暗黄沙砾，各种碎片狼藉地散落一地。

就连不远处的金顶高塔，看起来也像是海市蜃楼，亦真亦幻。

这样一座与黄沙毗邻的城，常年缺水，草木稀疏，却有一个很好听的名字，叫作“大妙如意城”。

听说，这里的城主年轻英俊，温柔多金，红颜知己遍天下。

还听说，他武功高强，所向披靡，称霸中原武林。

至于她呢，则是这位了不起的城主的姬妾之一。

她们居然说，她是城主的……姬妾？

如果是真的，那她肯定已经失宠很久了！

至于为什么，她也好想知道，可谁让她想不起来了，就连城主长什么样都想不起来了。

她的记忆只有这不长不短的半年。

某一天醒来，她的世界里就只剩下了满身的伤痕和这一座黄沙城，就连她的名字“洛雪”，也是别人告诉她的。

只不过，那时她还住在高塔下宽敞的大屋子，每天按时服药，饭菜新鲜可口。除了伤太重不能下床走动，脑袋里一片空白之外，其他倒也无可挑剔。

再后来，她的外伤慢慢好转，却被人赶出了大屋子，三天两头换地方，离高塔下的宫殿越来越远，房间也越来越简陋，饭菜质量直线下降，到最后，连调理内伤的药都没有了。

唯一陪伴她的，只有一个小受气包——焉莎。

她不是逆来顺受的脾气，当初也为自己争取过，但是打架打不赢，跑路跑不动，手里没钱，上面没人，别说城主了，就连代城主桃夭夫人和女侍总管阗玉她都见不到。

争取了几次，却换来一连几天不给放饭的时候，她就想明白了——识时务者为俊杰，保命要紧，其他都不重要。

城主总有一天会回来的，机会也总有一天会降临，只要能活着。

虽打定主意低调求生，可眼下必须要为焉莎走一趟，她的人，理应由她护着。

幸好她住得偏僻，附近只有羊圈和马棚，只要有心，就能发现一些别人不知道的路，比如那条通往厨房的捷径。

洛雪裹紧斗篷，穿过杂乱的胡杨林，悄悄闪进厨房后院。快到晚饭时间，厨房里一片忙乱，食物的香气四溢，她咽了咽口水，正想寻找焉莎，耳边突然响起了一声呵斥：“你在这儿鬼鬼祟祟的干什么？”

洛雪闻声抬头，只见不远处站着几个女子，为首一个身穿五色锦袄，深眼窝，高鼻梁，皮肤白皙，正是女侍总管阗玉。

她心中暗道不好，急忙垂下头，中规中矩地行了一礼：“阗总管。”

“原来是你。”阗玉翻了翻眼皮，轻哼一声，“你不好好待在屋子里，跑这儿来做什么？”

她身后几个女侍见状纷纷插嘴：

“是不是被沙暴吓傻了呀？”

“莫非是那破屋的屋顶给风掀了？”

“哎哟，这可怎么办？难不成要住马棚里？”

……

她们七嘴八舌出言讥讽，阗玉却完全没有阻止的意思。洛雪皱了皱眉，道：“我来找焉莎。”

“焉莎？”阗玉撇了撇嘴，“听郑厨娘说，这小丫头中午来还碗筷的时候手脚有些不干净，刚挨了鞭子，现在已经被关起来等候发落了。”

“手脚不干净？”洛雪耳边顿时响起焉莎临走前说的话，手掌倏然握起，语气也冷了几分，“她现在被关在哪儿？”

被她的目光牢牢盯着，阗玉心里竟生出了几分寒意，不禁恼怒道：“我们大妙如意城行的是中原的礼法规矩，偷东西就是大罪。你以为你是谁呢？想见就见？”

洛雪丝毫不惧：“我要见她！”

阗玉平时被人奉承惯了，听着这样的顶撞就格外扎心，新仇旧恨顿时一同被勾了起来。

什么来自中原的姬妾，不过是城主丢弃不要的玩物罢了，初来时阵仗那么大，现在还不是被弃若敝屣？

一个弃妇，也敢这样对自己说话！

越想越生气，阗玉挥手一招，身后两个健壮的女侍立刻一前一后地将洛雪围了起来。

“要见她也可以，你就和她一起待着去吧。”

那两人对付起人来很有一套，话音未落就朝洛雪扑了过去。可连抓两下，居然连洛雪的衣角都没有碰到。这看起来十分瘦弱的女子竟像是脚下抹了油，躲得比兔子还快，角度还十分刁钻。

阗玉心里一动，莫非她会武功？

不，不可能！她多走几步就喘，稍微重些的东西就提不起来，怎么可能会武功？

——没错，一定是她运气太好了！

阗玉把心一横，正要招呼剩下几个人一起上，身后突然有人遥遥喊道：“阗总管！阗总管在吗？”

阗玉急忙回头，只见一个小厮正气喘吁吁道：“城主……城主回来了！桃夭夫人让阗总管赶紧去天璇宫候着！”

这句话，如同一道圣旨，让阗玉立刻放下了一切杂念。她脸上的表情从花容失色到喜出望外再到不胜娇羞，连续变换了好几拨，让一旁的洛雪叹为观止。

她再没有心思去理会洛雪，转身匆匆离去。

直到一群人消失，洛雪才轻轻吐出一口气，将掌心一枚小小的桐木钗隐入袖中。

诚然她连半桶水也提不起，但真要搏一搏倒也不见得就是被揍的那一个……不过这件事现在已经不重要了，重点是——

城主！

那个据说是她的主人，却一走半年不闻不问，任凭她自生自灭的男人，他终于回来了？

很好。

她已经不记得他对她有没有好过了，只记得他对她有多不好。这仇且记着，只要他回来了，她的机会也就回来了。

总能找到法子去见他一见，然后再徐徐图之……等吃饱了、穿暖了、身体养好了，就有力气去想后面的事了。

她简直，迫不及待地想要见到他了。

第一章
掌中雪色

一

入夜。

寒月高悬，星辰暗淡，自大漠而来的冷风，将远处的脚步声、说话声、器具的碰撞声揉成模糊的一团。

高塔之下灯火通明，那里是城主所在的天璇宫。

听说城主回来的时候受了重伤，随行之人也伤了十之七八，一时城中忙乱大过了惊喜，大部分人都到宫前候命去了。

洛雪这样的小角色，自然是没有资格去的。虽然她想见城主的心情十分迫切，却也明白现在不是时候。

不急，已经忍了那么久，不在乎多这几天。

大妙如意城靠近广袤的西域荒漠，常年来空气干燥，草木稀疏，初春风沙频频，所以这里的姑娘们也都长得和洛雪不太一样。

她不喜欢这里，她的家乡有更湿润的空气，更美妙的风物，更有趣的人。

她得回去，还要弄明白自己为什么会受伤、为什么来这里、为什么会被

留下。

失去的那部分记忆里，是不是还有什么重要的人和事，在等着她？

四周黑漆漆的，人烟全无，只有马儿偶尔喷出的鼻息声。

洛雪猫着腰绕到马厩草垛之后，忍着熏人的气味挤进墙根的缝隙里，在粗糙的墙砖上摸索片刻，终于摸到了一处松动的砖头，随后小心地卸了下来。

随着墙砖一块块被起开，逼仄的墙根下露出一个小小的洞口。

她休息了好一会儿，才慢慢蹲下身，钻进那个比狗洞也大不了多少的洞口。

墙身不厚，她很快从另一边爬了出来，站起身拍了拍身上的灰，深深地吸了口气。

空气里除了沙土味儿，还有淡淡的药草清苦之味。

高墙这边的天地，和她住的破落马棚简直有天壤之别。小而精致的院子里种了花草，养了一笼小兔子，尤其奢侈的是，还挖一个小池塘蓄水养鱼。

她躲在草丛后小心地观察四周，确定院子里没人，才迅速溜到了院落中央的一座石屋背后。

石屋造型奇特，面向池塘的门上常年挂锁，整个屋子只有后墙的高处开着一扇小窗。

洛雪熟门熟路地从花坛里抱起一块石头放到小窗下，然后站在石头上伸长手臂，勉强够到了合起的木窗扇，伸手轻轻敲了三下，隔了片刻，又敲了三下。

没过多久，木窗扇“吱呀”一声打开，从里头缓缓垂下了一条衣带。

洛雪快速地将衣带缠在手腕上，轻轻扯了扯，衣带上骤然传来一股上提的力道，她的双脚借力在墙上交替踢蹬，三两下就扒住了窗台。

窗洞虽小，好在她也够苗条，不费什么力气就钻了进去。

脚刚落地，耳边就听到一个温和的声音，道：“茵茵，是你吗？”

洛雪一眼看到了靠在窗下的中年男子，轻唤了一声：“木鱼先生。”

男子身材瘦削、容貌清癯，虽然年纪并没有太老，却须发斑白，一件洁净朴素的青衣穿在他身上，显得十分飘逸清雅。

只可惜这样一位气质脱俗的人物，双眼却蒙着一层白纱，竟是个盲人。

听到声音，他准确地朝洛雪的方向招了招手，柔声道："茵茵，来，我给你留了好吃的。"

宽大的袖子随着他的动作落下，露出手腕上巴掌宽的铁环，发出当啷声响。

细看之下，他的左右手上各锁着一道铁链，铁链另一端固定在屋子中央一张铁床的床柱上，因此他的活动范围只有铁床到高窗之下的一小段距离。

可尽管行动受限，他的脸上却看不到任何愁苦之色，反倒十分安详。

洛雪也早已见怪不怪，乖巧地应了一声，走到床边的小桌子前，见桌上放着一碟糖饼、一碟牛肉还有半碟青菜，几乎没有动过，还散着淡淡余温。

这里的伙食着实不错，比她那里要好上一百倍。

饿了一晚上，洛雪也不客气，抓起一块糖饼三两下就吃完了。木鱼先生始终面朝着她的方向，笑得温柔又慈爱。

洛雪犹豫了片刻，终于开口道："木鱼先生，你见过这里的城主吗？"

二

这个院子，是洛雪三个多月前无意中发现的。

为了挖开松动的墙砖，她花了整整半个月，本想伺机逃跑，却意外地遇到了木鱼先生。

此处的精致与别处的粗犷格格不入；木鱼先生谈吐文雅，行事讲究，和这里的人也大不一样。

他明明被囚禁于此，却又被当作上宾招待；他也明明有很多方法可以脱困，却偏偏对自己的处境毫无怨言。

可就是这样一个处处透着古怪的人，洛雪非但没有敬而远之，反倒和他做了朋友，时不时便会来串个门，聊天喝茶吃点心，消磨片刻时光。

这是她在这半年里为数不多的乐事之一。

唯一的遗憾，就是木鱼先生的脑子有点不大清楚，十次有九次都会把她叫成“茵茵”，剩下的一次则是问：“你叫什么名字？”

关于自己的来历身份，以及为何会被锁在这里，他每次的回答也都不一样。

在那些颠三倒四的叙述里，洛雪只猜到他从前或许是个大夫，因为他总是说自己又给谁谁谁治好了什么奇怪的毛病，或者又发现了某几种草药混合使用的特殊功效。

他还亲自给她诊过脉，甚至还传授了她几套简单的调息之法。

一个脑子不清楚的人说的话，洛雪自然是不会全信的，况且他有时说她的脉象是喜脉，有时又说她中了剧毒活不了几天，甚至还一口断定她脑袋里插了两根针……脑袋里有针还能活吗？天真如她，起初还真信了他的话，诚惶诚恐地把脑袋摸了个遍，不要说针眼了，连道疤都没有。只能说……他的癔症实在不轻，可怜可怜。

倒是他传授的几套调息之法对她孱弱的身子颇有助益，让她在挨饿受冻之余，还能苟延残喘地挨过这个寒冬。

两人之间，是长辈和晚辈，也是天涯沦落人，是朋友，是知己。

不记得何处来，忘却了何处去，也算是种缘分吧！

此刻，木鱼先生听到她的问话，皱眉想了想：“城主？白翳？”

白衣？白易？这是城主的名字吗？

洛雪赶紧咽下嘴里最后一口饼，问道：“他是个什么样的人？好不好相处呀……”

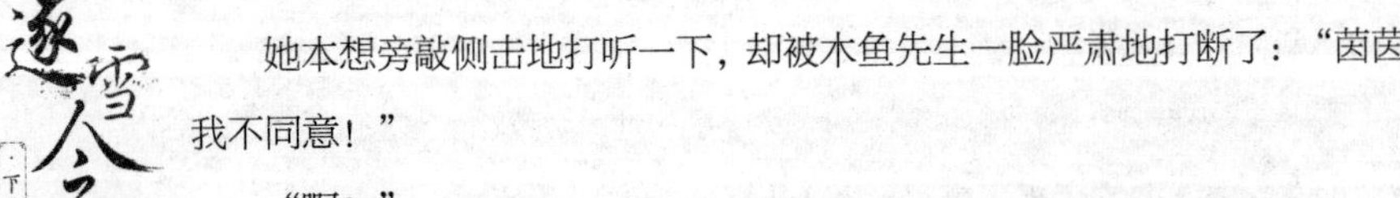

她本想旁敲侧击地打听一下，却被木鱼先生一脸严肃地打断了：“茵茵，我不同意！”

“啊？”

"白翳此人虽有倾城之貌，心性却过于偏执阴毒，野心勃勃，没有半分温厚仁雅之处，绝非良配。"说着，他握起她的手，语重心长道，"茵茵，听我的话，世上的好男儿千千万万，唯有他，你千万要离得远远的……"

洛雪顿时有些愣怔。

一直以来，从阗玉到焉莎，甚至是大字不识的马夫、厨子，身边每个人都将城主夸成了天上有地上无的神仙，这还是她第一次听到截然相反的评价。

呵，有意思……

她想了想，问道："木鱼先生，如果……我是说如果，我有机会离开这里，你要不要跟我一起走？"

木鱼先生闻言笑了笑，毫不犹豫地朝她摇了摇头："尚有心事未了，还不到离开的时候。"顿了顿，又道，"可是对你来说，离去也未必不好。只是你重伤之后没有好好调理，怕是会落下病根……这样吧，倘若你回到中原，可以去白首山倾城谷找我的关门弟子，他的针灸之术得了我的真传，或许可医治你，那里也有人有法子取出你颅内的骨针……"

说着，他褪下尾指上一枚细小的铜戒递了过来。

洛雪没有接，且不说所谓的"颅内的骨针"存不存在，光这"白首山倾城谷"和"关门弟子"一说，没凭没据的，搞不好又只是他的臆想而已。

更何况离开这里哪有那么容易，中原什么的简直遥不可及……

她将他的手推回去，推到一半，他突然脸色一肃，侧耳听了片刻，突然道："有人来了。"

洛雪急忙跟着听了听，却什么都没有听到。木鱼先生扯了扯她的袖子，低声问："还记得我教你的闭气之法吗？"

洛雪刚一点头，一股柔和劲力便将她往后推去，她不由自主地跌进床帐最深处。刚趴下，一床厚重的棉被落了下来，将她盖得严严实实。

闭气之法是木鱼先生教她的诸多调息方法之一，在短时间内可将气息控制到最低消耗的状态，几乎感觉不到呼吸的存在。

洛雪依言行事，心神凝定下来之后，耳目也就分外灵敏，她终于听到了

铁门外由远及近的脚步声。

只听了片刻，她就从这些杂乱的脚步声中分辨出，来的有四个人，其中一个人步伐有些沉重，像是受了伤。

——原来自己还有这个听声辨人的能力，洛雪越来越觉得，从前的自己，一定是个相当厉害的人。

她还记得一个多月前，有一次被女侍们围困欺负，走投无路之际，脚下却像是被看不见的线牵引着，一步接着一步，灵活无比，居然就这样从好几个人的合围中突围而出。

这一切，一定不是巧合！

她的记忆虽然被上了锁，看来身体却并未被禁锢，总有一些场合，一些机缘，会本能地做出反应来。

她想得有些入神，等回过神来的时候，铁门已经被打开了，来人依次进了屋里。

随后，她听到一个低沉中略带沙哑的声音，说道："沐雨先生，别来无恙？"

声音不大，带着丝丝慵懒的腔调，但听进耳中却有种奇异的压迫感，让她心里无端生出一股冷意。

这感觉，似曾相识……难道她从前听到过？

木鱼先生回以淡淡一笑："我向来无恙，只是白城主看起来似乎受了伤。此去中原，莫非不太顺利？"

白……白城主？

洛雪一惊，差点乱了呼吸。

他竟是她心心念念的那个人——害她沦落至此的男人！

城主的语气有些疲惫，继续道："中原武林藏龙卧虎，我也从未想过会一帆风顺。只是此次不慎为屠苏楼的'寒霜降'所累。外伤易治，寒毒却不易根除，得麻烦先生替我看一看。”

木鱼先生不为所动：“城主身边有燕升，何须来求我？”

“燕升此刻正救治其他人，难以分身。况且‘寒霜降’这样霸道的寒毒，普天之下恐怕也只有先生可以根治。”城主顿了顿，又轻叹道，“先生也知道，我年少之时曾患癫疾，如今虽然压制了多年，但寒毒侵体之后极易复发。凭燕升的医术，未必能应付得当。”

木鱼先生愣了愣，继而哈哈大笑起来。

尚未笑完，一个女声低喝道：“住口，竟敢对城主不敬！”

木鱼先生还没说话，城主却已开口斥道：“桃夭，我与沐雨先生说话，还轮不到你插嘴。”

他的声音平静依旧，却无端多了一丝冷意，那女声立刻惶恐地回了一个：“是。”

洛雪忍不住咬住了嘴唇。

桃夭夫人也来了？

传说中城主最宠爱的女人，大妙如意城的女主人，她曾经想尽办法求见却总是被拒之门外的代城主，此时此刻竟和她只隔了一床被子的距离。

木鱼先生不再多言，拖着长长的铁链，走到桌边开始替城主诊脉。

屋中除了铁链碰擦的声音、衣料窸窣声，就只有城主和木鱼先生的低低交谈声，洛雪听了两句，不得要领，再加上闭气之法吞吐缓慢，顿时觉得昏昏欲睡。

将睡未睡之际，眼前仿佛有许多似曾相识的景象一一掠过：夜色下梅枝上发梢轻拂的影子，雨中衣角扬起的白衣，薄唇勾起的凉薄笑意，浓黑得看不到底的眸子……

朦胧之间只觉得寒意彻骨，直到一阵铁链碰撞声将她惊醒。

身上的被子被揭开，室内的灯火照进眼睛，将那些让人不快的场景一一

消融，眼前是木鱼先生瘦削的脸庞。

不知什么时候，城主已经走了。

估摸着时间不早，洛雪赶紧爬起来告辞。木鱼先生十分贴心地将剩下的糖饼和牛肉给她打了包，然后看着她手脚并用地爬上高处的小窗户，温和地嘱托了一句："茵茵，路上小心。"

洛雪回头看了他一眼，竟有些依依不舍。她终究是要离开这里的，下次再见，也不知道是什么时候了。

可木鱼先生显然并不在意，也许他早已经忘记洛雪说过的话，又或许，他这一生早已经见惯了别离。

洛雪沿着原路急急忙忙地赶回去，一路上仍然在想城主的事——按理说，如果这个声音的主人是她的男人，那她再怎么失宠，也应该十分熟悉，听到他声音的那一刻，总该有那么一点点情绪上的不同吧？

可为什么她的内心毫无波澜，甚至十分抗拒呢？

事情恐怕不那么简单……

她一边思忖着，一边爬出洞口，仔细将墙砖恢复原位，这才朝自己的小屋走去。

手才搭上门板，背上突然起了一阵寒战。

这种感觉并不陌生，这是有危险逼近时身体自然而生的反应。可她根本来不及躲避，才一转身，两道劲风便迅疾无匹地从腰侧擦过，将她的披风钉在了门板上。

她低头一看，是两支精铁打造的小箭。

耳边响起了一个如冰的女声，冷冷道："你是谁？为什么会躲在沐雨先生屋子里？若不老实交代，我便将你绑去戈壁上喂狼。"

此人说话时语调平平，洛雪却一动也不敢动。

从前，阗玉那群人再怎么横行霸道，在她看来也不过是些小打小闹，可眼下的这个人，和之前的都不一样。

这一手弩箭，确实可以横行；这两句话，也着实霸道。

她小心翼翼地抬起头，只见不远处的空地上，站着一个全身罩在茶白披风里的女子，披风一角随风翻卷，露出里面一身黑色劲装，窈窕身段若隐若现。她的右手拿着一张小巧的铁弩，弩上尚有铁箭蓄势待发。

她的脸略显苍白，虽不着脂粉，眉眼却十分清艳，目光冷硬，与这里耀武扬威的女侍们完全不一样。

这样的冷面美人，倒是很合洛雪的口味。

她轻轻吐了口气，正要开口，那女子却倏然蹙眉，满脸的冷漠顷刻化作惊讶。

“是……你？”

三

是……谁？

“你认识我？”

洛雪心里一阵激动，挣了挣，挣不开，干脆解开披风系带，大步朝黑衣女子走去，满怀期待地问道：“我是谁？”

黑衣女子愣了愣，随即眼中露出几分恍然，低声道：“是了，你不记得了……”

洛雪急忙点头：“对对对，我不记得了，敢问姑娘是哪一位？是否是旧识？”

黑衣女子的神色已恢复如初，语气却分明缓和了许多，道：“白司秦。”

这三个字让洛雪惊讶不已。追魂堂堂主白司秦的名字可谓如雷贯耳，据说她出手狠辣，是让人闻风丧胆的女煞星。

洛雪的眼里简直要放出光来：“你就是追魂堂的堂主白司秦？”

白司秦默默点了点头，目光转向她身后的小屋。门窗漏风，屋顶漏水，门前杂草丛生，只比下等奴隶的住处好那么一点点。

“你住这里？”

“对啊，要进来坐坐吗？”洛雪伸手推门，门没有上锁，也压根不需要上锁，因为屋子里根本没有值得拿走的东西。

白司秦自然不会进门，她只是朝屋里看了一眼，便伸手拔下钉在门板上的铁箭，将那件旧披风取下，交还到洛雪手中，转身离去。

洛雪看着她的背影，突然幽幽道：“白堂主，城主会来看我吗？”

白司秦脚下一顿，片刻后才轻声回道：“会的。”

直到白司秦的脚步声消失，洛雪才挑了挑眉，微微一笑，转身进了屋子，反手将门合上。

她猜，白司秦之所以会在这里，是因为白司秦正是刚才出现在木鱼先生屋子里的四个人之一。

洛雪的闭气之法不过学了个皮毛，骗骗普通人可以，想要糊弄绝顶高手就不够看了。白司秦一路跟随却没有立刻出手，想来也是得了城主的授意，想先探探她的底细。

行事倒是颇为沉得住气，但也由此可见，那个男人根本不知道她现在的处境。

至于白司秦，显然是认识她的，但也显然不知道她居然会这么落魄。

既然不知道，那就干脆看看清楚好了。没有什么比亲眼所见，亲耳所听更加真实了——

屋子里还是冷如冰窖，但胸腔中沉寂已久的心脏终于开始蓬勃而热烈地跳动起来——

很快，会有转机的。

天色将明未明之际，洛雪被一阵嘈杂的脚步声惊醒。

她的睡眠一向极浅，虽然昨夜与白司秦的意外碰面让她看到了一丝曙光，却并没有让她心里多一份踏实。

她很快就坐起身来，侧耳细听。分辨出门外来的是七八个男人，喝了酒，

满嘴粗话，没有武功底子，但带了家伙。

她心一沉，立刻掀开被子去推窗，却发现窗户竟已被人从外面钉死，根本推不开。

一缕惨白的晨曦透过窗纸，她来不及多想，迅速推动桌椅堵在门后，随即抓起桌上的烛台，拔掉仅剩的一小截蜡烛，尖端朝外紧握在手中，几步退到了墙角，后背紧紧贴在冰冷的墙面上。

下一刻，门外就响起了撞击声。抵在门后的桌椅根本挡不住数人合力的强烈冲撞，薄薄的门板很快被撞得四分五裂，几个手拿火把的粗壮男人破门而入，浓烈的酒气顷刻间充斥了整间小屋。

他们一边四下寻找，一边含混不清地低喊着。

“人呢？躲哪儿去了？”

“小美人，别害怕，让哥哥们来好好疼疼你！”

……

伴随着不堪入耳的污言秽语，他们终于发现了墙角的洛雪。

几人兴奋地围拢过去，却意外地发现她的神情并没有丝毫惊慌失措，反倒镇定自若，目光直勾勾地扫过来，居然让他们不由自主地停下了脚步。

为首一人想到洛雪传说中的“姬妾”身份，顿时有些犹豫，但授意之人许下的好处又实在诱人，两边一权衡，酒壮色胆，那一丝犹豫立刻被抛到了九霄云外。

他伸手便去抓洛雪的胳膊，嘿嘿笑道：“小美人，你我也算做了多日邻居，一个人独守空闺多寂寞，不如陪哥们儿耍耍……”

他的手尚未碰到洛雪的衣角，便发出了一声杀猪般的惨叫。摇曳的火光中，只见他右手掌心一片鲜血淋漓，竟是被尖锐之物刺了个对穿。

血腥气让剩下的几人稍稍冷静了些，只见那个被围在角落的中原女子手里正平平举着铁质的烛台，尖锐的一头尚在滴血。

血色映入她的眼底，恍惚间竟有几分叫人胆寒的杀气。

这几个男人平常都是干粗活的，有厨房的伙夫，也有附近马棚猪圈里的

下等仆役。今日被人撺掇了来，本以为这中原小娘子手无缚鸡之力，要成事定然不费吹灰之力，不料出师不利。那小头领手掌痛得钻心，又气又恨，酒气上涌，面目狰狞地大喊道：“兄弟们给我一起上！上头的人说了，随便玩，我就不信今晚弄不死这小贱人！”

此话既出，剩下的人也不再犹豫，一齐扑了过来。

一团团火光倒映在洛雪眼底，灼出一片片冷焰，锋刃逼人。她很清楚，方才那一击得手不过是侥幸，而用来闪避的步法也只是身体的一部分记忆，毫无章法可言，躲躲阗玉那些女侍可以，面对眼前这么多身强力壮的男人，根本毫无用处。

她打定主意，能拼就拼，拼不过大不了掉转烛台捅死自己，烛台捅不死的，她还有桐木钗，倒要看看谁敢来和她拼命！

不过就算是死，也得先拉两个垫背的。

心念一定，洛雪脚下一滑，俯身避过一双粗大的手掌，手里的烛台顺势翻转，尖刺从那人手腕上划过，一道血痕直至手肘。

那人痛吼一声，竟没有就此退下，反倒一脚踢向洛雪小腹。

她不得不后退，却被身后围上来的人扯住了胳膊。挣扎拉扯之间，半幅衣袖竟被撕扯了下来。

裂帛之声，让那群喝了酒的男人更加急切兴奋，却也激起了洛雪心底深处的戾气。她抿紧了嘴唇，毫不犹豫地举起烛台，朝着面前那人的喉咙直插下去。

就在此时，耳边骤然响起细微蜂鸣之声，她敏锐地感觉到一阵不知何处而来的寒风穿入人群之间，余势不收，带飞起鬓边一缕发丝。

她手中的烛台没有如愿插进对方的喉咙，因为在那一瞬间，这个人已经像座沉重的肉山一样颓然倒地。

和他同时倒地的还有几个人，一串串温热的血珠四散飞溅，弄脏了她的脸。

浓烈的血腥味让人作呕，她抬起袖子用力擦去血迹，目光越过剩下几个匍匐在地抖如筛糠的男人，看向了门外。

晨曦比方才更亮了一些，照出屋前一个挺拔的人影，一身白衣纤尘不染，与周围的破败昏暗格格不入。

但比这更让人瞩目的，是他右手握着的一柄弯刀，刀刃极亮，尚有鲜血蜿蜒滴落。

她看着他，他也在看着她，目光暗沉，一言不发。

他是谁？

短暂的静默之后，白衣人随手将弯刀一抛，径直朝她走了过来。

刀落地的清脆声响，顿时让那几个人吓得尖叫起来，跪在地上不断磕头，口齿不清地开口道：“城……城主，饶……饶命！”

咦？这就是城主？

洛雪目瞪口呆地看着他走到自己面前，长臂一展，竟将她打横抱了起来。

突如其来的失稳让她下意识地抓住了他胸前的衣衫，耳边听到极低微的一声笑，抬头看去，正好看进他的眼睛。

这是一双狭长漂亮的眼睛，眸色略淡，左眼中有一抹暗翳直入瞳孔，像是一道浅淡的伤痕。

看见这道痕迹的一瞬间，她的心里仿佛有什么虚无的画面一闪而过，虽抓不住，却似曾相识。

这种感觉让她紧绷的身体略微放松，目光也随之转移到了他的脸上。

他长得的确不负传闻中的俊美，即便置身于昏暗不清的光线里，仍旧像是出鞘的刀剑般锋芒毕露。

城主……她一心要见的人，此刻正站在她面前。

那，她是不是该先和他打个招呼？对了，他到底叫什么名字？

洛雪尚在斟酌，城主却先开了口，低沉的语调听起来像是叹息：

“雪……洛雪，好久不见了。”

四

好久不见?

确实好久了，再晚一点，大概这辈子都见不到了。

她皱眉不语，城主不以为意地笑了笑，抱着她朝外走去。

看着脚下的鲜血尸体，洛雪居然觉得内心甚是平静，想来当初的自己应该也是个狠角色，若不是什么都忘了……想到这里，她伸手抵住他的胸口，低低道："放我下来，我自己能走。"

城主低头看了她一眼，答了一个字："不。"

非但没有放开她，反倒还抱得更紧了些。

"……"

屋外有两人提灯静候，其中一人正是追魂堂堂主白司秦。

此刻她低头不语、神色冷漠，洛雪便也心领神会地没有和她搭话。另外一人是个身材高大、满脸胡楂的西域男子，背上负了一对弯刀，其中一把只剩下了刀鞘，正是方才城主用来替她解围的那把刀。

径直走过两人身边时，只听城主淡淡吩咐了一句：

"善后。"

短短两个字，却叫人心里发寒。洛雪不由得打了一个冷战，这才发现自己衣着单薄，折腾了这半天，手脚几乎都冻僵了。

城主停下脚步，拉开身上雪白的狐裘，将她严严实实地裹了起来。

真暖和呀……

她舒服地叹了口气，半年了，还是第一次有这样的待遇。

果然，见了城主，吃饱穿暖便指日可待，这还不到一盏茶的工夫，目标就已经达成了一半了……

而另一半，也很快达成了。

城主一路将她抱到马车上，车上置着炭炉，熏着暖香，比裹在狐裘里还舒服。更让人感动的是，他还从小柜子里取出了一个食盒，打开来推到她面前。

食盒里以金箔分格，放着四种点心，外形过于精致，以至于她根本看不出是什么内容，只觉得闻着甚是香甜，想必味道也很不错。

她抬起头，见他正半倚在软垫上，嘴角含笑地看着她。她能轻易地读出他目光中毫不避讳的温柔，像是……像是故意要勾引她……

她被这个突如其来的想法吓了一跳，赶紧错开了眼神。城主见状不禁莞尔，挽袖在食盒中拣出一枚桃红色的糕点，缓缓放到她嘴边，低声道："来，张嘴。"

声音的魅惑和食物的香气，竟让她心神微微一漾，不由自主地张开嘴，咬住了那枚点心。

他的指尖从她唇边若有似无地拂过："乖……"

应该是撩人心魂的，为什么她竟会觉得有一点点可怕……

洛雪一言不发地埋头吃东西，嚼了两口，突然想起了什么，又抬头问道："你叫什么名字？"

城主闻言微微一愣，片刻才答道："白翳。"

"哪个翳？"

"荫翳之翳。"他解释道，"我幼时左眼有疾，几乎不能视物，收养我的人便给我起名为'翳'。"

洛雪有些意外，朝他的眼睛看了看。除了那道伤痕，看不出什么异样，目光流转间也并无不妥。

"现在治好了？"

"也不算完全治好，视物还有些模糊，不过……"他说着突然欺近，停在她眼前方寸之处，轻笑道，"这个距离，能看得很清楚。"

他的脸近在咫尺，五官更见炫目，洛雪呼吸一窒，忍不住咳呛起来。白翳转身从小桌上倒了茶递过来，一边喂她喝，一边替她顺背，悠悠道：

"慢些吃，见到我不需如此激动。"

"……"

这位城主的脸皮委实比她想象中的厚，她不明白自己从前到底是看上了

他哪一点。只是因为长得好看吗？

洛雪忍不住脱口而出："听说……我是你的姬妾，真的？"

"姬妾？"白翳略带惊讶地重复这两个字，随即莞尔，"做我的姬妾不好吗？"

这简直是答非所问，"好"或者"不好"，和"是"或者"不是"根本不是一个意思。

她不得不耐心地向他解释："如果是真的，那你我往日总该有一些情分。如今你既厌弃了我，我也不怪你，但是这般苛待旧人，难免会让新人齿寒。为了彰显城主你海纳百川、慈悲宽广的胸襟，至少让我吃饱穿暖……你笑什么？"

笑什么？居然还笑得如此愉悦，她明明都是肺腑之言，怎么就成了笑话？

白翳撑着头看她，眼中满是忍俊不禁的笑意。

"我怎会厌弃你……"他笑叹着，伸手理了理她凌乱不堪的长发，"你啊，都不记得了。不是什么姬妾，也并无新旧之分。我曾说过，只要你愿意嫁给我，不管什么样的女人，我都可以不理会。"

说着，他的目光掠过她瘦削的脸庞，干裂的嘴唇和白狐裘下颜色灰暗的旧衣裳，眼中的笑意一点点被冷厉取代。

"至于是谁让你变成这样，我很快就会知道的！"

这是洛雪有记忆的这半年里，睡得最舒服的一个夜晚。

天璇宫中没有刺骨的寒风，没有扰人的虫蚁，没有牲畜的气味，只有宽大的床榻，香软的锦被，就连女侍们说话的语调都是低柔动听的。

自凌晨时昏然入睡，一枕无梦，再醒来已是晚霞满天。

洛雪揉着眼睛坐起身来，有人隔着纱帐轻轻问道："姑娘醒了？可需要沐浴更衣？"

这声音好熟悉……她顿时睡意全无，一把拉开帐子。只见一个小个子女侍正垂首站在床头。

“焉莎！”

只见焉莎穿了一身上等女侍的新衣裳，乱蓬蓬的鬈发也绑成两条小辫子工整地垂在胸前，就像换了一个人似的。唯一不变的，是红扑扑的圆脸和羞涩的笑容。

洛雪由衷地佩服白翳行事之快，不过是在睡前和他提了一句，再醒来时焉莎便已站在面前。

她心里高兴，焉莎比她更高兴，见她要下床，忙不迭地过来扶她。

洛雪见焉莎脸上有新伤结的痂，皱了皱眉正要开口，焉莎却已经抢先说道：“今天一早，舜华先生便带人将我救出来了。关我的人、打我的人，还有郑厨娘，都被执法堂的人带走了。姑娘别担心，城主既然已经回来了，姑娘也绝不会再受苦了。”

说着，她靠在洛雪耳边，压抑不住兴奋偷偷说道：“我听人说，天璇宫这边的卧房是城主的私密住处，连桃夭夫人都不曾进来过呢。城主对姑娘恩宠有加，恐怕过几天焉莎就要改口叫‘雪夫人’啦！”

雪……夫人？什么鬼？洛雪不由得一阵恶寒。正要阻止她继续说下去，屏风外已有侍卫前来禀告，请洛雪前往琉璃殿。

她正想问琉璃殿是什么地方，一旁的焉莎已经欢天喜地地应了一声，抓起柜子上的衣裙首饰，在她身上比画起来。

等洛雪梳洗完毕，跟着侍卫进入琉璃殿的时候，天色已经完全暗了下来。

琉璃殿是天璇宫的前殿，殿中点了灯，但并不十分明亮，洛雪需得定睛细看，才能看清斜倚在软榻上的白翳。他正在给伤口换药，半边衣服敞着，一名身材窈窕酥胸半露的白衣女子正一手拿着药膏，一手撑在他赤裸的胸膛边，整个人都几乎贴了上去。

除此之外，再无旁人。

咦，她来得好像不是时候？

不过，那姑娘的身形体态委实十分美妙，洛雪忍不住多瞄了两眼，才识

相地退下。

谁知才退了几步，就听到白翳慵懒的声音：

“过来。”

这是……在叫谁？

她犹豫了片刻，又听他唤道：“洛雪，过来。”

好吧，确实是叫自己。洛雪不得不又进殿来，目不斜视地走到榻前。

一只好看的手伸过来，将她的下巴抬了起来。

白翳的声音听不出喜怒：“你低着头做什么？”

“……”非礼勿视不是基本礼貌吗？不低着头难道是让她随便看？

她从善如流地抬起头，目光顺着他的手，一路滑过手臂、肩膀、锁骨、半掩的衣襟，最后落在那个白衣女子身上——

果真是尤物啊！身段美，脸也生得漂亮，眼睛更是勾人……

大概是她的打量太过肆无忌惮，白衣女子微微皱了皱眉，冷淡地开口道：“洛雪姑娘，好久不见了。”

咦，又是认识的？

等等，这个声音颇耳熟，肯定是最近在哪里听到过。

对了，是在木鱼先生的小屋里！

所以说，她就是……

“桃夭，你去告知舜华，将人带来。”

白翳的话印证了她的猜测，这位浑身上下都很诱人的姑娘，正是传说中最受城主宠爱的桃夭夫人。

桃夭夫人显然不是很满意这个安排，反驳道：“可是你的伤口还没有包扎……”

“无妨。”白翳握住了洛雪的手腕，将她拉到自己身边，“不是还有她吗？”

看着桃夭夫人的背影消失在灯火的暗影里，洛雪内心觉得十分不妥。

“你这样……不太好吧？”

美人最后沉默着离去的那一个眼神，连她看了都颇不忍心，白翳却居然不为所动，真不知是眼瞎还是无情？

“别人的事，你管那么多干什么？”白翳斜睨了她一眼，懒懒道，“难道你会吃桃夭的醋……你吃她的醋吗？”

洛雪十分惊讶：“我为何要吃她的醋？”

白翳轻轻“呵”了一声，露出一个“我就知道”的眼神，不再与她讨论这个问题，抬了抬下巴示意小桌上的白布条：“过来帮我包扎。”

她依言走过去，老老实实地回答：“我不一定会，万一弄疼你了多不好。你还不如让桃夭夫人留下。”

“啰唆……让你做就做，疼的是我又不是你。”白翳挑眉轻笑，“若是心疼我，你下手轻些便是了。”

简简单单的一句话也能说出调情的意味，算他本事。

洛雪内心深处其实是拒绝的，但理智告诉她不可以……至少现在，他还是衣食父母，他说什么就是什么。

她轻轻掀开他半掩的衣襟，让人意外的是，和他俊美得几乎没有瑕疵的脸相比，他的身体却伤痕累累，有些伤看起来已年代久远，浅浅淡淡的疤痕叠在一起，都看不出是被什么兵器伤的。

最新的伤是在肋下，一片细密针眼，粗略一看不下几十个。虽然伤口已经上了药，仍旧看得出入体极深，从这片针孔的形状大小推断，应该是……

“星芒针？”

洛雪脱口而出，说完自己也愣住了。她完全记不起来自己为什么会知道这种暗器的名字，大概是……从前很熟吧？

“是……”

她显然说对了，白翳的声音顿时沉了下来。

洛雪却依旧沉浸于“我居然如此见多识广”的喜悦中，一时没有觉察到他语气的异样，随口问道：“是谁这么厉害，居然能把你伤成这样？”

“一个……我非常讨厌的人。”

这阴冷的语气终于引起了洛雪的注意，她讶异地抬起头，却被他的眸光牢牢锁住，那双深不可测的眸子里，骤然燃起一片火焰。

看来这个用星芒针的人和他有深仇大恨……洛雪识趣地闭嘴，拿起布条比照着伤口开始包扎起来。

他伸手在她脸颊边轻轻擦过，意味不明地低语：“可他还是输了……”

他的胸膛宽阔，她需要两手环抱方能将绷带从他背后绕过，如此一来便不得不紧紧贴着他。肌肤相亲是避免不了了，她只好努力梗着脖子，至少还可以把脸躲开。

才绕了两圈，后颈突然一紧，同时腿弯一软，也不知道他用了什么奇巧的擒拿之术，她整个人就此失去平衡，跌倒在他身上。

他的另一只手顺势环上她的腰，低下头去，轻笑：“别躲了，躲不掉的。”

这一刻，她的背脊无端升起一股寒意，下意识地一掌将他推开，却很不幸地按在了他的伤口上。

听到忍痛的抽气声，洛雪才后悔起来。且不说他们之间不明不白的关系，就冲着他的身份，她也不好随便得罪了他。

好在她也不是脸皮薄的人，道歉而已，不是难事，信手拈来，面不改色。

“对不起，我不是故意的。一时紧张，你别见怪。”

白翳低头看了一眼伤口渗出的细密血珠，又重新看向她：“既然如此，那你亲我一下，我便不见怪了。”

“……”

这厚颜无耻的程度，她甘拜下风。

她咕哝道：“那你还是见怪好了……”

话音未落，殿外传来了一个陌生的声音：“门主，人已经带到了。”

第二章
古城绮梦

一

洛雪还是第一次听到有人称呼白翳为“门主”，连忙抬头看了过去。

灯火的阴影里站了几个人，为首的是那个在门外有过一面之缘的西域男子。在他身后，两个白衣人押着一个披头散发、衣衫不整的女人，光线昏暗，看不清楚她的脸。

桃夭夫人站在最后，双手拢在宽大的袖中，背脊挺直，嘴唇紧抿，目不转睛地盯着这边——确切地说，是盯着她。

洛雪在心里默默地叹了口气，虽然她对白翳没有想法，但桃夭夫人显然并不这么认为。

这世上果然没有一帆风顺的事，吃饱了穿暖了，其他的麻烦也就跟着来了。

白翳慢条斯理地开口道：“舜华，审得如何？”

原来那个西域男子正是备受焉莎推崇的执法堂堂主白舜华。

白舜华对眼前的香艳场面似乎已经司空见惯了，连眉毛都没有动一下，

声音也十分平板。

“门主留下活口的三个人，分别是马夫、屠夫和厨房杂役。属下已分别对他们进行了审问，他们均已承认此事是受同一人指使。”

“哦？是谁？”

白舜华示意身后弟子将那个模样十分狼狈的女人带了上来。

“女侍总管，阗玉。”

洛雪正在打结的手顿时停了下来，转头仔细看了看，这个乱发之下满脸青肿的女人，果然是阗玉。

她见惯了阗玉嚣张跋扈的样子，方才竟没有认出来，不由得多看了几眼。白翳见状，直起身靠近她，悠悠问道：“有什么话想要亲自问的吗？”

洛雪皱了皱眉，看着廊下那个显然已经受过刑的女人，昨晚那些让人恶心的画面又再度浮现在眼前。

主使人是阗玉，她一点也不意外，甚至阗玉是为了什么才这样做的，她也能猜得八九不离十。

没什么好问的，问了阗玉也未必说实话。

见她摇头，白翳又问：“那，你想如何惩罚她？”

洛雪瞥了他一眼。这是什么意思，让她一句话决定一个人生死？

她这是在扮演媚上祸主的红颜祸水吗？

说实话，她是个挺记仇的人。人不犯我，我不犯人；人若犯我，睚眦必报。这件事的主谋显然不光想让她受辱，还根本没打算让她活下来，如果确实是阗玉所为，她也必然不会放过阗玉。

但白翳当着这么多人的面让她表态，总让她觉得不对劲。她现在失去了记忆，便很相信自己的直觉，直觉告诉她，这个态，不能表。

她转开目光，敷衍了一声：“随便。”

白翳挑了挑眉，目光一转，淡淡道：“桃夭，她是你的手下，以你之见又该如何处置？”

桃夭夫人很快从暗处走了出来，一路行至阗玉身侧，垂头看了她一眼，

突然也跪了下来，声音哀戚，泪光盈盈。

“当初城主离开时将洛雪姑娘托付给我，我本应亲力亲为，奈何城中事务繁忙，我怕照顾不周，便全权交给了阗玉，千叮万嘱不可怠慢。没想到阗玉竟因妒生恨，做出这样的事……是我御下无方，办事不力，累洛雪姑娘遭此折辱，还请城主一并责罚桃夭！”

咦？三言两语就坐实了阗玉的罪名，好一手落井下石，以退为进。

美人美人，没有蛇蝎心肠怎么配叫美人？

洛雪很好奇白翳会如何接话，他却只是懒懒地挥了挥手：“既然如此，便罚你禁足一个月。至于此女，烙了刑印，送去为娼寮为奴。”

这轻描淡写的一句话，却惊醒了宛如行尸走肉般不言不语的阗玉。她倏然抬起头来，原本白皙姣好的脸庞上如今血痕交错，眼中布满血丝，形容恐怖。

她嘶声道：“城主！奴婢做了错事，罪该万死，只求死个痛快！”

白翳微微垂下眼，目光自她脸上一扫而过：“死很容易，算什么惩罚？既然主意是你出的，命令是你下的，如今让你自己也亲身体验一番，很公平啊。”

他的声音慵懒依旧，却让人听着心头发寒。

想到身为娼奴那种人不人鬼不鬼的日子，阗玉忍不住浑身发抖，指甲死死抠进手心，咬牙道：“城主，奴婢……奴婢还有话要说！”

“哦？”白翳轻轻一哂，“说什么？说你还有幕后主使？”

也不知道是不是错觉，这句话说完，殿上的气氛顿时透出了几分微妙。

短暂的沉默过后，阗玉终于开口，喑哑缓慢的声音里透着一股悲凉。

“奴婢的祖上跟随渠犁开国之君在此定居，世代侍奉皇族。后来渠犁灭国了，奴婢也依旧留在这里，继续侍奉新的主人。奴婢自问做事虽然不算尽善尽美，却也是尽心尽力。如今城主让奴婢以命赎罪，自当听从……只是……此事由奴婢一人而起，还望城主放过我的家人……如此……奴婢即使在九泉之下……也……感谢……”

她的声音越来越弱，洛雪察觉到不对，立刻站起身来，可手腕却被白翳

一把拉住。

“别过去。”

只见阗玉的身子轰然倒下，片刻之间七窍内便汩汩流出鲜血来。

白舜华一个箭步踏上前去，伸手探了探她的气息，转身禀告道：“门主，已经死了。”

白翳却连尸体都懒得再看上一眼，只是淡淡“嗯”了一声，对跪在一边的桃夭夫人道：“既然人已经死了，这件事也就到此为止。她是你的人，治下不严的罪姑且不论，这城里还有多少这样胆大妄为的奴才，你也该清算清算了。”

说完，不等桃夭应声，他便又转头来握住洛雪的手，柔声道：“原本叫你来，是想给你出气的，不料竟被你看到这些，是我思虑不周，我给你赔罪好吗？你先回去，过一会儿我来陪你用膳。”

洛雪忍不住看了一眼依旧垂着头跪地不起的桃夭夫人，她那双涂满蔻丹的手紧紧攥住了身侧衣衫，攥得布料都变了形。

不管白翳是真心也好，假意也罢，总之，她和桃夭夫人的梁子，看来是结定了。

所有的痕迹都很快被清理干净，偌大的琉璃殿里又只剩下白翳一个人。

他低头看了看已经包扎好的伤口，微微一笑，抬起手慢慢地系上衣带。

纵然她把什么都忘记了，但有些习惯却已经融入骨血。比如，果敢和勇气，又比如，任性妄为。

她还是她，对他来说，这就够了。

不知何时，白舜华又悄无声息地回到了灯影之下，禀告道：“门主，经过初步探查，阗玉死于断肠草之毒。毒源藏在口中，封以蜡丸，用时即可咬破。但属下昨晚将她羁押之后，执法堂的弟子就搜过她的全身，绝无可能藏匿毒药，这段时间里她也没有接触过外人，只有……”

“只有我让桃夭来叫你们的时候，是吗？”

白翳淡淡一句话打断了他的犹豫，白舜华明白白翳早已洞悉一切，便也不再隐瞒：“桃夭来的时候，说有两句话想和阗玉说。看在她们主仆多年的情分上，我便同意了。她们交谈时间很短，况且那之后阗玉的神情也没什么不妥，我就没有留意……”

他低头请罪道：“是舜华疏忽，请门主责罚！”

白翳却只是摆了摆手：“舜华你多虑了，我怎会因为一个无关紧要的人就责罚你？我已经说过了，此事到此为止。你还有更重要的事情要去做，不必再为毒药来源费心了。”

白舜华一愣：“门主的意思是……”

白翳目光渐沉，看向他：“你应该知道，桃夭与韵仪姐妹二人，本是渠犁故国的皇室宗亲，论辈分是轩辕太子的侄女。阗玉自述家中世代侍奉皇室，侍奉的便是桃夭的家族。阗玉是桃夭的刀，也是她的盾，可以为了她冲锋陷阵，关键时刻也必然会被舍弃。”

“属下明白了。”

“此事究竟谁是幕后主谋并不重要，得到我想要的结果即可。这次我折了桃夭的刀，毁了她的盾，想必她也该明白了我的底线在哪里，恃宠而骄这种事，并不适合她。此事过后，想必她也能更加尽心尽力替我照看好大妙如意城。”

“……”

见白舜华皱眉不语，白翳心中了然，淡淡开口：“韵仪已死，我能信任的人已经越来越少了，我不会苛待桃夭的，你且放心。”

说到这里，他似乎已经不想再继续这个话题，慢慢地闭上了眼睛，懒懒问道：“和叶灵芷的婚期是什么时候？”

白舜华答道：“夏初，还有三个月。”

“那就十天后启程。”他勾了勾嘴角，“这次带上洛雪，她的伤也好得差不多了，一路可以陪着我解解闷。”

白舜华有些犹豫：“可是长恨岛……以倾城谷和长恨岛的渊源，倾城谷

谷主一定也会去……”

“那又如何？”白翳终于睁开眼睛，笑得愉悦又森然，“我就是要让那个人亲眼看到，他的宋雪心已经死了。现在的洛雪，是属于我的。”

二

继认出星芒针之后，洛雪很快发现自己还有另一项隐藏能力，那就是——骑马。

胯下的黑马虽不算高大，却十分矫健。马背起伏的节奏，让她的四肢关节仿佛突然觉醒过来，自然而然地夹紧双腿，抖开缰绳，马儿便顺从地小跑起来。

在她仅有的记忆里，这是她第一次离开大妙如意城。

放眼而去，四周连绵起伏的荒丘直达天际，偶尔有一小片沙棘和胡杨点缀其间，更显景色苍茫辽阔。她策马往前奔跑，越跑越快，干冷的风扑在脸上，仿若将久久盘旋于胸臆之间的浊气全都带走，说不出的快意。

跑出许久，她才恋恋不舍地勒马回头。

白翳和他的白马始终不远不近地跟在她身后，她快他便快，她慢他也慢，她漫无目的地乱跑，他也不出声喊住她。

天地之间，除了他们两个，再无旁人。

她在原地等他靠近，道：“城主有伤在身，快马颠簸，对伤口无益，还请千万小心。”

白翳脸上的表情有些微妙，终是轻轻一笑：“真是难得，你也会关心我。”

难得？

难道她从前对他很绝情？

但其实，她会有此一说只是因为出门前白翳拒绝了桃夭夫人给他备好的马车，偏要和她一起骑马。一想到桃夭夫人那张堪比锅底的脸，她便深觉不安。如若他真有了什么闪失，桃夭夫人怕是会生生剐了她。

可是当着白翳的面，当然不能这么说，她随口打了个哈哈：“应该的，

应该的。”说着环视四周荒漠，“城主这是要带我去哪里？”

白翳手中马鞭遥遥指了指前方一座不算高大的沙丘，缓缓道：“去祭拜一位故人。”

小小的沙丘下，是一座陵墓。

陵墓的规模不小，但废弃已久。神道两旁的石翁仲只剩下基座，厚重的石门也倒塌了大半，碎石被沙砾覆盖了大半，只露出一小部分被风蚀得看不出本来面目的雕刻纹路。

洛雪拴好马，跟随白翳来到墓道口。看着眼前没有任何文字提示的墓门，她的内心深处其实很不想进去。

“这是哪儿？”

“渠犁国最后一位太子白轩辕的埋骨之地。”

白翳站在石门前，轻轻抚摸门上残破的刻纹，轻语声伴着风声，沉沉地回荡在空无一人的神道里。

渠犁国？

她记得这个名字，阗玉临死之前曾经说过，大妙如意城正是从前渠犁国的王都。

传说西域有七十二国，城池一座接着一座，分布于广袤的荒漠中。因为气候和地域的关系，国家规模都不大，更新换代起来也非常迅速，或亡于天灾，或灭于战乱，司空见惯。

这个渠犁国也不知因何而亡，只是相比天璇宫的奢华，眼前这座陵墓实在很破旧，看起来倒像是未曾完工也无人护持的样子。

他带她这样一个无关紧要的人来这儿做什么？

“这位白轩辕太子莫非是你的什么人？”她合理猜测道。

“他是我的师父。”白翳转身幽微一笑，随即牵起她的手，朝墓门内走去。

墓门后是一间高大的石室，穹顶上的彩绘斑驳脱落，又因为光线不好，看不真切，只能依稀分辨出残缺不全的人形。

洛雪仰着头，一边细看，一边随口问道：

“你师父是太子呀，所以你也是渠犁国的贵族喽？”

“不是。”

“不是？”

白翳淡淡答道：“我是七岁那年被师父从圩弥的奴隶市场上买回来的，在那之前我已经被转卖了很多次，所以不太记得家乡在何处，家人是谁了。不过多半不是什么贵族，贵族的孩子是不会变成奴隶的。”

他一边说一边将墓道旁的铜灯一一点燃。一路走去，明暗交错之间，甬道幽深，白衣胜雪，竟恍若自幽冥而来，又似要没入幽冥而去。

洛雪的脚步顿了顿，斟酌了一下言辞，才说道：“幸好城主遇到了太子师父，方能有如今的成就，也算不幸中的大幸。”

她自认为这番无关痛痒的话说得十分得体，谁知白翳却冷笑了一声：“幸运？”

他停下脚步，转过身来，目光在灯烛的映照之下，透出冰冷的讥讽。

洛雪心中一动：“难道不是？”

白翳没有回答她，只淡淡道：“他亲自教我武功，请来宫中的教习教我诗词歌赋、琴棋书画，又请了伶人教授歌舞曲艺，各种玩乐之道以及如何阿谀谄媚，曲意逢迎，甚至于床笫之秘，无所不授。在我十四岁那年，他将我送给了渠犁国中一位大商人，换取了一块稀世陨铁，用以制剑。”

洛雪起初还想这位太子师父实在对他很不错，可是越听越不对劲。“曲意逢迎”“床笫之秘”都是些什么玩意儿？好好一个少年人，学这个做什么？

她也不是无知少女，听到他后面那句话，就什么都明白了。

被买回来的白翳，成了这位渠犁国太子用来达成目的的一个工具。费时费心地去调教，只是因为白翳越完美，就越能给他带来更多的利益。

再怎样惊才绝艳，也逃不过作为一件商品的命运。

她有些沉默，却听白翳继续说道：

“剑制成之后，第二年他便寻了一个理由将那商人问罪，砍掉了脑袋，灭了九族，将此人所有的财产收归己有，财物、土地，也包括我。”

“……”

事情显然没有就此结束，她从他听似平淡的语气中已然嗅到了恨意。那是一种经年累月的仇恨，早已入骨入髓，因而流露于言谈之间的，反倒不那么强烈了。

她看向幽暗深长的墓道，直觉今日之行必然另有深意。难得他愿意和她说起过往，或许其中有什么有用的信息也说不定。

于是，她适时地问了一句：“后来呢？”

他转头看了她一眼，眼底掠过一丝意外：“你想知道？”

“可以说吗？”

“可以。”他轻轻笑了笑，将她拉近了些，继续朝前走去。

“后来，他又将我送给过朝中的大将、敌国的王储，有时候是为了笼络人心，有时候是为了保住皇位。但是西域常年混战，互相蚕食是司空见惯的事，他又一心痴迷剑术无心国事，因此渠梨国还是亡了。敌军破城那一天，他不顾满城哀号的百姓，执意弃城而去，随身只带了陨铁剑，还有我。”

“你们去了哪儿？”

“中原。”

洛雪根据前情推断，猜测道：“他去中原，是为了学习剑术？”

“不错。那个时候他在西域已无敌手，听闻往来丝路的商人说起中原武林高手无数，早就有了争胜之心。渠犁国灭，让他再无牵挂，一路东行挑战各大剑术世家，收集各门各派的剑谱，一心只想成为‘剑术第一人’。”

洛雪不禁听得有些入迷。这位轩辕太子当皇帝的时候可谓劣迹斑斑，可是偏偏对剑道如此痴迷，倒也算是个人物。

“那他后来达成心愿了吗？”

“你猜？”白翳转头，朝她勾了勾嘴角。

猜？有什么好猜的？又不是说书先生，紧要关头卖什么关子？

但寄人篱下不得不低头，她只好说：“我猜没有，否则他死后也不会就

这么无声无息地被埋在此处。”

“生而为人，不过大梦一场。一生执念，最终说不定也会断送自己的性命。”他一边说一边举起手中一盏引路铜灯，照亮了前方一扇石门。

“到了。”

或许是因为远离风沙侵蚀的缘故，这扇门上的雕刻保存完好，可以看出是一个背生双翅的男子手握长剑，与日月同辉的图样。

人物的面目简陋粗糙，手中的长剑却刻得十分精细，剑身上曲折蜿蜒犹如蛇交缠的纹路，竟让洛雪心中生出奇特的熟悉感。

伴随着这种熟悉感的，还有莫名的寒意。

耳边传来白翳的声音：“怎么了？”

“我总觉得，在哪里见过这把剑……”

“是吗……”他意味深长地笑了笑，也不知道按动了哪里的机关，眼前的石门缓缓移开，露出了其后一间石室。

“不如来看一看实物？”

洛雪一愣，赶紧快步跟了上去。

这是一间颇为宽大的圆形墓室，墓室正中只有一具棺椁。两盏长明灯模糊地照出四周墙上的壁画，壁画有一小半还没有上油彩，想来是还没有完工，主人便在此长眠了。

棺椁前置有小案，上面摆着灵位，只写了“白轩辕之位”五个字。香烛祭品一概没有，灵位前只放了一把剑，剑身宽大厚重，剑鞘漆黑，模样古朴，甚至可以说是很不起眼。

可是才看到它第一眼，便有一股凉意爬上了洛雪的四肢百骸。她忍不住伸手握住剑柄，端详片刻，然后鬼使神差地抽了出来。

“当啷”一声。

没有迫人的剑气，也没有耀目的寒光，剑鞘中的剑器竟然早已断为两截，因为她抽剑的动作，其中一截掉落在了地上。

洛雪愣愣地看着手中那半截剑身，断口处参差不齐，那些缠绕的蛇形暗纹亦在断口处中断，看起来像是被砍掉了脑袋。

这一把，就是白翳口中用“十四岁的他”换来的陨铁剑？

所以它是……被什么武器削断了吗？

她试探着问道：“他……是死于剑下？”

白翳点头：“是。”

“什么人能杀得了他？”她捡起地上那一截剑尖，手指摩挲断口处。

“他一生醉心剑道，为此不惜抛弃家国亲人，手段狠辣绝情，树敌无数，早晚都要死于非命，被谁杀的不重要。”

他略带沙哑的声音在空荡荡的墓室中回响，平淡的语气中带着几分冰冷肃杀，却又似有隐隐遗憾。

洛雪将折断的陨铁剑重新插回剑鞘，放回案上。

“城主带我来这里，应该不只是为了见一个已经死掉的人吧？”

说着她抬起头来，迎向他若有所思的目光：“可以告诉我吗——你和太子师父前往中原之后发生了什么？听说我也来自中原，我们是在那个时候遇到的吗？我到底是谁？为什么会随你回来？为什么我忘记了一切，却唯独对这把剑心生畏惧？”

她连连追问，语气有些咄咄逼人。白翳却毫不动容，淡淡道：“以前的那些事，你不会想要知道的。”

“你不是我，又怎么知道我想不想知道？”

“现在这样不好吗？我带你来这里，见这个人，就是让你和过去做一个了断。一辈子很短，该忘就忘，方得自在。你现在有我，足够了……”他一边说一边伸手搂住她的腰肢，渐渐靠近，目光蛊惑，近在咫尺。

洛雪却还是直挺挺地站着，一动不动地看着他，亮晶晶的眸子里，既不见羞涩，也不见躲闪。

白翳挑了挑眉，停在她唇畔上半寸之处，无奈又有些不满地咕哝：“无趣……”

洛雪眨了眨眼睛："虽然你的太子师父待你不好，但这里毕竟是他的安息之地，城主这么做，违背礼法，有辱先人，怕是不太好吧？"

白翳笑了笑，终于还是直起身来，伸手替她整理鬓发，懒懒说道："有辱先人？我带你来这里，就是要让他好好看着我们。我们过得越快活，他在黄泉之下就越不得安宁。"

他俊美的脸上挂着若有似无的笑，洛雪却听出了切肤入骨的恨意。

"我们"？他的师父，和她有什么关系？

她思量着该怎么套他的话，他却松开手，转身来到灵位前，撩起衣角径直跪了下来。

"我欠你的已经还了，你从我这里拿走的，我也拿回来了。他日若在地狱相见，恩怨已了，再莫相认。"

说罢，他俯身下拜，端端正正地磕了三个头。

待站起身时，却见洛雪一双眼睛正牢牢地盯着他。

他挑眉问道："怎么？"

"嘴上说着恩怨已了，心里可不是那么想的吧？"她不置可否，目光又不自觉地看向案几上的断剑，"为何会在地狱相见？你做了很多坏事吗？"

"不管我做过些什么，对你，从来都很好。"他避重就轻，嘴角又露出那种甜蜜的笑容，上前拉起她的手，将她的五指分开，与自己牢牢交握。

"此间事了，从今往后，我去哪儿你便去哪儿。回去准备准备，过几天就随我一起去长恨岛。"

所谓世事难料，大抵便是如此。不过短短几天，洛雪心心念念了半年的愿望居然全都实现了。

吃饱穿暖直接升级成了山珍海味、绫罗绸缎；一天两次按时服药，外加一份调理的补汤；床褥柔软，屋子里终日燃着炭盆，出行至少有三个女侍跟着，还不算焉莎。

白翳每天都会来看她，花一两个时辰陪她吃饭、喝茶、聊天。若是带她

出门逛街，他也专挑人多的地方去，就怕不够招摇。

短短几天，她就成了全城最红的女人，不用猜都知道别人在背后会怎么议论她。

不过，有什么关系？反正她就要走了。

事事顺心，只有一件事叫人不开心——她的自由被限制了。

白翳不在的时候，她就只能待在天璇宫里，连找木鱼先生聊天都不行。白舜华每天守在门外，美其名曰“保护”，在她看来，跟监视也没什么差别。

算了，为了长恨岛之行，她……忍！

只是白舜华这个人不光沉默寡言，还十分无趣，说得最多的只有三句话——“不可以”“抱歉”“我知道了”。

和他打交道，还不如在屋子里听焉莎唠叨如何才能抓住白翳的心以及如何尽快和他生个孩子。

比如此刻——

“姑娘，外头都传您要代替桃夭夫人，桃夭夫人肯定气死了。她如今近不了城主的身，必定将您视为眼中钉，您可千万要小心防着一些。”

“嗯嗯……”

“城主对您这么好，焉莎看了好感动。您一定要趁机会抓住城主的心呀！最好能生一个小城主，巩固自己的地位，将来城主迎娶了正室夫人，您也不怕没人撑腰了。别总是一入夜就赶城主走嘛，这样还怎么生小城主？”

“哦哦……”

“那，药房里的仇大娘给了我一盒‘百子膏’，说是送给姑娘，助您早生贵子的。不如今晚……”

听到这个，洛雪再不好敷衍了事，一把夺过焉莎手里的小盒子，直接扔到了窗外。

“以后不准跟那些见风使舵的大娘说话，都被带坏了！”

这小丫头，自己都还是个孩子，倒是替她操心起这些男女之事来，也不知道害臊！

她和白翳的事……真不是她矫情，放下身段也不难。他长得好看，有钱又有身份，目前看来对她也挺上心的，她真要坐实了自己“城主姬妾”的身份，再如焉莎所愿生个孩子，从此母凭子贵，趁机大展拳脚一番，别说大妙如意城，再拿下几座城也不是不可能。到那个时候还要什么男人？继承人也有了，事业也有了，她一点都不亏。

但是，这些远大抱负也就只是想想罢了，她骨子里就是那么执拗，退不了的那一步，哪怕只是很小的一步，在她心里，也是天堑。

不喜欢，不愿意，就是原则。

门外响起了一阵轻轻的脚步声，有人径直推开门走了进来。

“洛雪姑娘，这么晚了还不休息吗？”

声音酥软，语调却十分冷淡……居然是桃夭夫人？

看着面前铜镜里映出的娉婷身影，原本昏昏欲睡的洛雪陡然间有了精神。

她转头一笑：“桃夭夫人不也没有睡吗？”

桃夭夫人垂头看了她一眼，伸出手来，手心里躺着的正是洛雪方才扔出窗外的小盒子。

“这种下作的东西，姑娘也敢乱扔？未免太有恃无恐了吧？”

洛雪听出桃夭夫人话里的嘲讽之意，忍不住转头看了一眼焉莎。她倒是无所谓，可焉莎的一张小脸已经红成了猪肝色，她叹了口气，挥了挥手直接让焉莎退下了。

“桃夭夫人有什么话不妨直说。”

桃夭夫人见她完全没有伸手来接那盒药膏的意思，皱了皱眉，居高临下道：“城主现在无心繁衍子嗣，若与女子同房，次日药房都会送上避子汤药，姑娘就不用费这个心了。”

洛雪眨了眨眼睛：“什么汤药，我可没有喝过。”

她说的是实话，因为她压根没有和白翳同房过，但是听在桃夭夫人耳中，却别有一番深意，原本就不怎么好看的脸色，现在更加不好看了。

她缓缓道：“我初见你时，你只剩了一口气，连燕升先生都没有把握救回来。如今能痊愈，跟随城主再回中原，真要恭喜你。”

咦，这话听着有点假，“恭喜”什么的，是认真的吗？

洛雪呵呵一笑：“好说好说。”

“城主这次是去长恨岛迎娶叶少岛主的，这件事，洛雪姑娘应该知道吧？”

“不怎么知道。”洛雪似乎对此很有兴趣，追问道，“愿闻其详。”

“城主为了壮大白门势力，在半年前与东海长恨岛少岛主叶灵芷订婚。传闻长恨岛上都是一些手段狠辣的女子，若是被叶少岛主知晓你与城主的关系，只怕你好不容易救回来的性命又要保不住，因此我特意来提醒姑娘，行事切莫招摇，注意自己的身份。”

这番挑拨的话说得十分直接，显然是想让她为这桩婚事不痛快，还不小心流露出了自己的不甘。这位美人儿大概是身居高位久了，将别人都当成了阗玉那样没脑子的货色，当真以为这里人人都把白翳当成天神供着吗？

洛雪点头道：“城主此次大婚，远涉千里不知何时归来，桃夭夫人一定很不舍得，我懂我懂。”

桃夭夫人神色一冷，轻轻哼了一声：“不舍得？可笑至极！我替城主管着这座城，这里是他的家，不管他娶谁为妻，身边有多少女人，也无论他去哪里，最后都会回到这里。”

看着她倨傲的神情，洛雪十分随和地“嗯”了一声：“桃夭夫人想得如此通透，甚好甚好。”

桃夭夫人的眼中终于流露出一丝疑惑。

她猜不透洛雪是怎么想的，洛雪和她从前遇到的任何女人都不一样。城主明明对她宠爱有加，可她却对城主给予的一切都满不在乎，不会嫉妒也不会生气，不好笼络也不易亲近，更麻烦的是，不容易威胁。

中原那句话怎么说？是了，油盐不进……

因为洛雪，她甚至不得不牺牲了阗玉这个左膀右臂，以至于现在做起事

来都得亲力亲为，很不顺手。

不能让她再回来了！

想到这里，她定下神，从怀中取出一个小木匣，连同一个香囊，一起交给洛雪。

“我今天来，是有件重要的事要交代洛雪姑娘。城主睡眠浅，时常会被梦魇惊醒，盒中是产自精绝的芸香，可缓解他的梦魇之症，深得城主喜爱。香囊请洛雪姑娘记得佩戴，待体肤生香之后，一同安寝时也能对城主安睡有所助益。”说着纤手一拂，白纱扬起，腰上挂着的正是同样一个香囊。

“此外，城主身上寒毒未清，忌生冷寒凉之物，酒水宜温，姑娘记得要查验。中原有许多城主的仇家，饮食可能会被下毒，用膳之前，姑娘一定要先一一试过。出门在外，枕衾未必合宜，姑娘先用自己的体温暖一暖……”

一件件一桩桩，说了一炷香的时间还没有说完。

洛雪听得惊呆了……所以说，这里的姑娘不光要陪他睡觉，还得当他的药囊，替他试毒，给他暖被窝？

洛雪内心不禁腹诽，白翳的女人不好当，怕了怕了，告辞。

三

从大妙如意城一路往东，过了边陲第一关虎踞关，翻越终年覆雪的鲲鹏山脉，又穿过绿荫如织牛羊成群的云边草场。一个月后，洛雪终于见到了沿路第一个算得上繁华的城市——双城。

“这名字好奇怪，明明只有一座城，为何要叫双城？”

自车帘的缝隙中望出去，眼前的街道宽阔笔直，店铺林立，行人的相貌和穿着打扮都和大妙如意城里的人不太一样。

眉目要柔淡一些，举止也文雅一些，屋舍要精致一些，就连街边的绿树鲜花都要茂盛一些。

“此地雪山环绕，城中暖而山外冷，日夜交替之时极易凝霜，因此古时叫作‘霜城’，是‘霜雪’的‘霜’。后来，西域有一个国家出了一位骁勇

善战的王，带兵一路打到这里，把这里定为新的都城，想以此为据继续东进，因此将‘霜’改为了‘双’。”

略带沙哑的声音自她身后传来，洛雪听得兴味盎然，不由得回头问道：“后来呢？他打仗赢了吗？”

“当然没有。”白翳微微一哂，将手中的笔搁在一旁的琉璃笔架上，淡淡道，“西夷小国，目光短浅，兵力弱小，很快就被中原的皇帝打败，一路溃退，还没有回到自己的故国就死了。”

洛雪不由得叹息：“哎呀，那可真是太可惜了。”

“有什么好可惜的？螳臂当车，不自量力而已。”

“那可不见得，有心无力另当别论，若是连雄心壮志都没有，要如何成事？做大事呢，要讲究天时、地利、人和，天时和地利不好说，人和却是可以靠自己掌握的。”她颇有些不赞同，“比如说你决定要一统江湖，难道因为听说了中原武林高手如云，就会望而却步吗？”

白翳不禁失笑：“谁告诉你我想要一统江湖的？”

“不是吗？”洛雪皱眉，“这一路听你和各位堂主商量怎么算计各大门派，难道只是闹着玩的？”

他愣了愣，很快微笑着摇头：“你都能听明白了，还算什么算计？”说着伸手将她拉到身边，示意面前小桌上的画，柔声道，“过来看看，今天这幅你可喜欢？”

他不想多谈，洛雪也没继续追问，干脆就势去看那幅画。

画的是她的小像，半靠窗棂，侧着向外，正是方才的姿势。虽寥寥数笔，却十分传神，尤其是神态身姿，无不拿捏得恰到好处。

“很好，多谢。”

她打开随着携带的小竹筒，将手中这幅和竹筒中其他几张画叠在一起，又仔细卷好塞回去。

这一路上，他已经为她画了不下十幅小像，或坐或站，或笑或颦。她此前都不知道，原来自己还可以这么好看。

焉莎看到这些画几乎热泪盈眶：“姑娘，焉莎从未见过如此深情的男子，真的太感人了！”

区区几幅画就把小丫头收买了，想她小小年纪总共才见过几个男子？“从未”二字，恐怕言之尚早。

但要说洛雪内心丝毫不为所动，倒也不是，只是距离焉莎的期望还差得很远。

“你每次都这样回答我。”白翳支颐看着她，慢慢道，“说一句喜欢，就那么难？”

洛雪垂首答道：“哪里哪里，城主的画我当然是很喜欢的。没想到城主竟有如此高超的画技，不知师从哪位高人？”

她强行转移话题，本不指望他会回答，谁知白翳却笑了，低声道：“我从小要研习各种讨人欢心的法门，琴棋书画自然也是要学的。教习师父只是一个不知名的画师，离高人还差得远。若你觉得好，不过是因为我落笔之时倾了心力，心中有你，笔墨之间自然都是你。”

“……”

这甜言蜜语信手拈来的本事，不知是否也是他自幼研习而来的？这么会撩人，难怪说他红颜知己遍天下，去哪儿都有漂亮姑娘围着，还真让人羡慕……

她正胡思乱想，背上突然一暖，却是被白翳从身后轻轻搂住。他的气息拂在她耳边，低声叹道：“雪儿……”

她的背脊顿时有些僵直。

“还要我等多久？”

“等……等什么？”

他的手沿着她耳后的发丝一路顺着脖子轻柔地滑到心口的位置，停住。

“这里，有我吗？”

被他手掌按住的方寸之地带着丝丝灼热。她沉默了片刻，眉头微微皱了起来：“那以前呢？以前我心里有你吗？”

话音刚落，耳朵上突然一痛，竟是被他毫不留情地咬了一口。

洛雪惊叫一声，转身就是一拳捣了过去。

这一拳的动作和方位都无可挑剔，无奈力量相差悬殊，被白翳轻易地捉住了手腕，反手便将她按在了车壁之上。

他的动作有些粗鲁，洛雪只觉得整条手臂都要麻了，之前自我告诫的隐忍全都抛诸脑后，怒道："白翳，你咬我！浑蛋！"

白翳没有说话，只是面无表情地看着她，目光中再不复柔情。

洛雪突然就明白了，微微眯起眼睛："所以，以前的我心里也没有你，对吗？"

这个"也"字用得极妙，只见他目中积聚起冰冷的火焰，手上的力道也骤然加大了。

她疼得直抽气，却还是咬着牙笑起来："这么点小事就能让白门主生气吗？想要一统武林，只有这点度量可不行。"

去他的隐忍，她才不要忍，不爽就要怼，输人不输阵，这才是她的本性。

白翳冷冷地盯着她看了半晌，目光中的寒意居然一点点消退了，手也慢慢松了开来。

他将她的双手拢在掌中，轻轻揉着方才被他钳制住的手腕，无奈叹气："你啊……还是和以前一样，有些时候真恨不得把你掐死，最后偏偏又舍不得……"

"……"难道不是因为他自己太过喜怒无常？

"从前种种，自有原因，不必再追究。以前你没有机会去了解我，自然带着很多偏见，可如今你我之间，有的是时间。"他将她的手掌摊开，又将自己的掌心贴了上去，慢慢握住，"我等着你。"

洛雪尚未对他这番话发表什么意见，马车外便传来白舜华淡漠的声音："门主，半个时辰之前屠苏楼派了人来，说是发现了落英楼主的行踪，想当面禀告。"

白翳伸手挑开车帘，朝外看了一眼，皱眉道："半个时辰之前的事，为

何现在才说？”

“门主正忙，属下不敢打扰。”

忙？

他转头看了一眼正瞪着他的洛雪，回想起方才车里叫人误会的动静，不由得笑了起来，语气也柔和了几分：“那就去见见。”

白门位于双城的别院在一条偏僻的小巷中，门户很不起眼，里面却曲径通幽。洛雪跟着白翳一路入内，在内堂见到了那个屠苏楼派来的人。

“屠苏楼”这个名字，洛雪不是第一次听见。

早在她躲进木鱼先生床帐里的那次，就曾清楚地听到白翳中了屠苏楼的毒，连修罗堂堂主白燕升都束手无策。

这一路，她偶尔也能从白门诸人口中听到只言片语，渐渐地，也就拼凑出整件事的始末来。

屠苏楼原本是一个没什么名气的小门派，常年出没在西域和中原交界处，以护送两地商队和贩卖西域特产为生。门派的武功虽不算出众，但调制各种西域秘药却十分拿手，特别是其中一味名叫“寒霜降”的寒毒。听说中毒者如身坠三尺冰窖，若没有相应的解毒之法，四十九日之后便会全身挂满寒霜而死，模样十分凄惨。

白翳所中的，就是这个“寒霜降”。

此事起因是屠苏楼里收藏了一件白翳一直想要的东西，他前去索要，却被楼主严词拒绝，双方一言不合便打了起来。

结果自然是屠苏楼被白门一举歼灭，大半弟子都被白门收编。但那位楼主也是个人物，非但在打斗中给白翳下了“寒霜降”之毒，最后还带着那件东西跑路了。

洛雪内心深处十分佩服那位楼主，但也知道，以白翳的性格手段，此事绝对不会善罢甘休，只怕翻遍中原武林，也要把那位楼主给找出来。

屠苏楼派来的人是个瘦弱的少女，面貌普通，发髻蓬乱，低着头，十根粗糙的手指使劲扭在一起，看起来十分紧张。

白翳只看了她一眼，便将目光移到手中的地图上，懒懒问道："你是什么人？为什么会知道姚落英的行踪？"

少女结结巴巴地回道："我……我是楼主身边负责伺候猫儿的猫奴。白门主来的前一天，楼主叫我把她最喜欢的三只猫儿都送走了。但是前两天，其中有一只波斯猫，名唤绣球儿的，又独个儿回楼里了……"

她说到这里，微微停顿了片刻，白翳头都没抬，顺势问了一句："然后呢？"

少女这才继续道："后来我偷偷跟着绣球儿，在楼主常去的百花园海棠树下找到了一样东西……"

"哦？是什么？"

"不……不知道。就是想到上回白门主说，一旦有什么发现立刻上报，所以我马上就拿过来了。"少女说着哆哆嗦嗦地掏出一个陈旧的木盒来，盒子不大，扁扁的，目测也就是放一本书的大小。

白翳终于抬起头来，放下手中地图，缓缓道："拿过来。"

少女急忙双手捧着木盒走上前，经过洛雪身边时，隐隐有一股淡香传来，正无事嗑瓜子看戏的洛雪忍不住多看了她一眼，却一眼看到她乱蓬蓬的发髻下露出一小截雪白的脖子，不由得愣了愣。

再看两眼，但见半旧的青色裙摆和里衣之间，有玉色流光一闪而过，应该是腰坠之类的饰物。她心底一动，下意识拉住了少女的袖子。

"喂，你等一等……"

她骤然出手，实在叫人猝不及防，少女的袖子顿时被拉高了几寸，手里的木盒也脱手掉落下来。

只见扯开的青布衣袖下露出一段雪白细腻的肌肤，和少女粗糙的手掌大相径庭。

洛雪轻轻"咦"了一声，还没来得及再说什么，那少女却已一扫之前的

拘谨迟钝，在木盒落地之前极其敏捷地一把抄起，顺势朝两人抡了过来，盒上的机关小锁也被同时打开了，数点寒芒伴着一股怪异的气味，迎面袭来。

刹那之间，洛雪做出了一个决定，扯起衣袖挡住头脸，毫不犹豫地扑到了白翳身上。

刺骨寒气顷刻逼近，她只觉得背上数点冰凉没入。可是还没分清到底是疼是痒，腰肢已被人搂紧，身子随之腾空而起，天旋地转之间，她只听到白翳又急又怒的声音："你在干什么？"

她还没来得及回答，身子便落到了方才白翳侧卧的软榻上。他抓起她的力气虽大，放下时倒十分轻巧，并未有任何磕碰撞击。

直到这时她才感觉到背上火辣辣的疼痛，忍不住轻轻哼了一声，直起身子抬头看去。

那貌不惊人的青衣少女正和闻声而来的白舜华缠斗，行动之间全然不复之前的瑟缩，身姿轻盈，招式也走的是灵活机变的路数，功夫不弱。

白翳站在一旁，面色冷峻，嘴唇紧抿，仔细端详了一会儿，突然抬手掷出一支莹润光彩的白玉簪，同时飞身而起，分毫不差地插入两人错身之际的空隙之中。

青衣少女躲避不及，被白玉簪直接扎进后肩，忍不住痛叫一声，身子一晃，白翳的手掌已按到眼前，手指一抹，竟从她脸上揭下了一张薄薄的面具。

与此同时，他的另一只手在她腰间一拉一扯，取下了一件东西来。

抬手，掷簪，取物，揭面具，这几个动作几乎同时发生，这还是洛雪第一次亲眼看到白翳出手，心里也不由得赞叹。年纪轻轻就能当上一派之主，果然光靠惊天美貌和狡猾手段是不行的。

她很好奇这青衣少女的真容，一转眼却看到了白翳手中的东西，顿时像被下了定身咒，再也移不开目光。

那是一枚白玉玦，雕成首尾相衔的凤凰形状，用半旧的青色丝绦系着，玉色温润，显然是件旧物。

这也正是方才青衣少女行走之间，里衣中隐现的那一抹玉色。

洛雪怔怔地看着这枚玉玦，有些恍惚，心中似明非明，欲说还休。

这枚玉玦，她一定不是第一次见到！

见她若有所思的样子，白翳的目光渐渐加深，拇指摩挲着玉玦，悠悠道：“若我没有认错，这应当是萧逐夜的贴身之物。他既然将此物赠予落英楼主，想来你们二人的关系定然非比寻常，看来楼主很快就要做谷主夫人了。”

“萧逐夜”三个字，自他口中轻轻带过，洛雪只觉得十分耳熟。不过比起这个，她眼下更在意的，是白翳口中的“落英楼主”。

这个青衣少女，难道是屠苏楼的楼主姚落英本人？

她忍着背上火烧火燎的疼痛，又将身子支起来一些，探头去看那个已经被白舜华按住的青衣少女。

因为受伤和打斗，少女的模样有些狼狈，但完全无损其清丽的容貌，眉眼之间宛如笼着一层淡淡哀愁，是个空谷幽兰一般的佳人。

如今佳人也不知道是疼的还是气的，脸颊绯红，狠狠地啐了一口：“你这无耻下作之徒，休得胡言乱语，毁坏萧谷主清誉！”

白翳微微一笑：“我祝你与他喜结连理，怎么就成了毁坏他的清誉？落英楼主竟如此看轻自己吗？”

姚落英显然不是善辩之人，白皙的脸颊涨得通红，咬牙道：“白翳，我今日落入你手中，要杀要剐悉听尊便。但你毁我屠苏楼，杀我众弟子，这个仇总有一天会有人来报，你不要太得意了！”

白翳并不为所动，淡淡道：“想找我报仇的人多得很，不缺一个屠苏楼。只是想要杀我，也要看看自己有没有这个能力。”

姚落英深深地吸了一口气：“多说无益，你到底杀还是不杀？”

白翳不置可否，看了一眼洛雪，懒懒道：“雪儿，杀不杀？”

又来？

不过这一次，洛雪对这位落英楼主以及她手中的玉玦十分感兴趣，更何况两人之间无冤无仇，洛雪乐得做个好人。

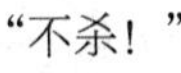

“不杀！”

她回答得十分迅速，姚落英忍不住看了她一眼，洛雪赶紧趁机朝她笑了笑。就听白翳道：“既然雪儿说不杀，那就不杀。”

说着，他随手将手中的玉玦还给姚落英。洛雪顿时有些着急，正要说声“且慢”，却见姚落英抬手去接玉玦时，袖中突然逸出一股青烟来。

那烟十分奇特，见风而长，越聚越浓，转瞬化作一团浓雾，将姚落英团团包裹，再一眨眼，就连白翳和白舜华也被吞没其中，不一会儿，整个屋子都看不见了。

烟雾不散，洛雪也不敢乱动，只得一手捂住口鼻，缩在软榻一角警惕地看着四周。

耳边传来打斗声、轻叱声、桌椅翻倒声。随即，浓雾中伸出一只手来，准确无误地握住她挡在身前的手掌，将她半拥在胸前。

“别紧张，没事。”

略带沙哑的低沉嗓音，是白翳。

半盏茶之后，烟气才渐渐消散。屋子里桌椅翻倒，一片狼藉，受伤的姚落英已不知去向。

可白翳却一点也不着急，抬头朝白舜华看了一眼。后者轻轻点了点头，转身出门，很快不见踪影。

洛雪从白翳的肩膀处探出头去，环视整个屋子，眨了眨眼：“落英楼主逃走了。”

“嗯。”

“你看起来一点也不急，你是故意放她走的？”

白翳轻笑一声：“何以见得？”

这么明显的事还“何以见得”？洛雪不禁翻了一个白眼，不想理会他，直接问道：“你们是打算趁机跟踪她，找出幕后主使？”

“幕后主使？”白翳哂笑，“真有幕后主使，会让她干出这种蠢事？我猜此事多半是她自己决定的，不过……屠苏楼找到了靠山倒是真的……”

他意味深长地看了看空空如也的双手，之前那枚玉玦已经被姚落英抢了

回去，看得出来她十分重视此物，和玉玦主人的关系也颇耐人寻味……

他忍不住看向怀中仰着头依旧在等他回答的洛雪，也不知道想到了什么，目光渐渐变深，手指在她的嘴唇上摩挲了片刻，突然侧过头便吻了下去。

洛雪飞快地将手挡在唇上，因此他的嘴唇只撞到了她的掌心。

白翳皱了皱眉，伸手去拉开她，她非但没有撤手，反倒还顺势按住了他的脸，将他往外推了推。

但她的力气还是不够，只稍微推开了一小段距离，就被白翳轻而易举地把手拉开了，自己还因为用力过大，牵动了背上的伤口，忍不住低叫了一声。

白翳轻轻叹了口气，揽住她的腰，将她翻转了过来，牢牢按住。

洛雪只觉得他的手碰到的地方钻心地疼，这个被压制的姿势又让她觉得十分不适，却苦于没有还手之力，张口便嚷道："白翳你别碰我，快放开！疼死了！"

白翳没理她，淡淡道："这是屠苏楼的琉璃火，没什么大碍。虽然皮肉炙伤了，但是没有毒。伤口比较深，我一会儿让燕升进来看看，用点药即可。"

只是皮肉伤？她略微放心了一些，伸手戳了戳白翳撑在她身旁的胳膊："那你让我起来行不行？"

可他非但没有动，还俯下身来，在她耳边轻声问道："你刚才，为何要挡在我身前？"

刚才？哦对，是姚落英乔装偷袭的时候。

为何？没有为何……她只是赌他一定会救她而已。

她眨了眨眼，一本正经地说道："那个时候没有想那么多，你不是受了伤嘛，我刚好离你最近……"

话音未落，耳背上倏然一热，是他的嘴唇轻触上来。

一触即分，却带着灼热的温度。

"区区雕虫小技，怎么可能伤得了我……笨……"

他的声调低柔如絮语，在她耳后轻拂。她的耳朵很敏感，立刻变得通红滚烫，跟火烧似的。这让她觉得十分不适，略带狼狈地左右闪避，却被他的

手圈住了腰，牢牢固定在原地，动弹不了。

“别躲。”他埋首于她的发间，细碎地亲吻着她的发丝，“你既然心里已经有我，我也不必再等……”

等……等一下！

早知道事情竟然会演变成这样，当初就不应该以一念之差去给他挡暗器了！她只是想借此机会获得他的信任，如果能让他放松戒备就更好了。哪里料到白翳的想法异于常人，第一个想到的竟不是如何感谢她，而是什么“你心里已经有我”……如此耽于情爱，他到底是如何做上一门之主的？

他的吻温柔绵长，一路从发丝缠绵到了后颈，十分耐心地寻找着她嘴唇的位置。洛雪心里难得有些慌乱，她知道他想做什么，却还没想好要不要顺从——是将计就计赢得他的信任，还是听从内心的抗拒当场和他翻脸？

她想来想去，只得转头轻声道：“那个……我今天不太方便……”

谁知她一转头，正好给了他机会，顿时欺身而上，吻住了她的嘴唇。

湿润的嘴唇和炽热的气息让她如遭雷击，仿佛被毒蛇咬中一般生出极度的恐惧和厌恶，她顿时忘记了内心的纠结，张嘴就狠狠地咬了下去。

意料之外的是，他居然没有躲闪，就这么被她咬中了。

更奇怪的是，他还没有发怒，只是闷哼一声，松开她的嘴唇，微微喘气，嘴角溢出鲜血，撑在她身畔的手臂也在微微发抖。

这情形绝对不是她咬一口就能造成的，洛雪神志归位，便有些心虚，抬手拍了拍他的肩膀：“对……对不起啊，你没事吧？”

明明没用什么力气，白翳却像是无法承受一般，倏然全身脱力，重重地扑倒在她身上。

“烟……有毒……”

第三章

聆雪听琴

一

等洛雪费劲地从他身下爬出，跌跌撞撞地出门找来白燕升的时候，白翳已经无法动弹，浑身冷得如同浸了冰水，就连软榻边洇开的一摊鲜血上也结了一层冰霜，甚是触目惊心。

白燕升双眉紧锁，拿出随身针囊，诊脉推穴，好不容易才让他发青的脸色稍稍恢复。而一旁的洛雪已经将整件事情的经过说了一遍。

听她说到“琉璃火”的暗器和姚落英袖中的青烟时，白燕升不禁皱眉道：“琉璃火只是障眼法，真正针对门主的，是这道青烟。”

“那是什么毒药吗？为什么我一点事也没有？”

“此烟应当是用西域的沙陀蜜提炼而成的。沙陀蜜原本是一种治疗热症的香料，经过屠苏楼历任楼主的研制改进，如今是屠苏楼成名于世的寒毒中的一种。虽然比不上‘寒霜降’霸道，但它最厉害的地方，在于催发原有的寒毒。”

洛雪恍然：“难怪我没什么事，姚落英一开始针对的就是白翳身上的‘寒霜降’！”

“不错，门主身上的寒毒未除，如今被精炼的沙陀蜜激发，再加上一时气血流动加快，反噬更加严重……”白燕升说着，看了一眼脸色苍白连嘴唇都有些发紫的白翳，目光又落在衣衫不整的洛雪身上，语气中带着显而易见的责难，“你当时在做什么？怎能眼睁睁看着门主被人暗算？”

洛雪张了张嘴，却不知道该如何解释。这质问简直是莫名其妙，一来她明明有挡在他面前，只是被他扔开了；二来，就算他没有把她扔开，就凭她这点微末的本事，也挡不住姚落英处心积虑想要给白翳下毒的心啊！

这位白燕升先生凭什么如此咄咄逼人，难道白翳死了，还要她陪葬不成？

她有些生气，忍不住想要反驳，手腕却被白翳握住了。他的手掌冰冷彻骨，让她禁不住打了一个寒战，想说的话也就慢了一拍。

只听白翳道：“和她没关系，有时间怪她，不如告诉我要如何祛毒，我不能在路上耽搁太久。”

他冷得声音都有些发颤，语气倒是很镇定。洛雪不由得低头看了他一眼，却意外地捕捉到他眼底闪过一抹奇异的神色，很温柔，却又和往常的温柔不太一样。

虽然他经常对着她含情脉脉，甜言蜜语更是家常便饭，但这次的眼神却有些不同，就好像极平静的水面上荡开了一圈圈涟漪，又或者是浸润远山青黛的淅淅沥沥的雨……总之自然得十分纯粹，和他从前那些刻意为之的引诱都不一样。

洛雪心里恍惚间有什么一闪即逝，却又说不出来。耳边听到白燕升明显忍着气的回答：“是。沙陀蜜不好解，时间耗得比较长，这几日最好让属下陪在门主身边，随时应对。”

白翳轻轻“嗯”了一声，随后捏了捏洛雪的手，低声道：“你先回去，明天我让人来叫你。不用担心，这里很安全。”

因为寒气所逼，他的嗓音更加沙哑，可语气却着实不同寻常。白燕升闻言盯住洛雪，满眼探究和猜忌，更多的还是强烈的不满和排斥，只是没有再说话。

洛雪似乎也被他的温柔感染，十分乖顺地回答了一句："好，你也好好养伤。"

一回到自己的屋中，洛雪便立刻吩咐焉莎收拾行李。

"我之前和你说过的，只带值钱的东西，别的都不要。"她一边说着一边从枕畔拿出一只小包袱，一层层打开。

包袱里放着各种各样稀奇古怪的小玩意儿，都是在这一路上经过的市集上买的。白翳出手大方，只要她感兴趣的全都会买下来，零零碎碎的，就积攒下了一大包。

镶着红宝石的小镜子，坠着猫眼的银丝面纱，绿松石的手串儿，牛骨做的杯子，一种用"玻璃"做的彩色半透明瓶子……大部分都没什么用，用来掩人耳目而已。

他以为她是初来乍到对什么都好奇，殊不知从踏出大妙如意城那一天，她就处心积虑着要逃跑，逛街挑东西的眼神，才不可能只是因为"好奇"。

从一堆东西里翻拣出想要的，回头一看，焉莎还是茫然地站在原地。

洛雪急了："发什么呆呢，快去收拾呀！"

焉莎这才回过神来，一脸震惊："姑娘，我们……我们真的要走？"

这也太突然了！虽然这一路上洛雪确实跟她说过几次要找机会溜走，可她根本就没有放在心上。在她看来，城主对姑娘那么好，从前的苦日子总算熬出头了，幸福未来指日可待，姑娘又不是傻子，怎么可能离开城主？

"当然是真的！"

焉莎也急了："姑娘，您是不是和城主吵架了？姑娘您别冲动呀，有什么话等气消了再和城主好好解释，别走啊……"

"没有吵架！不需要解释！还有，我为什么就不能离开他！我是人，又不是他的宠物！"

洛雪简直快被她气死了，干脆自己动手收拾。

等了那么久，没有比今夜更好的机会了。

白翳的毒一时半会儿解不了，白燕升必定整晚都要陪着他。剩下的人里，白司秦早在大妙如意城的时候就被派回中原执行任务，白舜华则去跟踪姚落英了。剩下的亲信高手，今晚一定都尽数护在白翳身旁，只余下看门守夜的，多半也都是原本守在双城的弟子。

这里的弟子水平如何她不得而知，但有一点她知道，他们肯定对她这个“侍妾”并不熟悉。

此时不走，更待何时？

洛雪很快收拾好了重要物件，又从方才那一堆零碎里挑出一个小木盒，取出一块半个手掌大小的白玉令牌。

仔细看，令牌十分粗糙，玉质很差，上头刻的花纹歪歪扭扭，着实不能细看。

上次他们路过市集的时候，看到有人在赌石，她看着好玩，白翳便也出钱陪她赌了一把。可是开出来的玉石质量不好，白翳本不打算要，她却说要留作纪念，便切了一小块，一直随身带着。

洛雪当然不是真的为了留作纪念，这块玉虽然玉质不好，但打磨一下，再抛个光，乍一看和白门惯常使用的白玉令也没有太大的区别。

至于令牌上的花纹，她也不可能问白翳要真的过来细看，但每次他或者他的属下使用的时候，她都留个心看上几眼，时间长了，拼拼凑凑也能刻出七八分相似。

这等劣质冒牌货，白翳的亲信自然一眼就可以识破，但是别的人嘛……

天时、地利、人和，就是今晚了！

洛雪把玉牌揣进怀里，一抬头，却见焉莎还是一脸惶恐，于是捏住她的下巴抬了起来，直视她的眼睛，一字一字说道：“焉莎，我不勉强你离开。你想清楚了，自己选，留下，还是跟我走？”

她的目光坦率清亮，仿佛蕴含了什么魔力。焉莎抿了抿唇，不由自主地答道：“我……我跟姑娘一起走。”

子时过半，月正当空。

焉莎回头望着隐在夜色中的街道屋舍，心里还有一丝不真实的感觉。

没想到真的能离开。

一切如洛雪所料——因为白翳寒毒加重，白燕升需要整夜随侍，白舜华追踪姚落英未归，因此这次从大妙如意城带来的心腹全都守在了主屋周围。值夜和守卫只有双城这边的白门弟子，而这里的弟子，对洛雪的印象只有——可以和白翳同乘一辆车，同住一间屋子，是传说中比桃夭夫人还要受宠的女人，是白翳的心腹。

因此，当洛雪手里拿着粗制滥造的“令牌”，趁着夜色微光，在那些守卫面前虚虚一晃，并故作神秘地表示有“秘密任务”“无可奉告”的时候，几乎没有人阻拦。

洛雪甚至还从马厩里顺手牵走了一匹小马。

焉莎跟了洛雪几个月，这一次才真正见识到她的胆大心细和沉着冷静，换成是自己的话，一旦心里没底，眼神话语间恐怕早就露馅了。

也许……洛姑娘真的不适合做一个乖巧依附在城主身边的女人吧。

后半夜，城中起了雾。

行至旷野山间，雾气更加浓重，几乎到了伸手不见五指的地步。焉莎有些害怕，忍不住缩了缩脖子，坐在她身后的洛雪察觉到了，轻轻拍了拍她的肩膀，拉住缰绳，让正前行的马儿停了下来。

没有流动的雾气和雾气中影影绰绰的树木山石，焉莎略微安心了一些，定了定神，问道：“姑娘，我们要去哪里？”

洛雪看了看四周被雾气包围的漆黑山道，轻声答道：“屠苏楼。”

焉莎不知道屠苏楼是什么地方，她既然决定了跟着洛雪逃跑，自然是洛雪去哪里她就去哪里。这会儿开口说话，不过是为了让自己心里不那么害怕。

“那……那我们还要走多久呀？”

“应该快到了。”说着，她翻身下马，一手拉住焉莎的手腕，一手托住她的腰，“来，下马，接下来的路我们要走着去。”

姚落英的屠苏楼，是洛雪萌生去意后第一个想到要去的地方。

一来，根据白翳的只言片语，此地应该已经归白门所有，但如今门主既然来了双城，弟子们一定都去了城里，这里的守卫必然松懈，混进去也会更容易。白翳再怎么精明，一时间也不会猜到她居然会躲进他的地盘。

二来，她对双城周围的地形和道路都不熟悉，胡乱逃跑反而容易被抓到。白翳急着赶去长恨岛成婚，即使第二天发现她不见了，也不会花太多时间和精力来寻人。她躲在这里，等这一阵风头过去了，再想办法找个商队跟着，一路慢慢去往中原也不迟。

屠苏楼并不难打听，但洛雪还是留了一个心，花了些工夫辗转询问，才得知其大本营正位于城外一座小山的半山腰上。

趁着夜色摸黑上山，却又遇上天降大雾，真不知道是幸还是不幸。

洛雪握住焉莎的手，借着微薄星光，慢慢摸索着往前走，一边走一边想，等会儿该用什么方式混进楼里比较合适。

如今的她和焉莎，外形已经和离开白门别院的时候大不一样，这要归功于那些她一路收集的小玩意儿——她变成了一个来自西域的流浪舞者，有着苍白干裂的皮肤，卷曲的褐色头发，浅棕色眼珠，眼角细长，绯红的颧骨上还戴着银丝面纱，一身廉价的舞衣外罩着半旧的皮袄，风尘仆仆的样子和双城街上来来去去的西域女子并无不同。

就连焉莎都变成了一个其貌不扬的西域少年。

这样的装扮，不知有没有机会混进屠苏楼的商队里？

正想着，脚下似乎绊到了什么东西，顿时一个趔趄，她及时回过神来稳住了脚步。身后的焉莎就没那么好的运气了，一个跟斗栽了下去。

洛雪手上用力，想要将她拉起来，谁知掌中的小手却不受控制地颤抖起来，像是感受到什么极度令人恐惧的东西。

洛雪想也没想就伸手捂住焉莎的嘴，将她后知后觉的尖叫声适时地捂了回去。

片刻之后，火折子幽幽亮起，她顺着焉莎摔倒的方向，慢慢弯下腰去。

一星火光于缭绕的雾气中摇曳，更显出四周黑暗的深邃浓重。洛雪很快就看到了乱草丛中的一张脸——面如死灰、七窍流血的脸。

她顿时倒抽了一口冷气，忍不住退了一步，低下头又深深吸了口气，才附在焉莎耳边低低道："不许出声，我要松手了。"

见焉莎流着眼泪不停点头，她才松开捂在焉莎唇上的手掌，反手从腰间的五彩革囊中抽出一把匕首，再次举起火折子朝那个草丛中的死人照了过去。

是个西域男子，死状甚惨，卷曲的头发胡子上沾满了血迹，穿了件黑袍，袍子的胸口上绣了两个字。

是中原文字"屠苏"二字。

是屠苏楼的人?

见尸体手边还掉了一个松节火把，洛雪捡了起来，用火折子点燃。此时此刻考虑不了那么多了，在这雾气重重的山间，面对不知名的尸首，担心暴露目标和隐藏自己的行踪，都是没有意义的。

首先，她得知道这里发生了什么。

火把的光芒比火折子要亮很多，顿时将周围照亮了一片，这一眼看去，她的心里顿时揪紧了。

四周草丛里倒卧着的不只是脚下这一个人，横七竖八的，仅仅肉眼能看到的，就有四五具尸体。血迹在脚下的土石草木间蜿蜒，大部分已经渗透进厚厚的枯叶层下，地上只留下大片几乎干涸的深色。

缥缈的雾气流转，仿佛也增添了浓浓的血腥味。焉莎已经吓傻了，紧紧靠在洛雪身边，小手冰凉，一动也不敢动。

洛雪定了定神，举着火把，小心翼翼地跨过地上的尸体和石块，寻着路慢慢往前走去。

这些尸体的衣服上都绣着"屠苏"二字，这里一定是发生了什么事。联

想到之前白舜华追踪姚落英而去，她心里的不安就更加强烈。

明明和姚落英不熟，也明知前方必有不妥，她还是一步步往前走去。

似乎天性如此，又似乎是浓雾的那一端，有她不得不去探寻的真相。

如此亦步亦趋地往前走了百步，又见着了几具尸首，这一次，她还看到了熟悉的白色衣袍，正是白门的弟子。看情形，显然是两派相争各有死伤。

眼见前方浓雾中隐隐约约露出楼阁一角，洛雪正要回头提醒焉莎小心，耳边突然传来一阵细细的歌声。

歌声十分模糊，只能听得出来是个小女孩的声音，轻轻柔柔，断断续续的。

山势渐高，雾气越发浓重，这满是死尸的幽静山林中突然传来一阵犹如鬼魅般的声音，焉莎简直快要昏厥了，只能死死咬着手背，任由眼泪簌簌地直往下掉。

洛雪轻轻拍了拍她的头，不退反进，循着歌声，极轻极慢地靠了过去。

很快，眼前出现了一片平整开阔的砂地，砂地上搭着几顶帐篷，广场的两边传来牲畜的嘶鸣和臊气，有骆驼也有马。

这里应该是屠苏楼商队整装集结的地方。

细细的歌声再度传来，同时有一缕灯光穿透了雾气，只见一个矮小的身影提着一盏灯笼，穿了一身玄色衣衫，正背朝着她们蹦蹦跳跳地往前走。

歌声正是她发出的。

从背影来看，依稀是个小女孩，不过五六岁的样子。这孩子走了几步，又停了下来，蹲下身，手指在地上摸索了一阵，发出一声轻轻的叹息："哎呀，这个也死了……"

洛雪这才发现，那一边的地上居然还歪歪斜斜躺了更多的人，看来此处战况只比她们方才经过的地方更加惨烈。

可是这小女孩独自一人，穿梭在尸体和浓雾之间，非但丝毫不惧，居然还敢用手去碰触，若这不是什么幻觉，那她可真不是一个普通小姑娘。

洛雪正思考着究竟是该继续隐藏行踪静观其变还是假装路人现身上前，

小姑娘突然惊叫了一声。

洛雪立即穿过雾气，冲到了她的身后，却见地上一个半身浸在血水中的人正伸手抓住了小姑娘的胳膊，胸膛起伏，气若游丝。

玄衣小姑娘心有余悸地拍了拍胸口，嘀咕道："你还活着呀，怎么比死了还吓人……"说着，回头看了洛雪一眼，"你又是谁？从哪儿来的？"

这一次，洛雪终于看清了她的脸，唇红齿白，双眸明澈，是个十分漂亮的小姑娘。只是这孩子此刻眼中布满了戒备，让洛雪瞬间想到伺机而动的小野兽。

对，小小的，有利爪，会咬人的，小野兽。

她眨了眨眼，没有说话。

小女孩皱了皱眉，又问了一遍，而那只没有被拉住的手已经悄悄探向了怀里。

洛雪只当不知，伸出手指了指自己的嘴巴，张开嘴"啊啊"了两声。

"哑巴？"小女孩上下打量了洛雪一番，只见她一身胡姬的打扮，顿时起了好奇之心，"你从西域来的吗？你能不能听懂我说话？"

洛雪还没有所表示，一直躲着的焉莎终于从小树林里冲了出来，叽里咕噜地对着小姑娘说了一长串话，然后一脸害怕地躲到了洛雪身后。

她说的是家乡话，洛雪在西域待了半年也只能听懂一半，更别说是这个中原来的小姑娘了。

小姑娘顿时有些蒙。

洛雪暗中扯了扯焉莎的袖子，朝她递了一个眼色，焉莎这才结结巴巴地低声道："我……我们想找……找屠苏楼的商队……去……去中原……"

也许是这个满脸雀斑、胆小腼腆的西域小哥哥让小姑娘觉得面善，又或者这个看起来有点潦倒的胡姬没什么威胁性，总之，她眼中的戒备慢慢淡了。她蹲下身来，一边给地上那位尚存一息的幸运儿止血施针，一边竟和焉莎聊了起来。

焉莎早就得了洛雪的授意，需得装成对中原语言很不熟悉的样子，而对

方小姑娘伶牙俐齿，让这场对话十分费劲。

等到把那人的伤口包扎完，小姑娘也差不多知道了这对主仆的来历——来自西域大食国，胡姬名叫阗玉，是一名流浪舞姬，为躲避战乱，带着小侍从以木提来到双城，想要到屠苏楼搭一个商队，去往辽阔美丽的中原。

西域多年战乱，在双城一带，甚至更加接近中原的城市里，有着这般经历的舞姬数不胜数。但小姑娘却显然是第一次听说，托着腮不无羡慕地感叹："真好啊，我也想去戈壁沙漠看看呢……我从爹爹的书里看到过，西域有长着三只眼睛的巨人，是不是真的呀？"

看她一脸憧憬的样子，洛雪真的很想开口告诉她，这一切都是胡说八道，西域的戈壁上只有不断变幻的沙丘，还有一群整天都在担心战争和水源的可怜家伙。

但她什么话都不能说，只能伸手在焉莎的腰上轻轻一掐。焉莎浑身一颤，继续问道："不知……不知姑娘是不是屠苏楼的人？如何……如何称呼？这里……这里究竟发生了什么？"

小姑娘眨了眨眼睛，伸手一只小手，一根根数手指："第一，我不是屠苏楼的人，我只是路过；第二，我的名字不可以告诉你们，不过你们可以叫我萧姑娘，不是'小姑娘'哦，记住，是'萧何'的'萧'！第三嘛……"

她的话还没说完，茫茫的雾气深处突然传来了一阵琴声。

泠泠之音，古雅清冷，让人想到月华流淌于寒冰，冬雪轻落于白梅。

琴音入耳，洛雪的脑袋里仿佛也有一根弦被拨动了。

深山浓雾，满地尸首之间传出来的琴声，竟没有让她觉得一丝一毫的诡异阴森，反倒犹如坠入一场绚烂梦境，短短一瞬，竟像是把一生的美好景致都看遍了。一时间有无数情绪涌来，心悸、甜蜜、委屈、心碎……毫无头绪，以至于她分不清这情绪究竟是好还是不好，只知道这种强烈的冲击让脑袋也隐隐作痛。

她忍不住揉了揉脑袋，却听到那个小姑娘轻轻"哎呀"了一声："爹爹

叫我回去了，你们……”

她看了看主仆二人，又看了看地上那个奄奄一息动弹不得的人，眼珠微微一转，说道：“屠苏楼已经没有啦，你们是找不到商队的，不如随我去见爹爹，或许他有办法。”

琴声未停，依旧不紧不慢，婉转清扬。

这抚琴之人，是小姑娘的爹爹？

洛雪轻轻点了点头。

见她们同意，小姑娘眯起眼睛微微一笑：“那就麻烦你们，帮我把这个人抬回去吧。”

跟着小姑娘穿过砂地，就看到一座依山势而建的精巧楼宇。楼宇的檐下和四角都点了灯，虽算不上灯火通明，但也足够让人看清这里的地势。

小姑娘一边示意她们抬着伤者往前走，一边从怀里掏出一支短笛，放在唇边呜呜吹了两下。

这应该是他们父女之间的暗号，因为笛声一起，琴声便停了。

大门处已经无人看守，小姑娘将她们带到一间点了许多蜡烛的大屋子里。这间屋子里还躺着四五个同样受了伤的人，由两个身穿玄衣的年轻人照看。那两人见到她们，急忙上前来把受伤之人接了过去，对着小姑娘恭恭敬敬叫了一声：“师叔。”

师叔？

洛雪忍不住看了小姑娘一眼，小姑娘却丝毫没觉得受之有愧，面色自若地摆了摆手，让洛雪和焉莎在这里等着，自己却一转身走了。

坐了大约一盏茶的工夫，洛雪实在有些坐不住了。

偌大的屋子里，除了受伤之人的呻吟，便再无其他声音。那两个年轻人好似隐形的一般，除了给伤者喂水、包扎、上药，就一直斯文安静地坐在角落里下棋，互相之间甚至没有交流，更不要说和她们聊天了。

其实她很想说话，尤其对那位以琴音唤起她无数情绪的“爹爹”，有着

按捺不住的好奇。

——如果这两个年轻人叫小姑娘为“师叔”的话，那位“爹爹”不就是“师祖”？他究竟有多大了？为何这琴声似曾相识？

他们以前有没有可能见过？

心里一旦生出了这样的假设，便再也无法克制。洛雪最后还是找了个借口去解手，留下了焉莎作幌子，一个人偷偷溜了出来。

整座楼早已人去楼空，到处一片狼藉，仅仅在拐角处留下几盏灯火。她蹑手蹑脚地拐了几个弯，走进了一个小院子。正想着该去哪里寻找方才那个小姑娘，左手边的走廊深处突然传来了一声压抑的低吟声。

是个女子的声音，听起来十分痛苦。

她定了定神，背贴着墙，屏息静气，慢慢朝发声之处挪了过去。

她运起木鱼先生所授的闭气之法，耳力便格外灵敏，走廊深处极轻的对话也细细传入耳中。

一个十分虚弱的女声正说道：“我的手……是不是以后都不能动了？”

方才那一声低吟听不真切，这一回开口，洛雪听得十分清楚，不由得脚步一顿。

——姚落英？

这么说，姚落英从白翳那里逃走之后来了这里？那么，追踪她而去的白舜华又在哪里？会不会在这附近？

还没等她想明白，一个男声轻轻答道：

“无妨。”

清冷干净的声音，却又奇异地带着一丝魅惑，仿佛有羽毛轻轻拂过心尖，又轻柔，又诱惑。

是的，她竟觉得是种诱惑……的声音，短短的两个字，居然会让她莫名心悸。

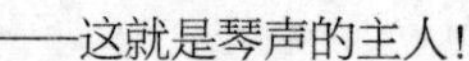

——这就是琴声的主人！

她几乎毫不犹豫地肯定，而且压抑不住想要见到他的冲动……

立刻，就想看到他。

这情形着实不同寻常，让她自己也吓了一跳，以至于姚落英之后说的几句话都没有听清。

等到定下神来，只听到那个男子的声音淡淡道："……此物我珍若性命，姚姑娘，是你逾矩了。"

姚落英小声啜泣起来："我……我此次前去复仇，本抱着必死之心，从未想过能活着回来。只是……只是想赴死之时能有你随身之物相伴，也算是……圆了我此生的念想。对不起，我，我不知道……"

她的话还没说完，便被一个娇俏稚嫩的声音打断："其实姚姑姑你爱慕我爹爹，我懂的，你想要他的东西可以问我拿呀。他的衣服呀、手帕呀、用过的筷子、梳头的梳子什么，我都可以悄悄拿给你。可是这个不行哦，那是爹爹和我大姐姐的定情信物，不是随便什么人都能拿走的。上次爹爹和坏人打架，那人把凤凰打裂了一道缝，爹爹发了好大的脾气，给那人下了七笑散，让人求生不得求死不能，瞧着甚是凄惨……"

"茵茵。"

清冷男声打断了萧小姑娘不着边际地胡扯，他的声音听起来没什么情绪，似乎并没有被姚落英楚楚可怜的哭诉打动，也没觉得萧小姑娘的话叫人尴尬……如此平淡的声音，就好像她俩说的事完全跟他无关。

洛雪却忍不住觉得好笑。萧小姑娘人不大，说起话来偏要老气横秋，如果她是姚落英，恐怕会被这番"劝诫"气死。

但她的注意力很快又被姚落英低声痛叫吸引过去，听到男子吩咐萧小姑娘去取一些药品，随后便有脚步声渐渐朝门口而来。

洛雪急忙侧身闪开，想要躲到走廊外的树丛里。可是脚下才挪了一步，窗棂便被撞开了，数道劲风从她脸畔擦过，面纱的系带不知被什么打断，倏然扬起，一时遮蔽了视线。

等她手忙脚乱地将面纱扯下来重新遮住脸庞，颈边要害之处的肌肤已被一根泛着冷光的长针抵住。

那个方才只在门外听到的声音正冷然响在身侧。

“什么人？”

二

她抬起眼。

有一瞬间，她觉得自己好像坠入了梦境，周围的一切都变成了虚妄，只有此时、此地、此人，才是真实存在的。所有的光影都敛聚在他身上，收进她的眼底。

这感觉，甚是奇妙。

——是似曾相识或者……一见钟情？

好像都是，又好像都不是。

然后，心底自喧嚣而沉寂，他的五官才真切地进入她的视线里。

眉眼清俊雅致，鼻梁与眉骨之间的线条自成锋锐却又不失柔和……除了“好看”两个字，她简直想不出别的什么词来形容了。

玉树临风，温润清雅——第一眼，他从声音到样貌，都叫她心动。

这半年来，那些不知何处来不知何处去的茫然，始终悬浮着的心，似乎都在这一刻缓缓沉落。

她呆呆地盯着他，直到脑袋里突然传来一阵针刺一般的抽痛。

刺痛的感觉很快沿着颅骨传到脊椎，继而整个四肢百骸都像是被麻痹了，完全不受控制。

顾不上颈侧逼人的长针，她下意识伸出手来拽住他宽大的袖子，后背却止不住贴着墙壁缓缓滑落下去。

失去意识之前，眼角的余光看见他骤然靠近，伸手接住她，目光如冰雪浸润入她的眼底。

“你……”

他后面说了什么，她已经听不到了。

"你怎么了？"

萧逐夜的话还没有说完，眼前这个西域舞女模样的女子竟一头栽了下去。他不得不收起长针，伸手及时搂住她的肩膀，避免她的头磕到地上。

身体很软，瘦得厉害。

他为自己脑海中一瞬间闪过的想法而怔怔，随即，耳边传来萧茵茵稚嫩的声音：

"啊……爹爹你把她怎么了？这位姐姐方才帮过我，她不是坏人！你不要伤害她！"

夜深人静的，小姑娘叫得也太夸张了……

他看了她一眼，淡淡道："我什么也没有做，她便晕过去了。"

"哎？"萧茵茵急忙上前来探她的脉，小手摸了半晌，轻轻"咦"了一声。她抬起头正要询问，身后的房门却打开了，是姚落英。

"萧……萧兄，发生了什么事？"

她的脸因为失血过多而十分苍白，一把长发凌乱地散在肩上，露出单衣下一截细白光裸的手臂。萧逐夜皱了皱眉，垂下目光道："没事。"

萧逐夜犹豫片刻，终于还是将那西域女子抱了起来，朝屋子里走去。

"茵茵，随我一起来。"

萧茵茵眨了眨眼睛："这个姐姐还有个侍从，我先去叫他。"说着拉了拉萧逐夜的袖子，示意他弯下腰来，悄悄说道，"爹爹，她的脉象好像有些奇怪，我断不来，你看看呀。"说着，转身一溜烟跑了。

萧茵茵带着胆战心惊的焉莎走进屋子的时候，洛雪已经醒了。

她正半躺在床头，出神地看着身边的男子，连眼睛都不舍得眨一下。萧逐夜则在替她诊脉，半垂着头，滑落的长发挡住了半张脸，也不知道是在想什么，一言不发，仿佛老僧入定。

不远处的榻上，姚落英正看着他们，目光幽幽，神情莫测。

这幅画面着实有些诡异，萧茵茵暗中吐了吐舌头，在焉莎背上推了一把。

焉莎顿时回过神来，扑过去叫了声：“姑娘——”

这一声顿时打破了屋中的静谧，洛雪回过神冲着焉莎眨了眨眼睛，萧逐夜也顺势收回了手，站起身来。

姚落英则问道：“这位姑娘怎么样了？”

萧逐夜并没有立刻开口，沉默片刻后才问道：“姑娘方便让我看一下手臂上的伤痕吗？”

洛雪愣了愣，下意识地看了一眼刚才被他诊过脉的右手，一道暗红的伤疤横过手心，径直没入紧窄的衣袖里。

还没等她做出反应，身边的焉莎已经叽里咕噜地对她说了一长串听不懂的话，她这才想起来，自己此刻应当是一个听不懂中原语言，也不会开口说话的胡姬。

好险，差点就撸袖子给他看了，果真是美色误人，诚不我欺。

她假模假样地听了一会儿，点了点头，这才解开袖口，将袖子挽了起来，露出了一小截手臂。

手心那道伤疤一直延伸到手肘的位置，即便已经痊愈，也显得相当狰狞，可以想象当初的惨烈模样。她不记得是怎么受伤的了，却还记得清醒之后至少有三个月的时间里，右手根本使不上力气。

就算到了现在，每逢阴雨，这只手也经常酸软发麻，提不起太重的东西。

细瘦的手臂，加上这一道丑陋粗长的伤疤，实在不怎么好看，可眼前这个人却看得很专注，仿佛那道伤疤上长了花儿似的。

就算洛雪脸皮不薄，也觉得有些不自在，轻轻咳了一声，甩了个眼色给焉莎。

焉莎心领神会，上前用一口不太标准的中原话说道：“多谢这位公子，不知我家姑娘生了什么病？”

萧逐夜抬起眼看了她一眼，语气温和地问道：“你们从何处而来？”

被他的眼光扫到，明明只是淡淡一眼，焉莎却突然语塞，就好像是……好像是画里的神仙突然对她开口说话——对，这位公子真的好像古画里走出来的神仙，声音还那么好听……

见她一脸呆滞，洛雪不得不伸手戳了戳她。焉莎回过神来，将事先和洛雪编好的那一套说辞又磕磕绊绊地讲了一遍。

因为与西域通商日益频繁，因此随着商队前往中原的胡姬也十分常见。洛雪自忖没什么破绽，对方显然也没有追究的意思，重新低头看向她的伤疤，缓缓说道：“这位姑娘没什么大碍，只是因为体虚劳倦，以至于气机逆乱，这才会一时昏厥，休息一下就好。只是这道旧伤，不知……”

他的话还没有说完，屋门突然被人撞了开来，有个低哑的声音说道：“有人来了。”

这个声音十分奇特，虽然嘶哑却十分冷峭，即便是在说十分紧急的话，也听不出什么波澜。

洛雪忍不住转头看去，只见一个执剑的男子正大步走来，容貌年轻而英俊，一头长发却比木鱼先生的还要花白几分，看起来既古怪，又有几分……亲切？

萧逐夜看他，问道：“来的是谁？”

“应该不是什么重要人物。白舜华被我引开了，一时半会儿回不来，其他人都在城里守着白翳。”

“来了多少人？”

“五六个。”白发男子边说边大步走到床边，看了洛雪和焉莎一眼，疑惑道，“这两个是谁？”

他的眼神和语气都不怎么友好，居然把焉莎吓得一哆嗦。洛雪恨铁不成钢地瞪了她一眼，早知道就不要把自己设定成哑巴了，想说话又不能说，憋得难受。

“二叔二叔，这两个人是我路上捡到的。”萧茵茵邀功似的往前凑，“胡姬姐姐帮过我，她们是来投奔屠苏楼的。”

白发男子皱了皱眉，侧身让开一条道，冲着洛雪冷冷道：“马上离开。”

没想到此人说话如此直接，半点面子也不给，洛雪顿时愣了。萧茵茵吐了吐舌头，开口解释："姐姐莫生气，我二叔他一向这样的。虽然不礼貌，可是心肠还是好的，你和我们在一起的确很危险，不如……"

"她们跟我们一起走。"

突然一旁的萧逐夜开口道，语气虽然并不激烈，但是却带着不容置疑的意味。

白发男子顿时皱眉："萧师兄！"

"此事一会儿再和你说。"萧逐夜看了他一眼，"墨予和紫离呢？"

"在秘道口。"

他点了点头："如此，便让百草部的弟子带他们先行从秘道离开，你我断后。"说着转身看向一旁被冷落许久的姚落英，"姚姑娘，你还能走吗？"

姚落英捂着肩上的伤口，低声道："可以……"

"那就麻烦姑娘带路了。"

姚落英点了点头，起身朝他走了两步，又道："萧兄，你能否答应我一件事？"

"但说无妨。"

姚落英咬牙道："屠苏楼各层的库房均存有火油，劳烦萧兄和凌少侠替我将这楼烧了。烧得干干净净，一片砖瓦都不要给白翳留下！"

萧逐夜有些惊讶："姚姑娘……"

"屠苏楼数十年根基，就算是全都毁在我手里，也绝对不能沦为白翳仗势行凶的工具。"姚落英惨然一笑，目光却无比坚决，"我护楼不力，待来日九泉之下自会向历代先辈和枉死的兄弟们请罪。但今日，此楼留不得。"

"好，我答应你。"

"多谢。"

山风迅疾，星星点点的火光很快蹿起，连成一片，映红了半边山壁。

萧逐夜和凌天涯并肩站在屠苏楼最高处，劲风猎猎，衣袂飞扬，只觉得一阵阵热浪迎面扑来，夹杂着不知何处而来的焦煳味，一片狼藉。

丝路之上繁盛一时的屠苏楼，就这样化作了一片焦土。

远处的山坳里，一星并不起眼的火光正幽幽穿过密林，时隐时现，缓缓往着相反的方向前行。

凌天涯低头看着游走在火光之外，几次三番想要冲进楼中的几道黑影，不禁皱眉：“为何要留下那两个可疑的胡人？”

萧逐夜缓缓答道：“那个胡姬的脉象十分奇特，我怀疑她的身上或许有游魂针。还需再观趺阳、太溪二脉，结合各穴位之象，方可断定。”

凌天涯闻言一惊，抬头看向他：“游魂针？”

“师父封存游魂针针谱之时，我才刚刚入门不久，只略知皮毛。因此这个世上会用游魂针的，除了师父，就只剩下大师兄一人。”

凌天涯闻言冷冷哼了一声：“背叛师门之人，算什么师兄。”

萧逐夜并未搭话，静默片刻，才又道：“她的右手还有一道伤，直贯手肘，看伤愈程度，应该是半年之前的旧伤。那是一道剑伤，剑刃宽逾三寸，锋刃锐利但剑身粗糙。这样的剑，并不多见。”

并不多见，但他们都熟悉这般形制的剑器……凌天涯立刻听明白了他话中的意思：“你是怀疑……陨铁剑？”

“我并不精于剑道，所以此事还要等你看过再做参详。”萧逐夜微微点头，“况且那女子并非大食舞姬。大食舞姬大都擅长铃音胡旋舞，手腕脚踝常年戴着铃铛，会留下明显痕迹，她并没有。”

“所以，她在撒谎？”

萧逐夜沉吟：“我需要知道，她到底隐瞒了什么。”

其实还有一个原因，他并没有说出口——虽然瞳色和肤色都不一样，面容也藏在面纱后看不真切，但那个西域女子的眼神，那一丝顾盼之间的流光，生动、鲜活、纯粹，与藏在心底那个人，几近重合。

是思之若狂，还是虚妄幻象，他不愿意去想，只是那一刻，想要多看一眼，想要多回来一刻。

三

“你是大食舞姬？那你的铃音胡旋舞不知和我家阿离比起来如何？”

眼前这个从容貌到衣着都像是一只花蝴蝶般的男子正饶有兴味地打量着她，洛雪被他看得浑身不自在，只好低头假装摆弄自己的衣裙。

谁知他竟伸出手，托起她的下巴，轻声一笑：“你叫阗玉？是和阗的阗，还是田地的田？”

洛雪不得不望进一双琥珀色的眼眸中，眼尾细长上挑，眸光更显迷离流转，十分勾人。

这种天生含情脉脉的眼睛，俗称“桃花眼”。

不得了不得了，又是一名妖孽。

这个时候应该不知所措比较好，还是羞涩躲闪比较好？她还没做好决定，眼前突然一花，一道茜色披帛破空卷来，缠上了男子的手臂，男子顿时被拉得一个趔趄，不得不松开了手。

一个女声冷哼道：“放下你的爪子，登徒子。”

披帛被抽回，另一端握在一个年轻女子手中。这么冷的天，女子却只穿了轻薄的玄色外衫，透出内里的茜色轻纱，腕上金镯铃声清脆，眉间缀着一朵芙蓉花钿，眉目如画，妩媚清艳。

男子被她骂“登徒子”却一点儿也不生气，反倒笑着微微转头迎上去，伸手去揽她的肩膀：“阿离，你这么在意，是不是吃醋了？”

叫作“阿离”的女子脚步一错，轻巧躲开他的手臂，皱起细细的眉头：“滚！”

“你怎么舍得叫我滚？”男子十分委屈，“我真是白疼你了！我不过是问问她的胡旋舞跳得如何而已，毕竟是掌门师兄带来的人，定有过人之处……”

女子忍无可忍：“掌门师兄让我来叫你！”

“那咱们一起去？你别走那么快，等等我嘛！”

“花墨予，松手！”

……

花墨予和紫离走进茶棚的时候，萧逐夜和凌天涯正看着摊在桌上的一张地图。

此地离双城已经很远了，赶了一夜的路，人困马乏，众人就着一盏热茶，在简陋的路边茶棚稍作休息。

两人刚坐定，花墨予便低声道：“那个西域舞姬的瞳色和发色，都是假的。”

萧逐夜闻言抬起头，眼神中倒并没有太多惊讶，只是轻轻道：“是吗？”

反倒是紫离十分吃惊：“你怎么知道的？”

花墨予看了她一眼，伸手将她鬓边的海棠绢花扶正，轻叹道：“你呀，就是性子太急，就这么瞧不得我和别的姑娘聊天吗？要不是你来催我，说不定这会儿我连她的面纱都揭下来了……”

紫离气得直掐他：“不要脸！信不信我撕了你的嘴？”

花墨予笑吟吟地避开，这才轻咳一声，正正经经地说道：“我小时候跟着师父行走过西域大部分国家，在一个名叫若坨的小国里见过一种药水，滴入眼中可以让瞳色在十二个时辰里变浅。那个舞姬的瞳色，比我初见她的时候要深上几分。这种变化很不自然，极有可能是外因所致。

“至于发色，中原也有很多可以让发色改变的方法，那些我最熟了。是不是原来的颜色，一看便知。”

花墨予擅丹青，对色彩的变化极为敏锐，又是易容高手，他的话，多半可信。

紫离听罢不禁皱眉：“那她是故意乔装来接近我们？”

花墨予耸了耸肩：“也不一定啊，易容乔装有可能是为了躲避仇人，也有可能是为了行事方便。说不定她只是为了接近掌门师兄呢？阿离你有没有注意过她看掌门师兄的那个眼神，和看我们几个完全不一样，明明我们也都

很好看的是不是……”

萧逐夜屈起手指轻轻敲了敲桌面，打断了花墨予的胡说八道。

“舞姬的事，稍后再说。这次我们晚来一步，来不及阻止白门对屠苏楼下手。幸得姚姑娘信义，保住了那半部《清澄丹书》第三卷抄本。如今她身受重伤，屠苏楼也已不复存在，于情于理都不该再让她涉险。因此我和天涯商量了一下，我们等一会儿分头前往离此地十里左右的千道崖，然后坐船——”

说着，他的手指着地图中一处小小的分岔路：“紫离和墨予，率百草部的弟子一起，带着姚姑娘和受伤的屠苏楼弟子沿河道南下，到这里——”他修长的手指沿着一条弯弯曲曲的水道一路往下，直到一处红色标记的地方，停下。

“十八连环水寨。南剑宗的聂五现在正在这里，他带领南剑宗弟子，又联合了叛出北剑宗的华文宇等人，成为江湖中与白门相抗的据点之一，如今已颇有规模。你们只要到了那里，姚姑娘就安全了。”

紫离一愣：“聂五？师兄，他对你……”

“我知道，他十分厌恶我。”萧逐夜微微一笑，神色淡淡，并不以为意，“但他是个恩怨分明、立场坚定的人，一向以大局为重，否则当初她也不会将南剑宗托付于他……”说到这里，他微微顿了顿，才又道，“以他的为人，绝不会迁怒于你们。更何况姚姑娘的屠苏楼为白翳所灭，送她去那里，聂五定会尽力帮护，最合适不过。”

“况且……”

他说着手指又再沿着水道的曲线下移，停在一片宽阔水域中的一个小小岛屿之上。

“十八连环水寨所在的甸江有支流直通东海，前往长恨岛十分方便。”

花墨予听明白了：“你是想让我们送完姚落英之后，前往长恨岛与你会合？”

萧逐夜略一点头，又转向凌天涯：“天涯，我需要你去一趟百灵谷。北

剑宗宗主宋连霆正在那里养伤，而白门一心扶持齐朗，已派人前去百灵谷刺杀宋连霆，你要赶在白门之前将他接去十八连环水寨。”

凌天涯皱眉：“你想一个人去长恨岛？”说罢也不等萧逐夜回答，直接一脸冷漠地否决，“不行。”

“天涯！”

“我也觉得不行！”紫离插嘴道，“谁不知道长恨岛上等着你的是一场鸿门宴？叶幽云那老妖婆早就想弄死你了，何况现在还多了一个白翳。你一个人去，等于是羊入虎口。就算凌二不跟着，我和小花儿至少也得跟一个。”

萧逐夜脸色没什么变化，只是反问道：“你们觉得我是羊？”

紫离急道：“掌门师兄，敌众我寡，逞一时之能没意思！”说着忍不住伸手握着他的手，语气十分痛心疾首，“师兄，我知道你心里难过，时时恨不得随宋姑娘而去。可是你也要想想我们，想想倾城谷呀！”

萧逐夜不禁哑然失笑：“我从未罔顾自己的性命，也没想过要随她而去。”说着挣脱开紫离的手，反手在她手背上轻轻拍了拍，语气十分温和，“前些日子，云深给我寄过一封信。这半年里，他算了数十卦，都没有算到雪心魂魄的归处。所以你们大可放心，我绝不会莽撞求死。”

紫离顿时愣住了，有些为难：“不是……虽然云庄主人挺好的，但是他那个算卦占卜的本领不是怪力乱神嘛……”

她的话还没有说完，嘴就被花墨予伸手捂住了：“阿离别打岔，乖乖听掌门师兄吩咐。”

萧逐夜没有再就此事再多做解释，转头看向凌天涯道：“天涯，方才我说的……”

“不行。”凌天涯依旧断然拒绝。

“白翳派去刺杀宋连霆的人是白司秦。”

听到这个名字，凌天涯冷冰冰的神色终于有了一丝动容，眉心微微蹙了起来。

萧逐夜轻轻拍了拍他的肩膀，低声道：“此事唯有托付于你，我才能放

心。”

凌天涯的眉头皱得更深：“可是你……”

声音骤然停下，与此同时，四人几乎是同一时间朝后跃起，耳边传来密集的声音，箭矢如雨纷至，转瞬便将四人方才围坐的桌椅扎成了刺猬。

下一刻，四条软绳缠上四边立柱同时往外拉扯，本就十分简陋的茅草棚顿时四分五裂，轰然倒塌。

就在倒塌的一瞬间，几条人影飞掠而出，其中萧逐夜的手里还提着已经被吓傻了的茶棚老板。

此地人烟稀少，除了他们几个便没有其他客人了，这场袭击显然是冲着他们来的。

刚将茶棚老板安置在树后，第二拨箭雨已至，这次却不是朝着他们四个人，而是停在棚边的两辆马车。

漫天尘灰之中，受惊嘶鸣的马匹顿时成了最好的目标。眼看箭雨破空而来，萧逐夜急忙挥手示意。

“分头走，千丈崖会合！”

花墨予和紫离相视一眼，十分有默契地奔向第一辆马车。挡开数箭之后，花墨予跃上车头，扬鞭催马，沿着崎岖山路疾行而去。

身后的紫离身轻如燕，翻身立于车顶，任凭马车如何颠簸也站得极稳，双手的披帛振起，翻卷缠绕，将那些逼近的箭矢一一打落。

凌天涯手中的长剑“一念妄”，是一把位列《名剑录》的古剑，比寻常剑器要轻，却锋利异常，舞动时带起一团银光，牢牢护在第二辆马车周围。

萧逐夜环视四周，心中略一计量，便已算出射箭之人所在的方位，于是纵身而起，翩然穿过烟尘碎屑，径直投入浓密山林中。

短促的惨叫声不断从林中传出，箭矢也渐渐稀疏起来。凌天涯迅速收起“一念妄”，翻身跃上马背，马车疾行而去。与此同时，一道玄色身影也自林中掠出，轻盈地落在车尾。

“走。”

马车绝尘而去，唯余青天白日，鸟鸣寂寂，一地狼藉。

确认不再有追兵之后，萧逐夜才伸手打开车门，轻轻跃进车厢内。

“茵茵，没事吧？”

萧茵茵脆生生的声音回答道：“爹爹我没事，可是她有事。”

她小小的身子紧紧贴在车壁之上，动弹不得，身上半压着一个人，正是那个名叫“阗玉”的西域舞姬。

定睛细看，一支长箭从阗玉肋下穿过，不知深浅。萧茵茵没事，阗玉却无声无息，显然已经不省人事。而她那位小侍从，则紧紧拉着她的手，满脸惊惶，一动也不敢动。

是被流矢射中了吗？

萧逐夜急忙上前一步，想要去查看她受伤的位置。萧茵茵却摇头道：“她没有中箭，只是保护我的时候突然晕过去了。”

萧逐夜愣了愣，伸手略微抬起阗玉的胳膊。

箭矢果然没有射中她的身体，箭尖卡在腰际方寸之处，刺穿了她裙子上的一层薄纱，腰带上的暗扣被削断了，原本挂在腰带上的小皮囊和珠串饰物撒了一地。

他回头看了一眼窗户，又看了看眼前昏迷不醒的女子，心中疑惑渐深——这是该说她运气太好，还是因为反应灵敏，判断精准？

他一边按住她的腕脉，一边小心翼翼地将她从萧茵茵身上移开。刚把她的身子放平，身后的萧茵茵突然“啊”了一声，语气里满是惊讶。

“爹爹你快看！”

不等他转身询问，萧茵茵便兴冲冲地递过来一沓画纸，大概有七八张。

萧逐夜接过来略略翻了翻，只见这些画纸上画的都是同一个女子的小像，或坐或站，或颦或笑，像是日常随意而作，却深得人物精髓，十分生动活泼。

每张画的右下角都写着日期和地名，末尾落了款。

是一个“翳”字。

紫离和花墨予比他们早到半个时辰，因此当马车到达千丈崖的时候，那两人连同姚落英正坐在一处避风的山壁下烤火，火堆上居然还架着一口小锅，热气腾腾，香味扑鼻。

率先跳下马车的萧茵茵循着味道就扑了过去，一头扎进紫离怀里：“好香……早知道我就跟着五姑姑一起了！”

紫离伸手揉了揉她的头发：“小祖宗，跟着你爹爹和凌二可比跟着我俩安全。”说着抬起头来，见凌天涯正翻身下马，却四处不见萧逐夜。

“掌门师兄呢？”

“我爹爹在那个舞姬姐姐身边找到了很了不得的东西呢。”萧茵茵神秘地靠近紫离耳边，“五姑姑我告诉你啊，那是……”

话音未落，只见萧逐夜终于下了车，一手拿着一沓画纸，一手却扣着那个名叫“以木提”的西域小侍从。小侍从脸色煞白，走路都跌跌撞撞的，显然是搞不清状况，又十分害怕。

花墨予看了看他的脸色，放下手中的木勺迎了上去。

“怎么？”

萧逐夜一言不发地将手中画纸递了过去，花墨予接了过来翻看。没多久，凌天涯和紫离也都围了过来。

没看几张，紫离忍不住捂住了嘴，低声叫道：“这难道是……”

她没有继续说下去，但他们都知道她说的是谁。

凌天涯皱着眉一言不发，原本就冰冷的神情更见凌厉。善于丹青的花墨予一边摸着下巴，一边问道：“这些是白翳亲笔所绘的吗？画得倒是不错……”

“我见过这个女人！”

冷不防一个声音插了进来，是姚落英。

她站在几人身后，目光牢牢盯着花墨予手中的画。那是一张扭身朝着窗外看的侧颜，寥寥几笔，将画中人慵懒却又好奇的模样表现得十分生动。

见大家都盯着她，姚落英抿了抿唇，解释道："我乔装去刺杀白翳的时候，这个女人正陪在白翳身边，两人看起来十分亲昵，会不会是那个替他掌管大妙如意城的桃夭夫人……"

眼看众人脸色都有些微妙，她识趣地闭上嘴。于是大家的目光又都转向了被萧逐夜扣住手腕的小侍从以木提。

以木提脸色发白，嘴唇颤抖，看起来马上就要晕过去了。花墨予朝她露出甜甜一笑，俯下身温声问道："你们不是从大食来的吗？为何会有白翳的画呢？你们和他认识吗？"

在他的注视下，以木提忍不住脱口而出："不……不是的，我们和城主不熟……"

"城主？"花墨予挑了挑眉，直起身来，"果然，你们认识他。"

第四章
长恨清歌

一

脚下是绵延没有尽头的草地，四周是同样绵延没有尽头的雾气，视线所及，渺渺茫茫，看不到来路，也找不到去向。

该往哪里走呢？

她试着往前一步，又一步，远远地，有琴音穿越鸿蒙而来，清清泠泠，如同一道线，牵引着她前进的方向。

直到，雾气的那一端慢慢浮现出一个人影。

长身玉立，雅正端方。

她看不清他的脸，却知道那是自己要找的人。于是加快脚步飞奔而去，每一脚都像是踩在水面上，无数涟漪荡开，渐渐连成一片喧嚣水声。

越来越近……终于只剩了一臂之隔……

突然脚下一空，她整个人都掉落下去。脚下是深深的黑洞，看不到底，头顶上是那个人伸出的手，指尖近在眼前，她却始终抓不住……

“不要！”

她不甘地惊叫着，顿时醒了过来。

看着头顶竹篾编织而成的细密花纹，洛雪一时还未从梦中完全清醒。

容她想一想，这是哪里？

还记得和焉莎一起穿过秘道，坐上马车，身后的屠苏楼燃起大火……然后是山间的简陋茶棚，她远远地欣赏那四位神仙一般的神秘人物坐在一起聊天，就像看着一幅画……再然后，车外突生变故，有箭矢穿窗而入，直射萧小姑娘，她下意识地就扑了过去……最后，她就什么都不记得了……

所以，箭到底射没射中她？

她试着动了动脖子，脑袋里一阵针刺般的疼痛，尤记得看着箭矢射过来的时候也是这种难以描述的奇怪痛感。难道是射中头了？

这可不妙，本来她就不记事了，怕不是要变成个傻子？

“原来你会说话。”

一个极为悦耳的声音悠悠传来，清冷中不失魅惑，让那阵倏然而来的刺痛也就此消失了。

她这才回想起自己方才那一声“不要”，背上顿时直冒冷汗，急忙抬手摸了摸脸，幸好，面纱还在。

想要坐起身来，却被一只手轻轻按住了肩膀。

“躺下。”

洛雪不由自主地听从，乖乖地躺了回去。

床边很快出现了一个修长身影，轻轻捉起她的手腕，手指搭于脉上，小心、轻柔。

他披着颇具魏晋之风的玄色外衣，宽袖中隐隐露出雪青软缎的内袍，仿佛一抹清冷雪色，自暗沉中透出惑人微光。

是那位……对了，她还不知道他的名字！

忽然就有些释然，遮遮掩掩实非她所愿，她要躲的是白翳，并不是这个人……不管他是谁，她愿意让他看到真正的自己。

她轻轻地咳了一声，才道：“多谢……先生贵姓？”

这等于是承认自己并不是个哑巴了。

男子微微扬起嘴角，很微小的弧度，却显得十分温柔。

“萧逐夜。”

这个名字好熟悉？

对了……星芒针的主人！

虽然白翳没有明说，但根据弟子们的零星对话来推测，多半就是他没错。而且这个名字最近还听到过一次，是在白翳和姚落英的对话中，白翳曾暗示姚落英和他关系不一般……

不过，这不是重点，重点是他应该让白翳吃了不少亏。

心里没来由地有些激动，毕竟她能脱口而出星芒针的名字，他们从前说不定认识，就是不知道交情如何……

一沓画纸递到眼前，打断了她的内心雀跃。

洛雪一看，居然是那些白翳替她画的小像。走得匆忙，她没来得及将它们从随身物品中拿出来，不知为什么会在他的手上。

她抬起头，不期然撞进他的眼睛，一瞬间似有风暴席卷山河。但下一瞬便幽深如夜空，吞没了万千星辉。

他低低问道：“你呢，你又是谁？”

他的声音很温和，不知是不是错觉，洛雪甚至觉得有一丝诱哄的意味。

她很快做了决定，直视他道：

“那个……可否给我一点时间？”

“好。”

焉莎将手中绞好的白布递过去，看着洛雪蘸着稀释开的药汁，将自己精心描画的西域妆容一点点擦拭干净。

她的内心充满了不安，不由得问道：“姑娘，您……您真的考虑好了？”

逐雪人兮
·下卷
·随书附赠

“没错。”看着铜镜中渐渐露出的苍白皮肤，洛雪的语气十分淡定。

“可是……您不是说他是城主的仇人吗？”焉莎不明白，“姑娘是城主的人，与城主情投意合，城主的仇人应该也是姑娘的仇人才对……”

说着说着，她的眼睛一亮：“难道姑娘是打算将计就计替城主除去大敌……”

话没说完，便被洛雪手中的布巾扔了一脸。

“你哪只眼睛看到我和白翳情投意合了？”洛雪咬牙，“快去洗把脸换身衣服。既然我不是阗玉，你也不是以木提了！”

洛雪后来才发现，他们如今是在一艘大船上，舷窗外波光潋滟，远山淡淡，船身随着水波轻轻摇晃，梦中那种无法脚踏实地的虚浮感正是因此而来。

西域多荒漠，哪里能见到这么多的水？焉莎不停惊叹，可看在洛雪眼里，却只觉得十分亲切。

就如同她面对那个人。

焉莎问她为何不怕萧逐夜？他既然有本事重伤白翳，那么一旦她暴露身份，也极有可能会对她不利。

可是她并没有想那么多。

并非有万全之策，也不是想要铤而走险，只是直觉。

直觉不想隐瞒，直觉他不会伤害她，仅此而已……仅此，足矣。

梳洗完毕的洛雪定了定神，有些忐忑地推开了房门。

屋外是一个小厅，厅中诸人正围坐喝茶，听到声音都转过头来。看到她的一瞬间，诸人的惊讶溢于言表，凌天涯和花墨予忍不住站起身来，紫离甚至发出了低低的惊呼声。

会不会太夸张了？洛雪惊讶于众人的反应。

唯有萧逐夜依旧安静地坐着，目光穿过众人落在她身上。

不知是不是错觉，那目光中似有粘连绵长的线，丝丝缕缕缠绕住她，阻断了周遭的一切，也阻断了时光。

一阵莫可名状的心悸让她愣怔，她不由自主地抚了抚心口，低头的一瞬间，耳边传来一道清晰的碎瓷之声。

萧逐夜手中的青瓷盏碎成了两半，半盏茶水顺着桌面漫延，他微微皱眉，偏过头去，像是赌气似的盯着满桌的水渍，依旧一言不发。

这突兀的声音也惊醒了其他人，仿佛为了掩饰什么似的。紫离急忙回头查看他的手掌，凌天涯默默移开了目光，花墨予的唇边则绽开了一抹风情万种的笑容。

洛雪寻思着，作为诸事起因的自己，此时此刻好像应该说些什么：

“那个……我……”

才说了几个字，眼前一花，一只细白的手掌突然当胸袭来，伴着一声呵斥：

“果然是你！乔装跟来是何居心？”

洛雪下意识地侧身，却快不过那一掌。眼看劲风逼人，下一刻腰身一紧，已被人轻轻搂住闪向了一边。而那只几乎碰到她面门的手掌也被人一挥一挡，将掌力化解于无形。

她惊讶地看着那个袭击她的女子——居然是姚落英！

而姚落英显然比她更惊讶，盯着那个救下她的人，眼中写满了惊愕。

“萧兄，为什么……”

定了定神，她又道：“她就是那个和白翳在一起的女人！她一定是乔装打扮跟着我才会来到这里的！各位千万不要被她骗了！”

洛雪急忙回头，却正好看到身后萧逐夜匆匆转开的眼眸，扶在腰上的手也很快松开。他站在半臂之外，神色既不算冷淡也不算温和，她实在看不出什么端倪。

她急忙解释：“不是不是，我和白翳……”想了想该怎么解释才恰当，“不是你们想的那种关系，我们……”

姚落英咬牙：“休想骗人！我明明亲眼看见……”

“让她说下去。”

萧逐夜突然出声打断了姚落英的话，声音轻淡，语气冷峭。

说完，他转身走回方才自己坐着的位置，重新拿了一个杯子，倒上茶，慢慢放到唇边。

茶水轻晃，入口涩苦。

洛雪话不多，三言两语就把自己交代了。

其实也没什么好说的，从前的事都不记得了，能记起来的这半年里，除了最近过得比较跌宕起伏一些之外，其余时间也都乏善可陈。

而且，她猜他们既然和白翳有仇，肯定更想知道和白翳有关的事。至于自己，不过顺带而已，只要明确表示自己和白翳不是一条心就好。

该说的都说完之后，四周一时陷入了诡异的沉默中。

除了脸色不善地盯着她的姚落英，其他人的神情都有些高深莫测。洛雪有些忐忑，抿了抿唇，强调了一句：“我真的什么也不记得了！”

没想到先开口的居然是凌天涯：“你叫洛雪？谁告诉你的，白翳？”

“不知道，大家都这么叫我。”

紫离也回过神来：“你……你可记得自己为什么会受重伤？”

“不记得，醒过来的时候就受伤了。”

“那……”

“阿离，够了。”紫离还想继续问什么，却被萧逐夜出声打断。

他放下茶杯站起身来，对着洛雪说了一句：“好好休息。”随后像是不愿意再继续留在这里似的，转身匆匆离去。

见他走了，剩下的人也不方便留下，纷纷道别。

只留下一头雾水的洛雪——他们这是什么意思？是相信，还是不相信？

是要赶她走，还是让她继续留下？

麻烦说清楚再走呀！

萧逐夜走出小厅，径直走到船头的甲板上。

江风扑面而来，吹起发梢衣襟，吹散些许燥郁，他长长吐出一口气，摊

开手掌。掌心的血迹已经干涸了，细细一道暗红伤痕，提醒着他方才那个瞬间的失态。

并不觉得疼，比起心底那个从未曾愈合的伤口，所有的痛感都不值一提。

可是那张脸，那个声音……

这不是梦……真实得叫人恐惧，却又奇异地消融了长久以来那种蚀心入骨的疼痛。

“掌门师兄！”紫离率先追到他身边问道，“是不是她？是她吧！长得真的……太像了！”

还没等萧逐夜回答，花墨予便慢吞吞地开口道：“这可不一定。别忘了她是白翳那边的人。如今我们是白翳的头号大敌，他用任何法子对付我们都有可能。难道他不知道掌门师兄最在意的是什么吗？半年时间，要造出一个形似的女人并不难，白翳甚至比我们更熟悉那个人的模样。反正只要她说忘记过去了，我们也无从查证……”

凌天涯听出些许端倪，皱眉问道：“你可是有什么根据？”

果然，花墨予点了点头，从怀中掏出一个小纸卷递到萧逐夜面前：“前两天你让我打探大师兄……弃徒燕升的下落，现在有消息了。据说，最后看到他出现的地方，就在西域。”

萧逐夜接过纸卷，打开看了看，眉头微微皱起。

“大妙如意城？”

“不错。”花墨予点头，“你不是说这个女人很有可能中了游魂针吗？燕升既会用游魂针，又在大妙如意城附近出现过，所以他极有可能已经加入了白门。如果我没有记错，这位曾被萧老谷主称为‘天纵奇才’的师兄，还有一项绝技，便是削骨换皮之术。”

紫离听到这里，终于明白了：“最高超的削骨换皮之术可以让人改换面貌身形。所以有燕升在的话，这位姑娘……”

“可能有诈。”凌天涯冷冷说道。

花墨予点头：“试想，如果不是姚楼主之前亲眼见过她和白翳关系亲密，

又或者我们没有查探过燕升的下落，那么她这次突然露出真容，我们会信几分？尤其是掌门师兄，又会信几分？”

萧逐夜看着手中纸卷上的字句，犹自沉默不语，片刻后低声道：“我带她一起去长恨岛。”

“不行。”

“师兄三思！”

凌天涯和紫离几乎同时出声，萧逐夜却道：“除开其他原因，她身上的游魂针与燕升有关，也是寻找师父下落的重要线索。我入门之时看到过师父的手稿，游魂针类似于蛊，下针的位置，所用药剂的分量都因人而异。我必须要见到燕升，才能知道他下针的手法。如果燕升真的在白门，此去长恨岛，或许可以见面。”

“可是……”

“我自有分寸，放心。”他将手中纸卷收起，淡淡一笑，“其余诸人，依旧按先前的计划行事，无须更改。”

二

“啪！”

大蒲扇精准地扇中一只体形巨大的花蚊子，成功将其拍成一摊血泥。

这是今天拍到的第六只蚊子，除此之外，还有三只绿头苍蝇。

再这样下去，洛雪觉得自己快要修炼成剿灭蚊蝇第一高手了。

无聊，实在是太无聊了……无聊得快要霉掉了……

十天之前，当她破釜沉舟以真面目示人，将所知一切和盘托出之后，事情便一路朝着匪夷所思的方向发展下去。

这么做虽是一时冲动，却也不是全无考虑。眼下她需要一个靠山，只要他们相信她，那她就可以无惧白翳的追兵，放心寻访恢复记忆的方法，直至找到下一个藏身之处。

最差的结局无非是被当作白翳的同伙，这群人一看就是清高孤傲之辈，杀害弱女子的事料想也不屑为之，大不了受点折磨，她再想办法逃走就是了。

思来想去，谁知到最后，他们居然什么表示也没有。既没有说相信她，也没有打算要拷问她。

更奇怪的是，等她一觉醒来，人都走光了，连焉莎也不见了，偌大一条船，除了船工，就只剩下她……还有萧逐夜。

然后，萧逐夜告诉她，他们要去长恨岛！

长恨岛？

她没有记错的话，白翳这次远行，就是前去长恨岛与少岛主叶灵芷成亲的吧？

所以，这位白翳的老对头——神仙似的萧谷主，是打算拿她当作人质来威胁白翳吗？

她好不容易才逃出来的，真要被绑回去，岂不是要前功尽弃？

这可不行！

她撑着下巴默默地看着眼前波涛汹涌的江水，寻思着如果直接跳下去，会不会有逃走的机会？

她不记得自己水性如何，万一是个旱鸭子那就完蛋了，这个险可万万冒不得……

“吱呀”一声，房间的门被推开了。

她急忙回头，只见萧逐夜手中端着一只药碗走了进来。

步履从容，仪态端方，真是个叫人心驰神往的“美人儿”……

洛雪将手拢在唇边轻轻咳了一声，板起面孔，冷冷道：“不请擅入，你们倾城谷的人都是这么没礼貌的吗？”

不管怎样，她的反抗之心和不满之意，还是要表达一下。

萧逐夜却不生气，似乎还有一丝隐隐笑意：“我敲了门，你没有听见。”

“是吗……”

可能那个时候她正在思考自己到底会不会凫水……

他将手中的药碗放在小桌上，语气温和："喝药了。"

洛雪看了一眼那一碗颜色诡异、散发着浓烈苦涩气味的药汁，不由得皱了皱眉。

这几天，每天早晚他都会端来药汁。起初她当然是拒绝的，尤其是知道了此次目的地是长恨岛之后，他所做的一切似乎都变得别有用心起来。

心里的倔劲儿上来，便委屈不得，她打定主意，就算他再如何威逼利诱，也绝不会妥协。

可是萧逐夜什么都没有说，只是当着她的面，端起碗亲自喝了一口，然后拿出随身携带的书，坐在窗边静静地看了起来。

甚至都没有多看她一眼。

洛雪站也不是，坐也不是，之前想好的许多说辞都不知该从何说起。他态度从容，行事优雅，一派光明磊落的模样，倒越发显得自己是以小人之心度君子之腹。

如此安静看书半个时辰，萧逐夜才终于放下书，起身将那碗凉了的药端走了。

洛雪早已站得腰痛腿酸，等他一走，赶紧坐了下来。可还没等她把椅子坐热，敲门声又响了起来。

依旧是萧逐夜，依旧端着药碗，只不过，换成了一碗热的。

"喝药了。"

"不喝！"

再次被拒绝，他依旧只是笑了笑，将碗放下，坐到窗边看他没看完的书。

态度从容，行事优雅，从头到尾，尴尬的人似乎只有她。

半个时辰之后，他又一次拿起凉掉的药碗，换了一碗热的进来。

如此往返三回，第四回，除了滚热的药，他还带来了午膳。

精致的四菜一汤搁上桌，散发着诱人的香味，萧逐夜亲手替她布上碗筷，拉开椅子，低声问道："吃饭吗？"

声音虽清冷，语气却十分温柔。洛雪忍不住看了一眼饭菜——与他单方面冷战了大半天，早就已经饥肠辘辘了。

不看还好，这一看，只觉得饿得眼冒金星，着实难受。

见她不答，萧逐夜还是不着急，说了声“抱歉”，便自顾自吃了起来。

他吃起饭来慢条斯理，无声无息，一双骨节分明的手握着细长的牙筷，斯文又好看。

洛雪忍不住咽了咽口水，转开目光，却又忍不住转回来，盯着萧逐夜看了片刻，轻轻哼了一声，走上前径直坐了下来。

死有很多种，饿死是最不值得的，她才没那么傻。

刚拿起筷子，萧逐夜便伸过手来，掌心赫然躺着一枚银针。

洛雪明白他的意思，这是让她试毒的。

既然都打算吃了，还试什么毒？矫情。

“不用。”她直接将他的手推开，拿起碗筷狼吞虎咽地吃了起来。

呜，好好吃呀，被毒死也心甘情愿了……

当然饭菜里并没有下毒，只是……既然已屈服于口腹之欲，下午当他再次端来药碗的时候，她再拒绝就未免显得惺惺作态了，因此也就没再刁难他，将药一口气喝完了。

并没有毒发，一切如常。

回头想想，这位萧谷主还真是厉害，不费一兵一卒，甚至连话也没有多说半句，便让她乖乖地遂了他的心。

不愧是能成为白翳心腹大患的人……

洛雪上前将药喝了，放下碗问道：“这药，我要喝到几时？”

这是几天里，她第一次主动和他说话。萧逐夜先是一愣，随后微微弯起嘴角，淡淡笑意如初春的阳光，顿时柔和了他清逸的五官。

毫无征兆的心悸再度袭来，洛雪匆匆转开视线，心中暗道：“好险。”

明知他或许会对她不利，她却还是轻易被他的一举一动影响，真是气人！

只听萧逐夜缓缓道："姑娘此前受过重伤，又不曾好好调理，所以这个方子多为进补养虚，所用药材皆可列与姑娘查验。另加了一味金银葛的藤心，是为了克制游魂针的毒性。"

洛雪听罢愣了愣："游魂针是什么？"

萧逐夜深深看着她："你没听过吗？"

洛雪摇头："我应该听过？"

他耐心解释道："游魂针是由苗疆毒蛊化出的针法。随着下针之人所炼制的药物和下针位置的不同，会有不同的效果。只不过蛊虫是活物，针是死物，蛊虫难炼，针却易得，也更易控制。这套针法是我师父自行参悟而得，本是为了治疗疑难杂症，可后来他却发现，此法一旦被有心人利用，必然会引起灾祸。况且针再细小，留滞在患者体内都会有后遗症，所以如今已经被我师父禁了。"

这段话的前半部分，洛雪听得有点晕，后半部分却听懂了："你的意思是，我身上就有这种针？可是既然已经被你师父禁了，这针又是谁下的？"

"此事说来话长。"他一言带过，继续道，"我并没有亲眼见过游魂针如何使用，只是根据师父留下的记载来判断，姑娘极有可能被人下了针。前些日子突然失去知觉，也像是后遗症所致。当务之急，只能尽量先抑制药性，再寻找根治的法子。"

他的语声温和、态度诚恳，洛雪不自觉地便信了七八分。她忍不住又想起了依旧身在大妙如意城的木鱼先生，不由得自语道："这样啊……难怪说我脑袋里有针，还真被他说中了。"

这话说得极低，萧逐夜却听得分明，目光微微一凝："姑娘说的'他'，不知是哪位？"

"是我在大妙如意城认识的一位老先生。"洛雪回过神来答道。

萧逐夜忍不住朝她倾身过去，追问："什么样的老先生？"

他的身上有股非常好闻的不知道是药香还是茶香的香气，洛雪又有些心跳加快……这位萧谷主看起来一副超然物外的样子，居然也有这么着急的时

候？

“就……眼睛看不见，脑袋有点糊涂，但是人挺好的，文雅有礼貌，像个教书先生似的……”

萧逐夜的目光落在她的脸上，久久没有离开，更不曾有拉开彼此距离的意图。或许，他根本没有想到这样有什么不妥。

他只是接着追问：“那，你认不认识一个叫作燕升的人？”

洛雪躺在床上，翻来覆去，无论如何都睡不着。

万万没有想到，那个阴阳怪气总是看她不顺眼的白燕升，居然还和萧逐夜有一段同门渊源。

如果萧逐夜说的是真的……

她伸出手，将手指缓缓插进发丝之间，不自觉地在后脑某个地方轻轻揉了揉。

方才他为了查验而碰触的地方……是这里吗？指尖很凉，按压的力度很舒服，她甚至能感觉到他的气息拂于发梢之上……

等等！当务之急，问题的重点难道不应该是——她的脑袋里是否有游魂针吗？

是因为所谓的游魂针，才会让她不记得过去吗？

白翳、白燕升……萧逐夜和自己之间，隐约有着千丝万缕的联系。她的那些过去里……会有萧逐夜的存在吗？

……

脑袋里又隐隐作痛起来。

最近她已经很少会头痛了，也没有再莫名昏厥，不知是不是因为萧逐夜的药真的有效……念及此，她赶紧收回胡思乱想，一把拉起被子遮住脸，专心睡觉。

朦胧中，耳边突然传来一个奇怪的声音。

像是敲击声，离她挺远的，声音不高，但十分清晰。

还没等她醒透，“咚”，又是一声。

她猛然坐了起来，分明感到背脊上的汗毛都竖了起来。

这是与生俱来对危险临近的直觉反应，她一把抓起外衣套上，又抓起床边的包裹，飞快地朝舱门冲去。

然而，明明晚饭时还能打开的门，此刻却不知何时被人从外面锁上了，无论如何都打不开。

“咚咚咚……”

敲击声越来越密集，她随手举起一把椅子，正要朝门上砸去。门外突然传来巨大的声响，紧接着，舱门轰然倒下。

门外站着一个人，正是萧逐夜。

洛雪目瞪口呆，还没来得及问他究竟发生了什么，萧逐夜已经一步上前一只手握住她的手腕，另一只手夺下她手上的椅子，低声喝道：“走！”

声音急促，他的神色也不同往常，洛雪来不及细想，跟着他就朝外跑。没跑几步，脚下木板突然裂了开来，一个身穿黑色海蛟皮水靠的男人举起手中的鱼叉便朝她面门扎来。

寒气夹杂着水珠迎面扑来，她下意识地矮身躲避，可叉尖尚未落下，那人便短促地号叫了一声，直挺挺地朝后倒下。混乱的视线捕捉到银光一闪，是他喉头插着的一枚细长银针。

她看向身边的萧逐夜，可后者没有给她说“谢谢”的机会，握着她手腕的手往下移，紧紧握住了她的手掌，低声道：“小心！”

短短两个字的时间，前后左右又有多处木板裂开，碎屑横飞，水花四溅，夹杂着不知何处传来的船工的惨叫。不断有黑衣人从船底的窟窿里出现，随之而来的是涌进船舱的大股江水，很快就无法继续前进了。

冰冷的江水漫过了脚背，快速上涨，这条被凿出了无数窟窿的船，马上就要保不住了。

洛雪的呼吸渐渐急促起来，环顾四周，脑子里飞快地转过一个又一个念头，直到耳边响起萧逐夜的声音：“闭气，不要松手！”

话音刚落，他轻扬衣袖，无数细如牛毛的短针如黑雾般散开。迎面而来的几个人顿时被扎了满脸，摇摇晃晃地倒了下去。与此同时，本就已经七零八落的灯火一齐被打灭，四周顿时陷入一片黑暗。

她的身子被往前一推，脚下突然失去了支撑，一下子落入冰冷的水中，瞬间没顶。

奇怪的是，她并没有因此感到惊慌，屏住的气息也没有因为突然的变故而溃散。短暂的忙乱之后，她很快适应了这种被水包裹的感觉，更让人惊喜的是，她的手脚在水中居然十分灵活，依照直觉的划动似乎也能意随心动。

当然，除此之外，还有很大的原因是因为萧逐夜。

他始终握着她的手，小心翼翼不曾有一丝一毫的松懈。手腕上温和的劲力引导着她，帮助她顺利地避开了好几次迎面而来的木板碎片和不明所以的杂物。

只是船体已经被凿得支离破碎，水中又漆黑一片无法视物，终究还是被许多细小尖锐的物体划破了皮肤。洛雪也说不上究竟哪里痛，但这种痛慢慢延伸到了脑袋里，熟悉的眩晕感阵阵袭来，她顿时有些着急，万一在水下晕过去，那可十分不妙。

她赶紧手脚并用地靠近萧逐夜，用力扯了扯他的衣襟。

很快，黑漆漆的视线里出现了一道柔和的光，萧逐夜的脸被水与光的阴影挡住，他手中拿着一颗拇指大小的夜明珠。

有这样的好东西也不早点拿出来！洛雪忍不住腹诽，伸出手指了指自己的头，又指了指水面。

也不知道他看懂了没有，她正想再做一遍，萧逐夜突然伸出手来搂住她的腰，用力往身前一带。只见一条黑影与她擦身而过，手中明晃晃的刀子几乎是贴着她的后背划了过去。

原来如此！黑暗中一旦有光，就能轻易成为对方攻击的目标，难怪他此前一直没有照明。

虽然她想明白了，但此刻再把夜明珠收起来也来不及了。没入水下的时

间有限，气息撑不了太久，她急忙顺势攀住他的肩膀，一手奋力向上划动。

萧逐夜看了一眼她抓住自己肩膀的手，搂在她腰间的手收紧，带着她一同朝水面游去。

夜明珠的光芒在水下摇曳，将四周映出一片似真似幻的青金色。她仰起头看向那张近在咫尺的精致面容，心头似乎有一根弦被拨动了一下，紧跟着后脑一阵剧烈刺痛，锥心刺骨。她忍不住将额头抵上他的胸口，眼角的余光却见一道冷芒，正自他背后急速分水而来。

她下意识地侧过身去，用力将他推开……

刺痛的感觉瞬间麻痹了五官，冰冷的水灌入口鼻，她的脑中顿时一片空白。

也不知道过了多久，洛雪才慢慢苏醒过来。

首先映入眼帘的，是深蓝夜幕和满天星光。

然后，耳边听到了汩汩的水声。

再然后，感知到了四肢的沉重冰冷。

唯有身体是暖的，那一缕暖气从后背贯入，将心脉牢牢护住，纵然其余地方都很冷，一时倒并不觉得十分难受。

“你醒了？”

压低了的声音自身后传来，她这才发现自己正倚靠在一个人怀中，身上的衣裳还是湿的，后心处抵着一只手掌，温和掌力源源不断地传来。

她急忙转过头，黑夜中萧逐夜的面目有些模糊，但那双黑白分明的眼睛里像是撒了星屑，既温柔又深远。

她顿时有些恍惚，总觉得这一幕似曾相识……似乎某个时候，也曾这样在星空下醒来，身上有伤，四野空旷，有这么一个人陪在身边……

尖锐的刺痛中断了脑中似是而非的画面，她低低呻吟了一声，问道：“这是什么地……”

话还没有说完，便被他伸手捂住了嘴。

顺着他的目光，透过高大的芦苇丛，只见淡淡的月光正投射在一小片沙滩上，方才耳边听到的水声，正是波浪拍打沙滩与礁石的声音。

下一刻，原本平静的水面突然发出异动，两个身穿鲨鱼皮水服的黑影从水里挣扎着钻了出来，其中一人似乎受了伤。两人互相搀扶着，一边骂骂咧咧，一边跌跌撞撞地朝芦苇丛走了过来。

她一声也不敢出，耳边温热的呼吸和身后清晰稳定的心跳声叫人很不自在。她想稍稍挪一下身子，谁知手一动便碰到了一根苇，细小的声响顿时惊动了那两人。

眼看两人抽出闪着寒光的匕首走来，洛雪的心都提到了嗓子眼。可就在下一瞬，也不知谁的脚下踩到了什么，其中一人大吼了一声，同时传来破空声响，芦苇丛中飞出数道银光，尽数扎进了那两人身上。

直到那两人如米袋一般沉重地倒下，洛雪还有些回不过神来。

捂在嘴上的手掌慢慢松开，萧逐夜缓缓说道：“此处遍布陷阱机栝，切勿独自行动。”

她定了定神，想起方才那个问题：“这里……到底是什么地方？”

这一回，萧逐夜沉默了许久，才低声道：“是我母亲埋骨之地。”

三

一丝光亮自天际徐徐展开，在深蓝天幕与辽阔江水之间撕出一道裂缝，斑斓的色彩自裂缝四周变换渲染，说不出的瑰丽。

洛雪记忆中从未见过这样的情景，愣愣望着远处，只觉得江山如画，妙不可言。

“累了吗？”

她转过头，见萧逐夜正站在身后。江风吹起他半干的长发和衣襟，竟丝毫不见落水的狼狈，居然还有一种仙人般的感觉。

这个人也真的是……妙不可言……

她定了定神，一边摇头，一边问道：“我们还要走多久？”

“前面就是。”他指了指前方不远处一片黑乎乎的石峰，石峰高低错落，看不清究竟有多少座，也不知道他究竟指的是哪里。

自从恢复意识之后，洛雪跟着他走了不下一个时辰，也大致弄清楚了这里的地形。这是一座小岛，根据萧逐夜所说，东海近海岛屿众多，长恨岛没法一一收管，就挑一些有人居住、物产丰富、行船方便的岛占为己有。剩下的小岛，要么是地方太小荒无人烟，要么是暗礁丛生行船凶险，久而久之便成了孤岛。

脚下的这座岛，名叫霜迟岛，属于孤岛。

岛上除了天然的暗礁和湍急的水流，还遍布机关陷阱。行舟之人稍有不慎便会卷入乱流漩涡，就算侥幸上了岸，也很难走远。而她醒来时看到的那一小片长着芦苇的沙滩，是这座岛上唯一安全平缓的入口。

“霜迟”二字，是萧逐夜母亲的名讳。这座孤岛以他母亲的名字来命名，因为岛上有他母亲的坟茔。

所以他才能对这里了如指掌，甚至是在沉船的一刻，就已经想好了退路，入水之后很快将她带到了这里。

他的解释十分简洁，却让洛雪在惊讶之外更加好奇了。为什么他的母亲会葬在长恨岛附近，又为什么会选这么一个人畜难近的地方？！一路设置了那么多障碍，这让亲朋好友怎么来祭拜？

而且他还说，岛上有路可以直通长恨岛，怎么去？游过去吗？

不过好奇归好奇，她是不会追问的，萧逐夜能告诉她和自己母亲有关的秘密，她已经很受宠若惊了。

虽然有可能是想以此来获取她的信任，但她居然还觉得有点开心……

洛雪一边胡思乱想，一边随着萧逐夜小心翼翼地穿过遍布陷阱的乱石滩和杂树林，眼看那一片高大的石峰近在眼前，脚下却没有路了。

一道又深又宽的峡谷横在眼前，峭壁之下是奔腾的水流和嶙峋的礁石。两座崖壁之间的距离不下百丈，没有桥的话，根本无法跨越。

但萧逐夜却并不着急，他沿着悬崖边缘慢慢往前走，最后停在了一棵两

人合抱的大树前。随后低头丈量着脚步，在崖边半跪下来，伸手探下崖壁摸索，也不知触碰到了哪里的机关，脚下一阵颤动，随后传来一阵巨大的铁器摩擦之声，脚下的崖壁中竟然射出一条铁索，以极大的力道，笔直地射向对面山崖。

看不清对面崖壁上到底装了什么，只能看见铁索堪堪力竭下坠之时，正好卡在了山崖上。

他又用同样的方法挂住了第二条铁索，两条铁索一上一下，距离约有半人高。江风鼓荡，铁索摇晃相撞，深深的峡谷中回响着叫人胆寒的铁器刮擦声。

洛雪看得目瞪口呆，虽然天堑之间是有通路了，可是……就两条晃晃悠悠的铁链要怎么过去？

“走过去。”萧逐夜仿佛看出了她内心的疑问，淡淡说道。

“啊？”

疯了吗他？

萧逐夜没有回答，径自脱下外袍，又将长发束起，只穿了一袭月白单衣，回身朝她伸出手，问道：“介意吗？”

“不……不介意……”

她鬼使神差地将手递到他的掌心里，立即被他握紧，随后只觉得身子一轻，双足便踏上了冷硬的铁链。

劲风吹拂，她一眼看到脚下的万丈深渊，顿时有些晕，身子也跟着晃了晃。

尚未站稳，他便很快揽紧了她的后腰，另一只手扶住略高的那条铁索，足尖轻点，朝前轻跃而去。

没错，真的是跃过去的，即便揽着一个人，还是走得很稳，步履轻灵，身姿飘逸。

原来他的轻功这样好……

洛雪微微仰起头，刚好看到他美玉一般的下巴，薄唇紧抿，眉眼清湛。她现在已经一点儿也不怕脚下的深渊了。御风而行的感觉并不陌生，多半从前是十分熟悉的。此时此刻，让她心跳不已的，另有其人，另有其事。

不到一盏茶的工夫，两人便踏上了对面山崖。回望来处，铁索依旧悠悠荡荡。洛雪正想问这玩意儿要怎么收回去，却见萧逐夜转身来到一块巨石面前，开启机关。崖壁上的铁钩收起，铁索失去了这一头的支撑，顿时如长蛇一般往崖下跌落。

随后，他又从巨石的石洞中找出弓箭，张弓搭箭，射向来处的石崖机关。机关被箭矢触动，响起沉闷的绞盘转动之声，慢慢将垂落的铁索收回了山体之中。

这一整套机关看似粗犷却又精巧绝伦，洛雪不禁叹为观止，兴奋地拉了拉萧逐夜的衣袖："这个好厉害，不知是哪位高人设下的？"

萧逐夜看了她一眼，道："是由我母亲亲手设计，交予我师父督造完成。"

洛雪"咦"了一声，一个人亲自在自己坟墓之前设下无数致命的机关陷阱，这根本是拒绝别人来祭拜吧？

"她怕人来抢她东西吗？"说完又觉得好像不太礼貌，她赶紧加了一句，"我乱说的。"

萧逐夜不禁莞尔："你说得也不错，她有一件东西，无论如何都不想被别人拿到。叶幽云找了十年，也没有找到。"

叶幽云又是谁？等等，这个名字好生熟悉！莫不是……莫不是……

"长恨岛岛主叶幽云？"

萧逐夜的笑容骤然一凝，冷冷道："她不是。"

"哎？"他说的是"她"不是岛主，还是"她"不是叶幽云？

可是他却没有继续说下去，只是道："前方有千石阵，变化奇诡凶险，一旦迷路就十分麻烦，你……"他顿了顿，伸手拉起她的手，沉声道，"跟紧我。"

这回倒是不问她介不介意了？洛雪低头看了一眼，挑了挑眉，展颜一笑："好呀。"

就算他要拿她当人质她也认了，这么温柔的人，她委实狠不下心来拒绝。更何况如今在这座四处都是陷阱的岛上，没有他，她根本寸步难行，倒不如

从善如流，从了他的意，也从了她的心。

前方正是路上所见那片高低错落的石林，对于布阵之道，洛雪可谓一窍不通，只能乖乖跟着萧逐夜，不断在无数高大的石峰之间转圈。

有时候前路烟雾弥漫，有时候两侧阴风四起；有时候脚下道路如羊肠曲折，有时候又坦荡宽阔；有时候眼前明明没有路了，一转身又拐到了岔道上……一开始她还努力去记路，最后直接放弃了，她对这些完全没有熟悉的感觉，可见从前也是一样不懂。

不知过了多久，他们眼前终于豁然开朗，再无石峰阻碍，只有数棵劲松环绕着一间小小石屋。日光将屋前一片草地照得茵绿透亮，风声水声都很远，显得此地分外静谧，与这一路的危机四伏比起来，简直判若两地。

洛雪轻轻吐了口气："到了吗？"

"到了。"萧逐夜松开她的手，几步上前，轻轻推开石屋的门，"这是我母亲生前亲自选择的长眠之地，她只愿独自与天光云影为伴，不欲为外人所扰。"

洛雪听了有些不安："那……那我就不进去了……"

"无妨。"他笑了笑，"是我带来的，她不会怪罪。"说着，朝她招了招手，"进来。"

洛雪随他进屋，只见此处陈设简单，正对着门的墙上挂着一幅等身画像，画前的案桌上摆了一只香炉和一只妆匣，除此之外再无他物。

天光透过雕花的窗格投射进来，清晰地照见画像上身披红纱、怀抱瑶琴的女子。画中人微微低着头，额前坠了一面米珠流苏，隐隐约约挡住了眉眼，只露出一点朱唇，身周烟云缭绕，如梦似幻，仿佛九天下凡的仙女。

画上题了一段话：

"白雪乱纤手，绿水清虚心。钟期久已没，世上无知音。"

末尾是"霜迟"二字。

没有印章，也没有落款，不知是谁画的？

“这是师父为我母亲作的画像，她生前是长恨岛的岛主。”萧逐夜一边说，一边走上前来点燃了案桌上的线香，插入香炉中。

幽淡的香气袅袅散开，洛雪好半天才回过神来。

“长恨岛岛主？”

萧逐夜抬起头凝视画中女子：“十多年前，江湖上曾经有‘南霜北翎’的雅号，说的是当世最负盛名的两位操琴名家。其中的‘南霜’，便是我的母亲。”

“叶？”洛雪一下子就抓住了重点，“和叶幽云有什么关系吗？”

“她是我母亲同母异父的妹妹。”

懂了，之前萧逐夜说“她不是”，那个“她”是指叶幽云。

如此看来，这对姨侄的关系不大好。可萧逐夜还是要只身冒险去长恨岛，就不怕叶幽云和白翳联手对付他吗？

她想不明白，也不由得抬头朝画上看去。

萧逐夜的师父一定是个丹青圣手，画中人极富神韵，即便看不清眉眼，姿态神情却清丽中透出妍媚，看久了，仿佛她下一刻就会活过来一般。

正看得入神，身边的萧逐夜却轻掀衣摆，径直跪了下去。

洛雪等他恭恭敬敬地磕完三个头，也赶紧跪了下去，一边行礼一边一本正经地说道：“前辈您好，途经贵宝地，得见仙容，晚辈无意冒犯，失礼之处还请前辈海涵！”

拜完站起身，见萧逐夜正默默看着她，她顿时有些不好意思，解释道：“我是觉得，既然到了前辈的地盘，应该打个招呼……”

萧逐夜却只是微微笑了笑，转身朝屋后走去，道：“你随我来。”

纵然这一路上已经见过不少稀奇古怪的事情，但这座不起眼的小石屋，还是让洛雪惊讶了。

屋子看似只有一间，实则背靠半边山壁，屋后有一道九宫锁锁住的铸铁暗门。门后直接通入中空的山体，山体内部分出了数个房间，宽敞的后厅中

另凿有一道石梯，旋转往下，不知通往何处。

洛雪正站在石梯边朝下看，听见身后传来脚步声，转头只见萧逐夜已经换上了一袭干净的天青色长衣，衬着他的眉目清雅，又变成了从容优雅的萧谷主。

“去换上这个。”他将手里叠得整整齐齐的衣物递过来，指了指右手边一扇门，“然后来吃点东西。”

洛雪依言接过，有些意外：“女装？”

他点头：“不知是否合身，但湿衣穿得太久，易染风寒，还是先换上吧。”

衣服岂止合身，简直像是为她量身定做的一般。轻衣缓带，玄色外袍藕荷色内衬，样式和之前紫离的衣饰相同。她好不容易系上最后一根衣带——这衣服好看是好看，穿起来也太费劲了，不知道倾城谷的师兄弟师姐妹每天要花多少时间来穿衣服、脱衣服……

话说这里不是他母亲的陵墓吗？为什么还有替换的衣物和食物？她换衣服的这间屋子里，甚至还有卧榻和被褥，都不像是放了很久的样子。

“狡兔三窟”还真是他一贯的习性……等等，为什么要说“一贯”？

她皱着眉拆开湿漉漉的发辫，一边用手梳理着头发，一边走出房间。石厅里没有人，暗门半掩着，她刚一推开，就闻到了一股食物的香气，肚子立刻十分配合地叫了起来。

循着香气走出屋子，只见屋外高大的松树下生了一堆火，火上架着两只小巧的陶罐，还用树枝穿了一大块肉。萧逐夜正坐在火堆边，捧着一卷书册低头翻看，不时伸手翻转树枝。油脂的香气，顿时让这杳无人烟的地方变得生动起来。

洛雪忍不住咽了咽口水。

“好香！”她几乎是扑过去的，“萧谷主，可以吃吗？可以吗？”

萧逐夜抬起头看了她一眼，目光便似凝固了一般，久久不曾移开，澄澈的眸子里渐渐浮起一层雾气。

洛雪的注意力却完全被眼前的食物吸引了，凑上前去狠狠地吸了几口气，

才发现萧逐夜并没有回答她，转头催促道："萧谷主？萧谷主？"

萧逐夜转开目光，轻轻吐了口气，才道："稍等。"

他将手里的书册递过去："你先看看这个。"

洛雪接了过来打开，这是一本画册，第一页画的是个少女，穿了翠绿的裙衫，模样娇俏，高挑的眉和微垂的眼帘却透出一股高高在上的骄纵之气，画像边上题了一段话：

"叶灵芷，十八岁，长恨岛叶幽云之女，少岛主，擅碧玉鞭。"

画页底下有个小小落款，是个十分花哨的"墨"字。

看来这幅画是花墨予画的，落笔灵动，线条清峻，看不出那个花蝴蝶一般总是笑眯眯的男人居然是个丹青圣手。

她继续往后翻，第二张画像正是叶幽云。从年岁上来说，她应该已到中年，但整个人却依旧容色耀眼，身姿袅娜，五官也与屋中那张画像有七分相似，只是妆容更加艳丽，凤眼带煞，和叶霜迟不食人间烟火的气质南辕北辙。

关于她的介绍洋洋洒洒写了一页，洛雪大概扫了一眼，继续往后翻。叶幽云之后是她身边的几个少年侍从，花墨予画男子十分不上心，草草几笔勾了轮廓，写了个名字就完事了。

再往后是长恨岛上的几位护法、几大弟子，有老有少，皆为女子，洛雪翻着翻着便没有了耐心，抬头问道："你为什么要给我看这个……"

话还没有说完，只见萧逐夜将一只青瓷碗递了过来："可以吃了。"

她愣了愣，接过了碗。碗里是大半碗白米粥，上面盖着烤好的肉片，肉用刀子片得很薄，混合着米粥的香气，十分诱人。

原来方才趁她翻看画册之际，他已经盛好了粥，片好了肉，还撒上了佐料，准备好了碗筷。

要不要这么贴心啊……这样她真的很难控制自己的……

洛雪摸了摸鼻子，将画册放在一边的柴垛上。谁知没有放稳，一路滑了下来，里头的画页顿时散了一地。

洛雪赶紧低头去捡，再按照记忆一张张摆好，可整理到最后，却发现了

几张从没有见过的画。

这几张画的是同一个人——身穿茜色轻纱腕戴金镯的女子，时而舞步飞旋，时而赤足嬉戏。其中一张是她在花树下小憩，点点花瓣落在她如云的秀发和轻阖的眼帘之上，人在花中，花与人共，意境之美难以描述。

没有名字，也没有落款，但单看笔触，也看得出是花墨予的手笔。

只是这几幅和长恨岛诸人的画像有些不同，落笔更加精细，线条更为流畅，神态与体态无不传神之极。如果说之前的画像只是“像”，那这几张简直就是“传神”，境界都不一样了。

怎么说呢……好像画中人被赋予了灵魂，就如同萧逐夜的师父所绘的那张叶霜迟……

这个画中人，洛雪也认得，是紫离。

照理说他们是同门师兄妹，平时互相画张画像也很平常，可洛雪总觉得有哪里怪怪的，正思量着，手中的画纸已被萧逐夜拿了回去。

洛雪捧起碗满足地喝粥，顺便问道：“这是花公子画的紫离姑娘吧？他是不是放错了？”

萧逐夜摇了摇头，没说什么，只是将那几张画小心地放回了画册中。

他想起了前几日，他们几个刚从千丈崖坐船离开的时候。

趁着有限相聚的几日，他让花墨予将手上关于长恨岛的资料整理出来。两天后，花墨予就将这卷整理成册的画卷交给了他。

翻看画卷的时候，他还在桌上看到了数张凌乱散放的小幅画纸，居然是之前从洛雪身上找到的由白翳亲手绘制的小像。

他皱了皱眉，这些画，不管什么时候看来都十分碍眼。

“为什么还不丢掉？”

“不急不急。”花墨予捏起一张洛雪的小像在他面前晃了晃，“掌门师兄，你觉得白翳的这些画儿画得如何？”

萧逐夜语气淡淡：“不如何。”

“我却觉得很有意思呢。”花墨予笑道，“你可记得年少时子山先生教我们作画时说过什么？技巧易学，情境却难得。情入画中，意境相融，方可得佳作。你看这些小像，虽然笔法简单，也没有什么技巧可言，却看得出真情实意。即便你很讨厌白翳，也不得不承认，他对这位画中的姑娘十分用心，特别与众不同，对不对？”

萧逐夜不置可否：“我只是觉得，你太闲了。”

“非也非也。”花墨予狡黠地眨了眨眼睛，“我有很认真地思考过——我画过的美女没有一千也有八百了，会不会其中也有这么一个人特别与众不同呢？”

当时萧逐夜是真的觉得花墨予太闲了，于是让花墨予顺道把白门诸人的资料也整理了，惹得花墨予怨声载道，四处控诉他滥用谷主大权。

可如今看来，他的确另有所指。

入画之人多如过江之鲫，却唯有一人与众不同。

这家伙一贯玩世不恭，心思却极其难测，有话不直说偏要绕弯子。看来下次见面，要找他好好聊聊了。

念及此，他突然心头一动，转头问道：“你可曾想过，若是恢复了记忆，会想起些什么？”

花墨予说得没错，那些小像……不管眼前这个女子是不是真的“她”，白翳对画上的“她”，都是用心的。

那，“她”呢？

“我？”正埋头吃饭的洛雪有些意外，这种问题还用想的吗，“自然是我的身份来历，还有为什么会受伤。对了，还有仇人！”

萧逐夜沉吟道：“那……如果没有所恨之人，却有所爱之人呢？”

洛雪听到“所爱之人”，顿时脱口而出：“你是说白翳？”

萧逐夜闻言，微微眯起眼睛，声音却出奇地温和：“你觉得，他是你所爱之人？”

不知道为什么，他明明笑得十分温柔，洛雪却觉得周围的气氛一瞬间有些瘆人。

她摇头：“这倒不是。因为我在大妙如意城的时候，大家都说我和他是……那种关系。不过，我是不太相信的，毕竟对他这样喜怒无常又野心勃勃的人，我一点都没兴趣。要不是打不过他，我早就跑了……”

说到这里，她把心一横，直视着萧逐夜道：“萧谷主，和你商量一件事行吗？”

萧逐夜正望着火苗出神，闻言转过头：“嗯？”

“你看我们也算是患难与共了对吧？看在这点交情的份上，你去长恨岛的时候，能不能别带上我，我不是很想去……”

萧逐夜不禁失笑，嘴角的浅笑一直蔓延到眼中，眼瞳之中仿若注入烟霞波光，消散了方才的冷气和他身上温和却总是疏离的距离感。

“笑……笑什么？”

别笑了，再笑就看不下去了！

会脸红的……算了，已经脸红了，这么好看不如多看两眼好了……

他道：“你怕我把你交给白翳，还是怕我用你来要挟他？”

“难道不是？”

萧逐夜突然伸出手来，碰了碰她的脸颊，她还没有感知到指尖的温度，他便收了回来，手掌隐入袖中，在她看不见的地方紧紧握住。

清冷的声音低低传来：

“我母亲当年因叶幽云而死，至今尸骨不全。我年少时也曾被她下了血蛊，几乎耗尽师父的毕生功力才救回性命。而叶幽云，一直都在寻找母亲生前的一件宝物，否则恐怕有性命之虞。我与她之间恩怨牵绊，仇恨似海，和白翳毫无关系。

“每过一段时间，我便会亲自来此处更换新的食物和用具，除了祭拜母亲，更重要的是早做准备，等一个报仇的机会。”

“所以……”他看着她，语气柔和，“我要去长恨岛，不是因为白翳，

是为了我自己。带上你，是因为燕升会随白翳前往，你身上的游魂针，只有拿到他的针谱才能解开。”

洛雪一时语塞，萧逐夜就这样把自己的秘密和盘托出，是笃定她一定会相信吗？

好吧……她信了。

只不过……

“真要带上我？我会连累你的。”

萧逐夜笑了笑，说道：“无妨。”

顿了顿，他又道：“若是那位木鱼先生所说不假，游魂针确实在你颅脑之内，那你不记得从前应当也是由此而起。游魂针手法复杂多变，且需要定时服药缓解下针之处的血脉淤塞。你最近时常犯厥症，多半也是因为停药所致。我之前开了化瘀除滞的方子，你按时服用，不要思虑太多，应当可以缓解一下。”

这是解释了为何在船上要天天逼着她喝药吗？

“游魂针十分凶险，时间一长，药物也缓解不了血脉淤塞，被下针之人皆不能长寿。我不敢贸然替你取出，一定要拿到白燕升的针谱才行。”

他说话的时候不急不缓，字句文雅，声音又十分好听。洛雪只觉得听起来异常舒服，也没怎么听清他具体说了些什么，只知道他是想要替她取出那个什么针。

不过……找白燕升要针谱这件事，有点悬。

如果她没有记错，白燕升一向很讨厌她，怎么可能会乖乖交出针谱？要拿到手，必然要费一番周折，对萧逐夜来说岂不是额外多出来的麻烦事……

无缘无故地，他为什么要对她这么好？

她望着松林之外已经暮色苍茫的天空，突然问道：“萧谷主，我们以前是不是见过？”

萧逐夜沉默片刻，道：“你觉得呢？”

“我觉得嘛——”她转头盯着他，“应该见过吧？”

萧逐夜的眸色微微一暗：“何以见得？”

“我见过白翳身上的伤，我知道那是星芒针。”她的目光灼灼，“星芒针是你的暗器吧？我没见过，怎么会记得你暗器的名字？因此从前多半是认识你的。”

这一回，他沉默了很久，才道：“确实见过。”

洛雪眼睛一亮，翻过身凑近他道：“那我们是敌是友？我是谁？是干什么的？”

萧逐夜迎着她热切的目光，淡淡一笑：“这些问题，等你恢复记忆之后亲自回答如何？”

不是……她究竟有什么了不起的过去，一个个都要藏着掖着？

如果她从前认识他的话……

看着他近在咫尺的清浅笑容，她仿佛受到了蛊惑一般，忍不住脱口而出：“那我以前有没有说过……”

——你这人很不错？

幸好理智及时恢复，生生打住了。

他说得对，问别人不如亲自去验证。等她记起所有事的时候，自然也就知道了自己的心意。来日方长，就算以前对他没有想法，以后再去慢慢争取也不迟。

第五章
流云飞霜

一

长恨岛少岛主叶灵芷与白门门主白翳的婚礼，是近来动荡混乱、腥风血雨的江湖中难得的一件喜事。

自从南、北剑宗一战之后，北剑宗宗主宋连霆重伤，北剑宗为白门所控；而南剑宗宗主宋雪心则在空青堂一役后失踪，南剑宗弟子聂五自此蛰伏在甸江中游十八连环水坞中，专与白门为敌，并吸纳了各方与白门敌对的势力，渐成规模。

至于白门，在剑宗分崩离析之后，短短半年时间内，凭借白翳和手下几位堂主的雷霆手段，加上至今还找不出解药的“药偶”，很快将大大小小数十个门派收归麾下。其中包括《江湖奇闻录》中“新月卷”的大部分门派，甚至连“长青卷”中的名门望族，也有相当一部分归顺白门。

白翳是这半年来江湖上最风光无限的人，年轻、英俊、神秘，一路肆意横行，势如破竹的同时也俘获了无数少女的芳心。

因此他的婚礼，也格外引人注目。

即使长恨岛的名声不怎么好，双方邀请的人也不多，但到了婚礼前两天，

附近码头上还是挤满了人，甚至还有人雇了船偷偷登岛。岛主叶幽云只好命人关闭了岛上所有码头，只留了一条水道，并派人严加看守。

即便如此，岛上的人还是只多不少，除了长恨岛的女弟子，最多的就是白翳这一路上强势“结盟”的江湖中人。听说叶幽云还曾经为此不太高兴，但最后还是看在白翳的面子上没有再追究。

时值深春，本不是桃花季，但长恨岛上的千株蓬莱桃却正值盛放时节，远远望去云蒸霞蔚，为这场万人瞩目的婚礼增添了诸多喜色。

洛雪从一株高大的蓬莱桃树后探出头来，看了一眼远处黑压压的獒犬。

虽然有人牵着，但獒犬巨大的体形和跃跃欲试的吠声，还是颇让人心惊肉跳。

用獒犬来守岛，叶幽云果然不是个普通女人——这么多只一拥而上的话，十个她也不够撕的……

正犹豫着，头顶传来一个低低的声音：“跟上。”

她抬起头，只见萧逐夜正轻巧地站在前方一棵桃树的树枝上，大团的粉白花朵如云一般簇拥在他周围，更显得那道玄色身影清隽挺拔。

此时此地，前有恶犬，后无退路，她还能怎么办？

只能跟他走了。

她和萧逐夜在霜迟岛的小石屋中不紧不慢地等了两天。每天除了和他聊天，就是听他弹弹琴，再或者看看风景，翻翻叶霜迟生前留下的书籍字画，仔细想想好像没有做什么正经事，可时间却过得飞快。

转眼到了第三天，萧逐夜告诉她，今夜子时会起东南风，寅时有雨，海上一定会起雾，正是登岛的好时机。

他每天都会在屋后叶霜迟的坟冢边站上一两个时辰，那里有个断崖，可以遥望海面和天空。她一直以为他是在缅怀母亲，却原来是在朝看潮汐，夜观天象。

她有些小小的遗憾，却也知道这两日的闲适，终究只是浮生一梦罢了。

那道旋梯往下直通一个隐蔽的水洞，洞中藏有船只，沿着暗河可以入海。萧逐夜对这一带显然非常熟悉，他亲自行舟，趁着浓雾和细雨连夜赶路，终于在黎明之前悄悄登上了一处废弃已久的码头。

穿过一条破败不堪、杂草遍布的碎石路，就是桃林外围。越往里，巡卫的弟子就越多，现在还碰到了带着大群獒犬的，要怎么逃过那些畜生的鼻子也是一桩麻烦事。

又往前潜了一段，前方桃树上的萧逐夜突然停了下来，洛雪也赶紧站住，将自己藏在树干后头。

犬吠声比刚才更近了，有几次她甚至能看清獒犬铜铃般的眼睛，若不是此处花树密布，香气浓郁，恐怕他们早就被发现了。

这位萧谷主，不会是想自投罗网吧？

她静静等了片刻，却没有听到他的下一步指示，可那些渐渐接近的犬吠声，却突然之间转了方向，听着是越来越远了。

她忍不住探出头去，果然不见獒犬踪迹，只有萧逐夜依旧高高立于花树之上。她顺着他的方向望去，只见花间闪过一道青影，随即传来一个沙哑女声："可是少主在此？"

桃林间走出一个青衣女子，三十来岁模样，身量中等，发髻绾得一丝不苟，腰上别了一道长鞭和一串腰牌。

就见萧逐夜身形一闪，翩然落下道："绮罗姐，好久不见。"

咦，这是……内应？

难怪他如此有恃无恐，她悬起的心放下一半，身子又往前探出一点。见萧逐夜正转身朝她招手，她赶紧提着裙子，蹑手蹑脚地走了过去。

关于洛雪的身份，萧逐夜一语带过，只说她是谷中弟子。名叫绮罗的青衣女子也没有追问，说道："我方才支开了巡逻的姐妹，但第二队很快就到，少主请先随我来。"

两人跟着绮罗在桃花树间绕行数圈，洛雪这才发现，这些桃树看似杂乱无章，实则栽种暗合五行八卦的方位，稍有不慎，只怕会迷失其中。

她不由得想起叶霜迟墓前的石峰阵来，也不知是长恨岛的人都精通这些，还是这个桃林本就是叶霜迟留下的？

正想着，绮罗已经将他们带到了桃林深处一座小院落前，起手敲了敲院外柴扉，喊了一声："钱婆婆。"

屋子里应声走出一位头发花白的老妇人，一手拄着一根比人还高的拐杖，站在篱笆后头眯着眼睛看他们。

萧逐夜看到她也有些惊讶："钱夫人？"

老妇人混浊的目光陡然间变得清明，一把推开柴扉，上前紧紧握住萧逐夜的手，眼中泪光闪烁，慢慢汇成泪珠滑落下来。

她张了张嘴，喉咙里却发不出声音。萧逐夜似乎看懂了，伸手轻轻抹去她的泪痕，柔声道："是的，是我，我回来了。"

洛雪静静地站在萧逐夜身后，安分守己地做一个端茶递水顺从乖巧的小弟子。

既然萧逐夜都没说什么，其他两位也就没有质疑，彼此对话并没有什么顾忌。

三言两语，洛雪便得知了几件很重要的事。

原来这位钱婆婆从前是叶霜迟的手下，后来受到牵连，被叶幽云割了舌头毁去武功，贬成看管桃林的一个下人。如今全岛戒严，其他人都被调走了，剩下她年老体迈又不能说话，就留在这里看房子。

而绮罗则是长恨岛上负责外防的掌事，位置十分重要，听起来在叶幽云面前也很能说得上话。

有这样的人做内应，也难怪萧逐夜对岛上的布防了如指掌。

此时此刻，绮罗正拧眉道："我已经查明，前两天少主的船在海上遇袭一事，确系许千裳所为。她手下有一支飞鱼队，专门凿人船只，手段十分歹毒。幸好少主没事，否则……”

咦，原来那次凿船的人不是冲着她来的？

“许千裳”这个名字她记得，花墨予所绘的长恨岛人物谱中，许千裳就排在叶幽云之后，身份是副岛主兼总管，替叶幽云打理岛上的诸项杂务。她在叶霜迟做岛主的时候就在了，岛主更替的时候选择站在叶幽云这边，之后就一路平步青云。

让人觉得奇怪的是，这次婚礼是叶幽云邀请萧逐夜来的，这位许副岛主却背后找人要杀了他，难道不是和叶幽云作对吗？

这么阳奉阴违，这两个人之间的关系有点微妙啊……

果然，萧逐夜听着并不惊讶，一边拿着碗盖轻轻撇去杯中浮沫，一边淡淡道：“她是怕叶幽云从我这里得到玉英，还是怕我与叶幽云联手坏了她的好事？”

绮罗哼了一声：“只怕都有。据我所知，许千裳已决定在婚礼当天动手，但叶幽云如今有白门做靠山，胜负本来就很难预料。一旦少主真的拿出玉英，或者因血缘之绊而相助叶幽云，那她就更加没有胜算了。”

萧逐夜若有所思：“许千裳就这么急着要对付叶幽云？”

“她当然急。”绮罗不由得冷笑，“为了这一天，她已准备太久了。更何况如今她掌控着玄玉屑，就相当于掌控了叶幽云的命，怎能容叶幽云和白翳联手？”

“玄玉屑……”萧逐夜轻轻啜了一口茶，沉吟片刻，“叶幽云的脸还能撑多久？”

“估计最多也就三五个月吧。”绮罗道，“当初我们依照少主的吩咐，买通许千裳身边的人，提议她在玄玉屑中混入蛇舌草与赤蝎粉，此计正中许千裳下怀。如今钱婆婆这边已经供了七八次药，从用量来估计，应该已经起效了，要不然她怎么会急着和白翳联姻？还不是因为听说了他手上有《清澄丹书》？”

萧逐夜低低“嗯”了一声，接下来又听绮罗说了一些岛上的部署。洛雪本就被一串陌生的名字弄得一头雾水，这下更是听得云里雾里，干脆走了神，转头盯着窗外的桃花发呆。

突然衣袖被人轻轻一扯，她低下头，只见萧逐夜正看着她，轻轻道：“添茶。”

那眼神，分明是叫她专心听讲。

好吧……听着就听着。

“白翳带了多少人过来？”

“白门的人有十二个，其中有执法堂的堂主白舜华和修罗堂的堂主白燕升。”

说到白燕升的名字时，萧逐夜不禁微微皱了皱眉，问：“他们住在何处？”

“这个我也不太清楚，他们都是自己安排住处，连叶幽云都不能干涉。”绮罗轻轻“啧”了一声，很是不满，“人还没有娶到呢，便把自己当这里的主人了。叶幽云这是引狼入室，就算没有许千裳生事，也早晚毁在白翳手里。”

……

绮罗有要务在身并未久坐，钱婆婆则去外头准备饭食。一时之间，屋子里就只剩下他们两人，洛雪正寻思着要不要找点话题聊聊的时候，便听萧逐夜道：“来，陪我喝茶。”

她欣然坐下，看着他重新拿出一套茶具，挽起袖子，烫杯温壶洗茶封壶，慢条斯理又从容优雅。敢情之前喝的不过是解渴的水，这会儿喝的才是“茶”。

她的目光沿着茶汤氤氲的热气一路往上，落在他修长的手指和露出的一小截手腕上。执壶的手掌与腕骨之间折出的角度十分好看，她一时看得入了迷。

“许千裳是长恨岛的总管，从前是我母亲的副手，后来跟了叶幽云。”

清冷的声音传入耳中，洛雪这才回过神来，挑了挑眉：“所以她是副手当惯了看叶幽云不顺眼，所以等不及想要取而代之，还特别选了婚礼这天？”

萧逐夜不由得笑了笑，将面前的冻石茶盏递过去，道：“她们的恩怨由

来已久，只是一直不曾说破。只需要有人点一把火、煽一阵风，便足以燎原。”

洛雪“哦”了一声，尾音拖得长长的：“所以……你就是那个煽风点火之人？”

“离间之计罢了。”

原来如此——难怪在白翳和叶幽云都在岛上的情况下，他还敢只身前来，原来是为了鹬蚌相争，渔翁得利。

她点头：“厉害了啊萧谷主，佩服佩服！”

他温文尔雅地抿唇一笑：“过奖。”

啧……当初她怎么会觉得他是位谦谦君子的，明明脸皮厚得很……

更奇怪的是，她居然不觉得讨厌，反倒还想和他多说一会儿话。

“那玄玉屑和玉英又是什么？”

“你真的想要知道？”

“不懂就问喽。”她撇撇嘴，“我问我的，说不说在你啊。”

萧逐夜微微一愣，随即柔声道：“你问我的，我自然都会说。”

洛雪的手一抖，几滴水珠落在桌上，她抬起袖子装作若无其事地擦掉。听到萧逐夜道：“玄玉屑是一种特殊玉石的石屑，佐以特殊药材炮制，长期服用可保肌肤细嫩，容光焕发。”

“至于玉英……《九章涉江》有云，登昆仑兮食玉英，与天地兮同寿，与日月兮同光。玉英乃玉之精华，传闻服食它可以永葆青春容颜，延年益寿。”

洛雪愣了愣：“真有这么神奇的东西？”

“你可见过长生不老、容颜不改的人？”

洛雪摇头：“长生不老那是神仙，人要是长得几十年如一日，那也太可怕了吧！”

他轻轻一叹：“可惜世人多不明白，偏要心存执念，费尽心机追求虚无缥缈的东西，不惜造下恶业。”

想到他们此前的那番对话，洛雪也猜到了几分：“叶幽云服食玄玉屑还不够，还想找到玉英来保持容颜不老？”

“十二年前，她不知从哪里听说，我母亲已找到了玉英，于是严刑拷打我母亲生前的随从，四处搜寻母亲的坟墓，甚至给我种下血蛊，用来要挟师父。她一心认为，母亲若非将玉英带入坟墓，便一定会交给至交好友保管。

“血蛊极为霸道，我几乎为此丧命。若非师父用玄玉屑换来叶幽云手上的蛊引，又倾自身之力救治，我恐怕活不到二十岁。至于母亲身边那些人，也大都受不了折磨死去。侥幸还活着的，就像钱夫人那样，被指派做了最下等的活。”

他三言两语地说起往事，语气虽然平静，内容却极为凶险。洛雪听得入了神，不知怎的就有些心疼。血蛊什么的，听起来就不是什么好东西。叶幽云这小姨当得可真是毒辣，难怪萧逐夜会记仇这么多年，幸好他师父对他好得很……

对了，他有母亲、师父、恶毒小姨，怎么从来没有提到过父亲呢?

是人都有爹妈，他避而不谈，难道这其中还有什么不为人知的秘密吗?

完了完了，对他的兴趣越来越大，快大过对自己的兴趣了，她怎么就没这么深入地想过自己的爹妈该是什么样的?

在桃林小屋睡到半夜，洛雪突然被一阵凉飕飕的风声惊醒了。

睁开眼，窗外静悄悄的，连一声虫鸣都听不见。

她顿时醒透了，坐起身一看，睡前关好的窗户不知何时打开了一道缝。她急忙弯腰下床摸到了桌上的烛台，慢慢朝窗边走去。没走两步，就看到窗户外升起了一个黑乎乎的影子。

屋外月光明亮，因此影子的轮廓十分清晰，是个人形。

她也没犹豫，上前一把推开窗子，举起烛台劈手就打。

谁知那影子反应奇快，烛台还没有落下就被他接住了，接着传来一个低低的声音：“嘘，我不是坏人！”

这个声音甚是陌生，但语调轻快，尾音上扬，特别有亲和力。反正被他握住的烛台纹丝不动，抽也抽不回来，洛雪干脆松开手，扬眉问道：“你是谁？”

眼前燃起一团火光，随即那只烛台便亮了起来，烛火映出一张年轻男子的脸，五官并不如何出众，但眉清目秀，笑眯眯的样子叫人心生亲近。

他上下左右地移动着烛火，目光直直地落在她的脸上，看得极其仔细，含含糊糊地自语道："不知道这次是不是真的……"

不知道是不是错觉，洛雪仿佛见到他腰畔有什么东西闪了闪，像是一道幽暗的光。

被人这么打量，自然是不怎么愉快的，何况她根本不知道他是谁。洛雪正想骂人，却见这青年的眼中溢出满满的喜悦，冷不丁一把握起她的手："……是真的！"

"？"什么真的假的？

她一把甩开他，不悦道："你到底是谁？"

青年笑得更欢了："你不记得啦，我是你的未婚夫呀！"

"哈？"

二

就在震惊的洛雪和笑眯眯的陌生青年大眼瞪小眼的时候，一个清冷中带着几分魅惑的声音突然响起，打破了这份尴尬：

"云庄主深夜到访，怎么不事先告知我一声？"

可算是来了！洛雪转过头，只见萧逐夜不知何时已站在屋前，穿戴整齐，完全不像是刚刚睡醒起床的样子。

陌生青年闻言嘿嘿一笑，将烛台塞回洛雪手中，退开两步，才转身朝萧逐夜走去，一边走一边还频频回头，笑容可掬地朝她挥手。

洛雪的回应，是"砰"的一声关上了窗。

云深不禁咋舌："还是这等火暴脾气……"

萧逐夜表情淡淡："她现在并不认识你。"

“从今天开始认识也不迟啊。”云深笑了笑，从背上取下一个包袱递了过去，“你传书让花小哥给你带的东西。我正好在十八连环水坞，就帮他先拿来了。他们几个还有事要准备，过两天才能来。”

萧逐夜接过包袱，斜睨了他一眼：“能让你云庄主亲自登岛，不只是为了跑腿吧？”

“瞒不过你。”云深笑了笑，回望了一眼不远处紧闭的窗户，“我专门来看雪心的。”

萧逐夜正准备推开屋门的手一顿，不等他有什么表示，云深已经接着道：“我听花小哥和紫离妹妹说了你们路遇‘洛雪’姑娘的事。据说白门有奇人会削骨换皮之术，所以他们一直担心那个姑娘或许只是外表相像，实则另有目的。我就说那行，我去看一眼，我可以分出来真假。”

萧逐夜已经进了屋子，他的屋子里点着灯，床上被褥叠得整整齐齐，根本没有睡过的痕迹。

云深的话让他的脚步再次停下了，只是一直没有说话，云深实在忍不住，问道：“你就不好奇，隔壁这个到底是真的还是假的？”

“真的。”

萧逐夜的语气平静，却十分笃定。

云深反倒有些惊讶了：“这么肯定？半年之前雪心和白轩辕一场恶战，就算没死必定也伤得极重，容貌有变、武功尽失什么的都是常事。你和她总共也没相处多久，随便一个长得像的年轻女子说自己忘记了过去，都好混过去的。你就不怕认错了？”

是啊，为什么就这么肯定？

萧逐夜也说不清，最初看到她真容的时候的确是心存疑虑的。但是后来，怀疑也好，距离也罢，不知不觉都消弭了。洛雪的一言一行、一颦一笑，哪怕细微如挑眉的方式、抿唇的弧度……无一不和他心中那个人影重合。

这世上，容貌、体态都可以模仿，却绝不可能有一个人和另一个人完全相同。

他也知道自己和她真正相处的时间其实不长，比不过十八连环水寨的聂五，甚至比不上白翳。但是，他们与她再熟悉，也不会比他和她更加亲密。

萧逐夜不知道该如何解释这种微妙的感觉，只好回他：

“我不会认错。”

“好好好，那我要恭喜你说对了。”云深也没有深究，只是笑着挥了挥手。

“那云庄主又是如何肯定的？”

“我嘛……自然有我的独门秘方。”云深勾唇一笑，手指轻轻抚上腰畔古旧的小铜灯，长明不灭的昏黄灯光在他的摩挲下闪烁不定，“有神仙会告诉我的，神仙的话，当然是真的。”

“……”

“总之，洛雪就是雪心，正合了我此前的卦象，她并没有死。”云深收回手，在桌上敲了数下，“虽然你不需要我的肯定，但亏得我这次上岛，让我发现了一些有趣的事，或许你愿意听一听？”

“什么？”

“我刚上岛的时候，找的不是这里，而是白翳那边。结果发现他的屋子里，还有一个雪心！”

东海长恨岛，在《江湖奇闻录》中被列入“长青卷”，传闻岛上只收女弟子，有一百零一位天女之说。虽然历史悠久，名声赫然，只不过都不是些好名声。

有说杀人如麻善恶不分的，有说放浪形骸有违礼法的，尤其是叶幽云做岛主的这些年，捕风捉影的传说更添了许多实证。她不光放任手下四处作恶，坏人姻缘，自己更在岛上豢养男宠，奢靡无度。

半年前，更是由于少岛主叶灵芷始乱终弃，导致青城派和凌霄门的年轻弟子大打出手，贻笑大方。据说那位青城弟子被罚面壁思过，至今都没有下山。

这样一个名声扫地的门派，和最近横扫数大门派的白门结亲，名门正派自然十分不屑，其他的人也是看热闹的多，真心祝福的少。

婚礼当天，天还没有亮，叶幽云所住的临渊水阁里突然响起一阵惊心动魄的打砸声，伴着女子歇斯底里的怒吼，在安静的晨曦中听来分外清晰突兀。

门外一队捧着妆匣裙衫的弟子不约而同地停下了脚步，看向了领头的一个约莫四十来岁，一袭绛红衣裙的妇人。

此人正是长恨岛总管，许千裳。

“许总管，我们……我们要不要等一下再过去？”一个弟子怯怯地开口。岛上的人都知道，千万不要在岛主发脾气的时候靠近，免得被她的怒火波及，轻则责打，重一点的话，没命也是可能的。

许千裳望着水阁方向，摇了摇头道：“无妨。如果错过了梳洗的时辰，岛主只怕更加生气。你们找个人去叫白门主，剩下的跟我来。”说罢回头看了几个战战兢兢的小姑娘一眼，语气温和，“不必害怕，有我在。”

一队人刚走上台阶，便看到水阁的门被撞了开来，几个衣衫不整、披头散发的少年从里头摔了出来，鲜红的血迹从雪白的衣衫下透出，纵横交错，看起来是鞭痕。

弟子们吓得头也不敢抬，更无人敢上去搀扶。许千裳微微皱眉，独自走上台阶，隔着走廊朗声问道：“岛主，时辰已到，该梳洗换装了。”

屋子里一时只剩下粗重的喘息声，好一会儿，才传出叶幽云的声音：“是千裳吗？你进来。”

许千裳答了声“是”，就低头目不斜视地走进屋子里，顺手将半开的门合了起来。

叶幽云的屋子里永远都弥漫着一股靡靡暖香，布置精致却不甚明亮。这个时间没有天光，偌大的屋里也只点了两三盏灯，隐隐照出满地碎瓷和凌乱不堪的床褥，还有层层白纱后的一抹浓紫衣裾。

许千裳小心地跨过碎瓷，在白纱前站定，恭恭敬敬道：“岛主，该更衣了……”

话未说完，一只白瓷胭脂盒从白纱中被掷了出来，不偏不倚地砸中了她

的额角，又跌落在地上。

“我的玄玉屑呢？什么时候可以拿来？”

额角传来阵阵刺痛，许千裳眼中闪过一丝冷光，言语却依旧恭顺：“回岛主，按照方子，玄玉屑应连服十日歇三日，方能化解其中毒素，您前日才刚满服十天，今日并不宜……”

“有什么不宜？”叶幽云语声尖厉，霍然起身摔帘而出，怒道，“今日灵芷大婚，四方宾客云集，你叫我这样怎么见人？”

许千裳闻言抬头，只见叶幽云长发散落，衣衫大敞，显然还没梳洗。一张未施脂粉的脸被浓密的长发遮去了一半，露出的那一半上密布着大大小小的红斑，深深的纹路从眼下一直延伸到嘴边，看起来十分恐怖。

许千裳只看了一眼，便低下了头，回道：“是，属下这就让人去拿！”

“滚！”

叶幽云又抓起妆台上的一件首饰扔了过去，这次没有扔中，从许千裳耳边飞了过去，砸在了门上。

正在此时，屋门被人打开了，一个略带沙哑的男声响起：“岛主这是怎么了？又有什么事惹你生气了？”

许千裳心中一紧，急忙转身朝外退去。与来人擦肩而过时，只见他一袭白衣，足不沾尘，连衣袂都不曾动一动。

身后，叶幽云的声音转瞬软成一池春水：“小翳，我的脸……要怎么办嘛？今天还要出去见人呢！”

白翳轻声道：“无妨，还是很美。”

如此肉麻的话，因他语气中那份若有似无的冷淡，听起来居然并不腻人。明知是恭维，叶幽云也十分受用，轻笑道：“你就会哄我……先前不是说《清澄丹书》上有方子可以治好的吗？还要我等多久？”

“燕升正在配药引，有几味药材极其难寻，岛主耐心等一等，再过十来天便好了。”

“真的？你可不许骗我。”

“岛主不相信我吗？”

“信！你的话我怎么会不信？以后我们可是一家人了，小翳你过来……”

门扇无声合上，屋子里那些情意暧昧的对话也被紧紧关了起来。许千裳不禁冷笑起来，冰冷的目光中弥漫出刀刀杀气，她随手擦了擦额角的血迹，头也不回地朝前走去。

长恨岛的正堂名唤归凤厅，方正通透，足可以容纳千人。厅中以于阗白玉为地，金丝楠木做顶，巨大的梁柱上刻满了百鸟图腾，四面悬着云丝织锦软帘，脚底铺着波斯金银毛毯，最高处的水晶珠帘背后，是整块红玛瑙原石雕成的凤舞九天玉座，两旁陈列的烛台碗盏也无一不是镶金嵌玉，美轮美奂。

许多江湖中人是第一次上岛，先是被灼灼桃花迷了眼，再是被环肥燕瘦的年轻貌美的女弟子们勾了魂。到了归凤厅，眼前的奢侈华贵更是叫人震惊。等走过长毯，见到珠帘背后那一抹浓紫倩影的时候，脑子已经不太好使了。

叶幽云的声音自帘后传来，仿佛含着诱人的蜜糖：

“远来是客，望君尽兴。”

大部分人到这个时候已经糊里糊涂，等入了座，好酒好菜一下肚，就只剩下赞美之词了。

当洛雪随着萧逐夜绕过桃花林，光明正大地登上长恨岛码头的时候，天色已经不早。日光正盛，可她既没有时间驻足欣赏美景，更无心贪恋美人，只因自二人递上请柬开始，这一路上便被各种各样的目光打量，似警惕，又似好奇。

而且越接近归凤厅，前后左右引路的人也越来越多。

洛雪来来回回数过好几遍，估摸着不下二十个人，还都带了武器。

他们不过两个人而已，真没必要这么严阵以待。她不禁偷偷看向身边步履从容、仪态优雅的玄衣男子。这么一对比，萧逐夜年纪虽轻，倒是很有宗师风范，哪怕是装的，装得也十分到位。不过，那几个女弟子瞧他的眼神，让她甚是不舒服，很想将自己蒙面的纱巾解下来送给她们遮眼睛……

她一边腹诽着，一边随萧逐夜走进归凤厅。

不知道是不是错觉，有一个瞬间，她突然觉到四周的气氛有些古怪，柔靡的乐声也停了下来。接着，耳边传来叶幽云低沉娇媚的声音：

“惊弦，好久不见……我还以为，你再也不会回来看我了。”

“惊弦”……是谁？

明明门口通报的是“倾城谷谷主萧逐夜”。

她下意识地看向身边，果然见到萧逐夜神情莫测。他缓缓开口：“我当然会回来，我知道你在等我。”

“那就好。”叶幽云低笑，“你我原是一家，本就该多走动，更何况今天是灵芷的喜事。长恨岛是你的故乡，我就不特意招呼了，你自己随意。”

短短几句对话，旁人虽听得一知半解，却也明白了——这两人之间关系匪浅。

这让人震惊之余又生出无限遐想——位列《江湖奇闻录》“云藏卷”的倾城谷谷主，江湖上最神秘的年轻人之一，居然和声名狼藉的长恨岛女岛主是“一家人”？

这个消息，可比白翳与叶灵芷成亲更有意思！

不过好奇归好奇，到底也没有人敢去找萧逐夜或者叶幽云问话，只能远远看着那个宛如月下仙人一般的年轻谷主从容淡定地坐于角落，时常顺手拈起碟子里的精致茶点，回头递到侍立身边的女弟子手中，从手势和表情来看，应该是拿给她吃的。

他还顺手把自己面前的茶盏递给她喝……

可真是个温柔的人啊……在场的姑娘们看了又看，忍不住长吁短叹、心猿意马起来。

自萧逐夜入座之后，丝竹鼓乐之声重起，身披薄纱的女弟子翩跹起舞，美酒佳肴不断。觥筹交错间，一片其乐融融，宾主尽欢的景象。

不多时，吉时将近，许千裳带领众弟子鱼贯而入，弟子手中皆捧着各色

吉祥嫁礼，一时间香气萦萦。那之后再是八名白门弟子，今日喜宴，白门中人都在白衣外罩了暗红纱衣，看着十分喜庆。

等到所有人站定，丝竹歌舞皆退，新人的身影也出现在了厅外桃林中。

白翳今天极少见地穿了红衣，束起发冠，更衬得眉眼浓酽，俊美如烈阳。他一出现，便吸引了厅中大部分宾客的目光。座中唯有萧逐夜和洛雪无动于衷，萧逐夜连眉眼都没有抬一下，洛雪反倒还往后缩了缩，恨不得把整个人藏到柱子后面去。

脚步刚一动，就连手腕带袖子被人握住，萧逐夜用只有她听得到的声音轻声道："躲什么？"

洛雪回："我怕。"

话音刚落，只见他眼眸微抬，淡淡一笑："你怕白翳？"

为何笑得有些可怕……

她赶紧解释："不是怕他，是怕麻烦。"

她今日并未易容，只是用纱巾蒙了面而已。在场宾客虽多，蒙面的女子却并不多，万一被白翳当场认出，以他那种嚣张乖戾的性子，还不知要生出什么变故来，到时候岂不坏事？

萧逐夜却松开手笑了笑："不用担心，他不会认。"

咦？他说的是"不会认"，而不是"认不出"……

不知不觉间，白翳已经穿过厅堂，在台阶上站定。他身后不远处跟着白舜华，没见到白燕升，也不知道人去了哪里。

珠帘那头，许千裳已经牵了凤冠霞帔的叶灵芷款款走出。

洛雪忍不住偷偷打量，许千裳真人比画像上看起来还要老一些，资料记载她今年不过四十有二，可眼前这个人，要说五十往上也是能信的。

她有心想看看这位预谋篡位者要如何搞事情，谁知许千裳的脸色十分平静，甚至带着一丝隐隐喜气，小心翼翼地上前来，将红绸带的另一端递到了白翳手里。

岛上很少办喜事，宾主也大多是江湖中人，因此婚礼并没有什么繁文缛

节。直到新人一步步拜完天地，礼成的声音响起，洛雪才回过神来。

这就……成了？

她简直要沉不住气了，说好的会出大事呢？说好的许千裳不甘心呢？白翳都成了叶幽云女婿了，硝烟从何而来？

她忍不住看向一旁的萧逐夜，他半垂着眼眸，优雅地坐着，一点也看不出着急的样子。

似乎是感知到她的目光，他抬手拉了拉她的衣袖，示意她坐下。

这个……不大好吧？毕竟她现在只是一个随侍弟子而已，大大咧咧地坐在谷主身边，也太引人注意了……

尚在犹豫，他已经抓住她的手腕，将她拉坐在身边。她猝不及防，差点没跌在他身上，鼻端扫进一丝清淡微苦的香气，像是药香或是茶香，让她的心跳顿时停了一瞬。

周围似乎有几道目光转了过来，洛雪脸皮再厚也觉得有点尴尬，不由得道："萧……"

"别急。"萧逐夜打断她，将面前一盘剥好了壳的虾推到她面前，"东海浅海特有的长尾竹虾，白灼就很鲜美，试一试？"

"……"

都什么时候了还吃虾？他这养气功夫已臻化境了吧？

婚礼的最后一步，是新人向长辈敬茶。弟子奉上茶盘，白翳执壶，叶灵芷捧杯，恭恭敬敬地送到珠帘后的叶幽云手中。

叶幽云拿起茶杯微微一抿，低笑道："从今往后，长恨岛和白门就是一家了。灵芷这丫头虽然不够聪明，但胜在听话，你可不要欺负她……"

洛雪正奇怪哪有当娘的这般当众说自己女儿"不够聪明"的，叶幽云的话却突然中断了，取而代之的是一声短而凄厉的哀号，珠帘跟着一阵乱颤，隐隐能看到那一团浓紫身影从玉座之上跌了下来。

她的心顿时提到了嗓子眼，目不转睛地盯着那头的动静，萧逐夜微微侧

身，挡在她的身前。

和他们相比，大部分客人已被这一声哀号惊起，纷纷交头接耳，一脸惊诧，喜庆的气氛转瞬之间已荡然无存。

“千裳……千裳………”

叶幽云原本甜美的嗓音此刻像是被刀子割过了一般，嘶哑难辨，她艰难地呼喊着许千裳的名字，整个人已匍匐在地上。

原本侍立一旁的许千裳已经揭帘而入，同时唤来弟子，将四周团团围了起来。

“岛主……”

“我的脸……我的脸！”叶幽云一把捉住许千裳的手臂，嘶声叫道，“我的脸怎么了？对了玄玉屑，快去把玄玉屑拿来！”

许千裳的声音却十分镇定：“岛主，您昨晚刚刚服用过玄玉屑，此时再用恐怕不会起效。”

“那……去找叶惊弦！叶惊弦不是来了吗？让他过来见我！只要他愿意把玉英给我，我可以答应他任何条件！”

“岛主冷静！”

两人对话传出帘外，在场之人听得都十分清晰。

“叶惊弦”三个字，又成功地将众人的目光吸引到了萧逐夜身上——方才叶幽云正是唤他为“惊弦”，难怪说是一家人，原来他也姓叶！

萧逐夜抚平衣袖，慢慢站了起来。

洛雪也赶紧跟着站了起来，可还没有站稳，两人就被七八个手持长鞭和柳叶刀的女弟子围住，一个个都目光不善，更让人意外的是，领头的居然是绮罗。

“萧谷主请留步，否则别怪我们不顾待客之道。”

此时此刻的绮罗面无表情地说出威胁的话，连眼睛都不眨一下，萧逐夜便也留步，安安静静地站在包围圈中间。

只是这样一来，未免有些引人注目，白翳显然也看到了他，目光幽幽沉

沉，在被围住的两人身上打了一个转，又转回了珠帘之后。

叶幽云显然也就看到了这一番动静，不禁大怒：“混账，谁让你们拦住他的！”

“是我。”暗含讥讽的声音自她耳后响起，语气中的冷凝让她心头一凉。尚未回过头，一弯冰凉的刀锋便压在她的颈侧，锋利的尖刃刺得她肌肤生疼。

叶幽云愣了愣，顿时明白了。

“许千裳，你想造反？”

她的声音已然冷静下来，方才因为脸上灼痛而歇斯底里的情绪，也因这一刀而平息。

“不是想，是已经。”许千裳冷哼一声，刀子往前一压，迫使叶幽云抬起头来，另一只手扣住她的手腕，将她强行从地上拖拽起来，一脚踢开珠帘，将她一把推搡了出去。

这一揭帘就像是下了道无声的命令，先前分立左右的弟子一拥而上，个个手持武器，将客人团团围了起来。

就连门窗都瞬间紧闭，仅剩的几扇半开的窗户里，也都不知何时架上了弓弩。

宾客中顿时起了一阵骚动，但这些人大部分是被白翳收编的江湖门派，再加上长恨岛有意筛选，其中根本没有一流高手。大家议论了一番，见白翳都没有说话，也就偃旗息鼓，重新坐着看戏。

只见许千裳已经拽着叶幽云走到了众目睽睽之下，这也是众人自上岛以来，第一次见到岛主的真容。一袭华丽的浓紫长裙恰到好处地勾勒出玲珑的身躯，长发如鸦羽一般浓密乌黑，半绾起的发髻上斜斜簪着一根桃枝，枝头几朵桃花开得正好。虽然容貌被面纱挡住，可光看衣饰身段，比许千裳年轻了十岁不止。

叶幽云看到厅中情势，一颗心已沉到谷底。这显然不是临时起意，而是蓄谋已久。

她一边暗中悄悄积蓄内劲，一边冷哼道："许千裳，你如此明目张胆地谋夺岛主之位，就不怕江湖上的人耻笑？"

许千裳闻言冷笑不止："耻笑？你还怕被人耻笑？这名不正言不顺的岛主你都当了这么多年了，长恨岛百年的名声，早就被你这个无耻荡妇毁完了！"

这一声"无耻荡妇"让叶幽云心头火起，长袖一展，掌心一道碧光外吐，朝着许千裳胸口飞去，同时腰肢柔软如蛇，拧出一个匪夷所思的角度，刚刚好避开了许千裳顺势劈下的刀锋。

等许千裳躲开碧玉钉，叶幽云已然闪到白翳身边，目光殷殷，低声道："小翳……"

非到迫不得已，她也不想求他出手相助，可如今叛变的不光只有一个许千裳，再加上脸上莫名的刺痛长久不消，就连内力都有些提不上来。想要尽快控制局面，势必要寻找援手。

可是还没有等来白翳的回应，许千裳又抽出长鞭糅身而上，招式凌厉狠辣。叶幽云不得不再次扭身避开，对方一鞭接着一鞭，她明明看得清招式路数，却偏偏浑身酸软，有力使不出来，只能狼狈地左闪右躲。她心中越来越急，再次朝白翳看了过去。

他为什么还不出手？他还在等什么？

谁知这一眼，却让她如坠冰窖——

白翳正抱着手臂站在原地，非但没有出手的意思，甚至一点也不着急，神情似笑非笑的，只有玩味和探究。

她认识他的时间不算短，知道这个男人的绝情之处——柔情蜜意的时候可以销魂蚀骨，可一旦抽身，狠起来是真的狠。

他这个表情，摆明了不会帮她，甚至，这一切都在他预料之中。

如果是这样……

她心里一空，脚下踉跄，顿时被许千裳的鞭子卷住脚踝，狠狠地扑倒在地。原先那把刀锋，又压上了脖颈要害。

只是这一次，许千裳下手狠了许多，刀锋划破了皮肤，血很快涌了出来。

“我劝你还是不要找人帮忙的好。”许千裳的声音带着刻毒，“摇尾乞怜，不过是自取其辱，让人看笑话而已！”

叶幽云却不理她，只死死地盯着白翳，嘶声道：“你就是这样对我的？”

白翳眉眼之间连一丝波澜也没有：“我应该怎样对你？”

“你……”

许千裳冷笑：“叶幽云，长久以来你都把自己想象得太重要了。白门主想要的，是和长恨岛的岛主合作，这个岛主是你还是我，对他来说并没有太大的区别，甚至我可以答应他更多的条件。你觉得在他眼里，长恨岛和你，哪个更重要？”

叶幽云一双美眸此刻布满血丝，看着白翳咬牙问道：“她说的……是真的？”

白翳淡淡笑了笑：“抱歉，此事既然牵涉长恨岛内务，我一个外人，不便插手。”

外人？

这个时候，他说自己是外人？

自己在他眼里，居然和许千裳没有区别！

叶幽云只觉得一口血堵在喉咙口，她真是小看白翳了。她本以为他当初没有拒绝她的引诱，便也和从前那些男人一样臣服在她的裙下，却万万没想到，他一开始就只是同她虚与委蛇，逢场作戏。

她不甘心地挣扎起来，却换来许千裳狠狠一巴掌，打落了她覆面的紫纱。

纱巾滑落，她的整张脸都露了出来，靠得近的宾客们只瞧了一眼，便忍不住倒吸了一口凉气。

只见她的脸自眉眼以下布满了皱褶斑点，暗淡无光，嘴角有大块的皮肤溃烂剥落，露出暗红色的皮肉，哪里有一丝一毫的美貌？

看见周围人的反应，叶幽云急忙伸手朝脸上摸去，却不料触手一阵剜心般的疼痛，指尖又抹下一大块焦脆泛黄的皮肤来。

她顿时凄厉尖叫起来，再也顾不上颈侧的刀刃，手忙脚乱地摸索着掉落的面纱。

可是刚摸到面纱一角，她的手就被许千裳踩住了。

许千裳揪住她的头发，迫使她抬起头来，冷冷道：“叶幽云，你可想到会有这一天？”

叶幽云喘着粗气，道：“你……你到底对我的脸……做了什么？”

“也没什么，不过是在你的玄玉屑中加了点蛇舌草和赤蝎粉。我提醒过你的，不可以连续服用太多，可你就是不听啊。”许千裳用刀刃拍拍她的脸，“你看看你现在这个样子，还有哪个男人愿意要你？你不是自恃美貌吗？连亲姐姐的男人都要抢，今天我就让天下人看看，你这荡妇究竟长得什么模样！”

叶幽云气得声音发抖：“蛇舌草和赤蝎粉……原来如此！你是和叶惊弦这小子合谋，要为叶霜迟报仇来了！”

谁知许千裳却哼了一声：“叶霜迟死有余辜，我只恨她为什么不早点死，怎么可能会为她报仇？”

听到这里，洛雪忍不住转头朝萧逐夜看去。

他的嘴唇微微抿起，目光中闪过一丝暗芒，像是有利刃划过，隐隐有血色透出。

她忍不住伸出手，拉了拉他的衣襟，他回头朝她清浅一笑，缓步朝前走去。

洛雪急忙跟上，这一次，绮罗没再阻拦。

萧逐夜看着许千裳，缓缓道：“据说，‘南霜北翎’的岭北卫家卫二公子，曾经有一个指腹为婚的未婚妻……许总管，这位未婚妻，莫非是你？”

三

岭北卫氏，是当朝鼎鼎有名的官宦贵胄、书香世家，家中子弟世代为官，族中基业庞大，和刀口舔血的江湖中人根本不是一路。

唯一和“江湖”二字沾了点关系的，大概就是这位赫赫有名的卫二公子

卫翎——他正是当年以琴艺闻名天下的“南霜北翎”中的另外一位。

南霜北翎的名声在外，江湖上也曾有“书谱互传，隔空斗琴”的风雅美谈流传下来，但因为两人一个避世，一个生于官家，因此为人所知的事迹也屈指可数。

很少有人知道，许多年前洒脱不羁的卫二公子辞官游历，为了一睹与自己齐名的“南霜”的真面目，曾泛舟南下，登上了长恨岛。

更不会有人知道，他与叶霜迟在岛上相处数月，从互相切磋到互生情愫，最后私定终生，且生下一子。

那个孩子，名唤叶惊弦。

许千裳死死地盯着萧逐夜，仿佛要从他脸上看出什么来。

“你长大了。”她嗓音幽幽，“和他很像。”

这是承认了。

叶幽云浑身一震，忍不住瞳孔紧缩，背脊上细细密密地爬上一层鸡皮疙瘩。

卫翎上岛是在二十七年前，而许千裳……是在二十五年前来到这里的。

她还记得，那一年老岛主出海东行，却遭遇飓风和漩涡，下落不明，只有两位护法婆婆拼死回岛，同时带回来的还有一个受了重伤的女子，正是许千裳。

她说自己是同船的商户之女，如今家人都已葬身鱼腹，无家可归。长恨岛本就只收孤女，于是就将她留了下来。

那个时候，叶惊弦才刚刚出生。

虽有暗流初见端倪，但姐妹二人也尚未反目。

卫翎有未婚妻，叶幽云和叶霜迟都知道，但那是父母之命，卫翎没有见过对方，也并没有把这个婚约放在心上。

姐妹俩都理所当然地忽略了这个“未婚妻”的存在，只顾得到眼前岁月，岛上方寸——

叶霜迟是空谷幽兰，叶幽云是带刺玫瑰。从小到大，姐妹俩的相争从未断过，可每次叶霜迟都比叶幽云略胜一筹——名扬天下的人是她，护法婆婆们选择的新岛主也是她，就连卫翎最后也选择了她。

论相貌，论才情，叶幽云自恃没有一样比姐姐差，为什么大家都只看到叶霜迟，却看不到她?

嫉恨既起，嫌隙渐生。叶幽云暗暗发誓，有朝一日，定要夺走姐姐拥有的一切。

起先是她的爱侣，然后，是这座岛。

可她们都不曾料到，在这一场绵延至今的爱恨纠葛背后，还有一个许千裳。她隐姓埋名，步步筹算，冷眼旁观了姐妹两个互相残杀，直至身败名裂。

走到今天，一桩桩一件件的往事之中，她到底参与了多少，细思极恐。

很多想不明白的事，一下子都串联了起来，叶幽云又惊又怒："卫翎早就走了！你不去找他，还一直留在岛上，到底意欲何为？"

"他是死是活，身在何处，又与我何干？"许千裳冷笑不止，"你问我要做什么？我当然要亲眼看看你们这对不要脸的姐妹会有什么下场！"

许千裳本是官家小姐，父亲是一品武将，自小与卫家定亲。卫氏是清贵世家，卫二公子更是才名远播，京中不知有多少闺秀羡慕她。

十六岁那年，她偷偷乔装改扮去聆琴台看他抚琴。千人围拥的高台上，抚琴的青年眉目俊雅，身姿卓然，宛如世外谪仙。她一眼便入了心，从此便日夜期盼，等待着婚期。

谁知，婚期近了，卫翎却不见了。

她问过父亲，才知道他向往自由，决定辞官游历。好，不就是游历吗?她一个武将的女儿，不怕吃苦的，她可以陪着他去任何地方。

她偷偷离开家，历经艰险，一路打探卫翎的行踪，好不容易才知道他去了东海一个名叫长恨岛的地方，去见一个和他齐名的操琴名家。

于是她又雇船出海，却在途中遭遇飓风，差点丧命。

没想到苏醒之后，她居然见到了心心念念的人。

只是还没来得及喜悦，就发现他已经成为别人的丈夫，有了孩子，每日周旋于那对美丽的姐妹之间，把这个名叫“长恨岛”的地方当作是他的世外桃源。

他根本就不认识她。

看着自己满身的伤痕，想起远方那个再也回不去的家，那一刻，她的心突然变得冷硬，直至封冻。

她发誓，一定要让他们付出代价！

叶霜迟高傲，叶幽云善妒，只要稍加挑拨便能引起姐妹不和。再加上叶幽云对卫翎本就另有心思，她不过从旁怂恿几句，叶幽云便心急火燎地付诸了行动。

卫翎是风流倜傥的世家公子，面对美艳热情的叶幽云，他并未严词拒绝，半推半就成了事。两人暗通款曲，直到被叶霜迟发觉。

此后一切如她所愿，姐妹因此反目成仇，明争暗斗多年。最后叶霜迟抛下幼子坠海而亡，卫翎也因这一系列变故心灰意冷，独自乘舟离岛，至今下落不明。

许千裳的眼里闪动着幽光，阴沉而疯狂。

“现在，只剩下你了。我要你好好看着，什么叫自作孽不可活！”

往事纷至沓来，叶幽云的声音有些颤抖：“你……那时侯在桃境里……莫非也是你……”

“对！你和卫翎在桃境幽会的事，是我告诉叶霜迟的。”许千裳冷笑一声，“你不是就想看到她崩溃痛哭的样子吗？我满足你啊！她死了，你应该感谢我才对！”

叶幽云不知想到了什么，讷讷道：“原来如此……原来如此！你……你疯了……”

尾音徐徐而尽，继而伏倒的身形微微一动，她的左手直撩而上，掌缘推

开颈侧的刀刃，右手一掌拍向许千裳的胸口，掌心微红，竟带出了千钧之势。

她的功力不是应该被封了吗?

许千裳不由得一愣，闪避的动作便慢了一拍，被叶幽云一掌按上肩头，整个人被一阵巨力推飞，又狠狠摔在了地上，嘴角沁出一缕鲜血，竟一时爬不起来。

但与此同时，她手中的刀也劈刺下来，直接砍掉了叶幽云半个手掌。

叶幽云痛叫一声，又再次伏倒。她故意引许千裳讲起往事来拖延时间，暗中强行聚起的那一点功力，已然用尽了。

强行运功的后果是筋脉受损，她大口地喘着气，强行忍住喉头翻滚的血气，睨着不远处的许千裳，冷笑不止："就凭你，也想夺我长恨岛?"说着狠狠吐出一口血沫，朝着许千裳身后一步开外的红衣新娘吼，"灵芷，你还愣着干什么?还不快替我杀了这个妖妇!"

她暗中聚气的时候，就已经看准了方位，有意将许千裳推到叶灵芷身前。

这四下里人虽不少，能让她信任的却已寥寥无几，叶灵芷就是一个。叶灵芷是她的义女，从小在她身边长大，也是这座岛唯一的继承人，无论发生什么，都必定会站在她这一边。

谁知她一句话说完，却不见叶灵芷移动脚步。

"灵芷!"她又叫了一声，突然察觉到一丝不对劲来。

这么久了，这里发生了这么多翻天覆地的变故，身为新娘的叶灵芷却始终一动不动，连盖头都没有取下来。

她始终静悄悄地站在白翳身边，无声无息，仿佛置身事外。

这个样子太奇怪了。

"灵芷!"叶幽云又厉声大叫，"你在干什么!快动手呀!"

叶灵芷还是没有动。

许千裳的唇边露出一丝诡异的笑容，她抬手擦了擦唇边血迹，冷笑："别白费力气了。你以为你的功力为什么会突然消失?玄玉屑再毒，也只能毁了你的脸罢了!"

叶幽云心中一沉，一步步回想起方才婚礼上的仪式——她没有碰过任何可疑的东西，也没有吃过什么东西，除了……

叶灵芷递来的那杯茶！

是那杯茶！

她霍然抬头，死死盯着一身红衣的新娘，目眦欲裂："叶灵芷，你害我？"

叶灵芷依旧没有回话。

看着那一身火红嫁衣，叶幽云的心突然一点点冷下来。

许千裳的突然发难、白翳的绝情、让人不寒而栗的往事，甚至损毁的容貌……都没有让她放弃逆转劣势的希望，她活了半辈子，也是见过风浪的人，不会这么容易被打倒。

但叶灵芷不一样。

叶霜迟死了，叶惊弦和她势同水火，她在这世上唯一的亲人，就只剩下这个没有血缘关系的"女儿"。

她自己一生都没有披上过嫁衣，却为叶灵芷准备了一场盛大的婚礼，让叶灵芷风风光光地嫁给自己心仪的男人。

任何人都可以背叛她，唯独叶灵芷不行！

她的声音嘶哑而压抑："叶灵芷，我养你护你，教你武功，收你为义女，甚至打算把整个长恨岛都给你……你就是这么回报我的？"

叶灵芷依旧沉默不语，许千裳却趁机接话道："养她护她？亏你说得出口。当初灵芷遭人遗弃，是我抱上岛一把屎一把尿地养到了十岁，你一句话说带走就带走，又可曾问过她的意愿？你教她武功，动不动就又打又骂，又可曾有过一丝怜惜？至于整个长恨岛……"

说到这里，她冷哼一声："等你死了，我照样会传给她，没什么了不起的。"

"你真以为她不知道你和白翳那些见不得人的事？她将你当娘亲，你却拿她当幌子。世间哪有你这般不知廉耻的'娘亲'？"

说着，她支起手臂吃力地撑坐起来，朝叶灵芷偏了偏头：“灵芷，还记得你跟我说过什么？去，去亲手了结了她！从今往后，再没人敢欺负你！”

听到这番话之后，一直没什么反应的叶灵芷终于动了。

她缓缓朝前走去。

白翳还是似笑非笑的，既没有出手阻拦，也没有因为许千裳那番意有所指的指责有丝毫动容。

叶幽云看着那个朝自己走来的红衣少女，一步一步，都好像踩在她的心上。周围那么多人，没有一个人站在她这边，有的只是好奇、冷漠、讥讽、嘲笑……每个人都像在看戏，而她，就是这出戏里最失败的丑角。

心如死灰，是在一刹那之间。

她缓缓闭上眼睛，突然就想到三十年前的某一天，和叶霜迟结伴在桃花树下抚琴起舞的情景。彼时她们无忧无虑，亲密无间，只觉得浮云悠悠天地清和，人生不过如此。

一转眼，都成了奢望。

叶灵芷经过许千裳身边时，脚步一顿，弯下腰伸出手去，似乎想要扶她。

许千裳顺势握住她的手，正要借力而起，胸口突然一凉。

一把匕首插进了她的心口，直至没柄。

剧痛顿时蔓延开来，四肢刹那冰冷一片，她低下头，满眼不可思议。

为什么……

为什么？

她的喉咙里发出嘶鸣，用尽最后的力气去抓叶灵芷，手指却只能钩到她的盖头，随着她无力地砰然倒地，鲜红的盖头也飘落在地。

许千裳死死地瞪着叶灵芷盖头之下的脸，瞳孔放大，急促地喘息：“你……你……你不是……”

“我不是叶灵芷。”新娘静静地开口，“辛苦你筹谋多年拿下了长恨岛，现在，可以安心地去了。”

她的语气绵软，似乎还带着一丝笑意，下手却绝不容情。纤手握住刀柄用力一拔，鲜血如泉喷涌，许千裳还没来得及再问什么，便浑身抽搐，片刻之间就没了气息。

只是许千裳的双目尚且圆睁，似乎不明白为什么已被她说服的叶灵芷，临到头来却突然变成了一个要将她置于死地的陌生人。

新娘似乎很嫌弃她死不瞑目的模样，足尖挑起红盖头来遮住了她的脸，这才转头看向叶幽云，勾起嘴角，微微一笑。

“叶岛主，该轮到你了。”

在场诸人终于看清了她的脸——浓妆极为明艳，却并不突兀，浓黑长眉与鲜丽红唇就像是为她量身定做一般，就连眉心处一道暗色的疤痕，看着都无比熨帖。

在座似乎有人认识她，周围响起了小声的喧哗，可叶幽云却确定自己从没有见过此人。短短一个时辰，她经历几番变故，身心俱疲，哪怕方才亲眼见到许千裳之死，都没有露出太过惊诧的神情，只是闭了闭眼睛，疲惫地问：“你是谁？你们把灵芷怎么了？”

这一次，回答她的却是白翳。

他走上前来，伸手轻轻揽住那女子的腰肢，轻轻一笑：

“这位是南剑宗的宋雪心宋宗主，现在，她是我的夫人。”

第六章

我心匪石

一

自萧逐夜说破许千裳身份起，洛雪就一直悄然无声地跟在他身后，尽量不让自己太惹人注目。

接下来的事情一再反转，简直叫人目不暇接。虽然她在内心深处已经惊讶感叹了无数回，表面倒还算平静。毕竟事不关己，就连身在其中的萧逐夜都宛如旁观者一般淡定，她也就当顺便看一场江湖恩怨的折子戏。

直到，她看到新娘的脸。

一声惊叫按捺不住地从喉咙里逸出，又被她及时捂住嘴，生生按了回去。

这个人，和她长得好像！

尽管对方妆容浓艳，两颊的线条也更为柔和丰满，但五官和自己几乎一模一样，就连眉心疤痕的位置形状都相同。

怎……怎么回事？

难道在她丢失的记忆里，还有一个孪生姐妹不成？

她目瞪口呆地听着白翳的话，心头一阵阵迷茫，一时间不知究竟哪一段记忆才是真实的——当初待在大妙如意城的人是谁，后来跟着白翳前往中原

的人是谁？现在站在这里的，又是谁？

蓦然间，微凉的手掌轻轻握住她的，握得很紧，掌心传递过来的暖意让她慢慢回过神来。她转头看了一眼萧逐夜，他的眼眸深深，像是藏了很多话要说，可是那些话却又被柔和的眼波浸没融化，流淌进了她的心里。

他对她无声地说了几个字，手指在她掌心轻轻勾画，随即松开她的手，朝白翳和那位宋宗主走去。

洛雪看明白了，他说的是“少安毋躁”四个字。

眼看他步履从容地朝前走去，她忍不住往前跨了一小步，随后又想到他在她手心写下的那个字，才又停了下来。

她听到他缓缓开口，语声温柔：“雪心，好久不见。”

心里“咯噔”一下，似乎有什么呼之欲出，一时心驰神往，一时又酸涩无比。头隐隐作疼，她赶紧狠狠掐住掌中穴道，提醒自己绝不可以再多想，要是在这里昏厥可就麻烦了

只见那位美丽的宋宗主转过身来，目光在萧逐夜身上停留了片刻，轻启朱唇微微一笑：“萧谷主。”

咦，这两人互相之间的称呼明显亲疏有别？

“你的伤可都好了？”

“已经无碍，有劳挂心。”

萧逐夜似乎对她的冷淡不以为意，语气依旧十分柔和：“你的红棘尚在我那里，打算何时去取？”

宋宗主皱了皱眉，思忖了片刻才道：“萧谷主，我是死过一回的人，前尘往事早已成云烟。从前的东西我不需要了，你不必留着。”说着，忍不住回头看了一眼白翳。

一直静听他们二人对话的白翳这才冷冷一笑，开口道：“萧逐夜，我知道你旧情难忘，可是你和她的情分究竟还剩下多少，自己也应该很清楚。”他说着，视线有意无意间看向洛雪的方向，“据说从我大妙如意城中逃走的

一个侍妾，如今被你收留了？她的模样确实是我照着宋雪心的样子找的，但毕竟不是本人，你到底是移情还是眼拙，也应该心中有数吧？”

“是吗……”萧逐夜垂下眼睫，轻轻叹了口气，似乎有些感慨，“如此说来，你是故意选在此时此地，当着这么多人的面与她成亲，再故意让我见到她的真容吗？”

白翳不置可否：“萧逐夜，你未免把自己想得太重要了。”

“那么就是，你早就知道许千裳的行动，故意等她们两人斗得两败俱伤之时，再一一下手除去，顺便借机告诉天下人，你不光接手了长恨岛，还娶了雪心，将剑宗一门也收归囊中？”

这番话可算是道尽乾坤，在座宾客脸上都露出恍然的神情，就连叶幽云都有些动容。

这是一石二鸟之计！

这个人，居然连自己的婚礼都要如此算计。

白翳微微眯起眼睛，似笑非笑地看着他：“你说是便是吧。之前许千裳联手东海水鬼帮都没能杀得了你，如今你既然上了岛，就算是我的客人。今天是我大婚的日子，看在雪心的面子上白门不会为难你，星芒针的旧账，我们日后再算。”说着微微侧身，让出了一条道。

萧逐夜却没有动，目光落在那位红衣美人的脸上，突然笑了笑，低声道：“‘雪心’，虽然你我缘分已尽，本不该强求，但这是你的贴身之物，理应收回——”

他一边说一边探手入怀，似是要拿什么，宋宗主愣了愣，下意识地往前倾了倾身，就听到白翳厉声喝道：“躲开！”

然而为时已晚，萧逐夜袖中骤然飞出数点寒光，直取她的面门。慌忙之下，她只得仰面躲开，同时手中匕首划出一道弧线，斜斜护住了胸口要害。

谁知从后背传来一阵酸麻，几处大穴已然在这一瞬间被封死。

她双腿一软就要滑倒，却被萧逐夜扭住了胳膊，不得不以一种别扭的姿势仰靠在他的肩上。

他的右手指缝间夹着三根细长银针，锋利的针尖分别对准了她头顶三处大穴。

宋宗主眼角的余光看到他微微弯起的薄唇，浅得不能再浅的弧度，仿佛带了一丝讥诮。方才那些优雅谦和、柔情伤感全都不见了，只剩下阵阵寒意。

清冷而魅惑的声音亦如是。

“白翳，不辨真假的人是你，欺骗自己的人也是你。”

“你以为谁都可以替代，但我不是。”

萧逐夜和那位宋宗主的每一句对话，洛雪都听得很清楚。

本就没什么晦涩的字句，她很快就捋清了其中的关系，顺便发现了一个问题——自己眼下的处境好像有些尴尬……

如果真如白翳所说，自己是因为长得和这位宋宗主十分相像才被带回大妙如意城的，那如今白翳已经找回正主，还拜了堂成了亲，此后自然是不会再理她了。这样固然很好，但是看萧逐夜的样子……似乎他们的关系也不简单。

如果他这一路上对她那么好，也是因为这位宋宗主……那可太让人郁闷了，她总不能去换张脸吧？

而且本尊已经出现，她的存在还有意义吗？

但是如果不是真的……她不由得握紧手。

方才萧逐夜离去之前，在她掌心写的，是个“假”字——“假”，说的到底是人，还是事？

正发呆，冷不防耳后的肌肤起了一层寒栗，她骤然回头，恰好看到一双手掌朝她后腰袭来，她急忙拧腰一转，脚下连踏三步，右手已从袖中抽出一把短刀，横在胸前。

等看清袭击她的人竟然是白舜华，她不禁有些吃惊。但对方显然比她更吃惊，愣了一瞬之后，抓起腰畔的胡刀，连人带鞘一起扑了过来。

被他扑中那就糟了，她手中的短刀划开半圈，迎上他的刀鞘，使了一个

粘字诀，将他的刀带开，脚下借力滑开一尺，转到了他的身后。

见她躲得轻松，白舜华眸子里的疑虑更深，返身皱眉道："你的武功恢复了？"

洛雪不置可否，继续起手横刀，严阵以待。

白舜华想不明白，也就不想了，白翳让他趁萧逐夜不备时将洛雪带到身边，他照做就是。这姑娘武功再怎么恢复，短时间内也绝不可能高过他。

他抽刀出鞘，一刀劈了过去。

洛雪也知道以自己目前的能力不宜硬拼，身形飞快一晃，正要借着桌椅挡刀。谁知斜刺里突然飞出一道弧光，去势极快，转眼便缠上了刀背，竟将胡刀扯偏了数寸。

竟是一道茜色的披帛！

"紫离姑娘！"

茜色披帛的另一端握在一个长恨岛弟子装束的女子手中，那张明媚生动的脸却分明是紫离。

紫离朝她眨了眨眼睛，嘴角一勾，糅身而上，拦在白舜华面前。

就在此时，不远处突然传来喧哗声，接着她便听到了萧逐夜的声音：

"你以为谁都可以替代，但我不是。"

白翳盯着眼前的宋宗主和萧逐夜，皱了皱眉，还没有开口，身后却又传来了动静。他只看了一眼，就知道白舜华的偷袭失败了。

他不动声色地将目光转回来，左手缓缓举起，不怒反笑："你想如何？"

随着他的动作，包括白门弟子、一部分长恨岛弟子以及宾客在内的上百人，都不约而同地亮出了兵器，极有默契地堵住了唯一的入口，将余下的人围了起来。

剩下的那些，有半数是一无所知的客人，还有半数，则是立场尚未明确的长恨岛弟子。

这些弟子中，有些是许千裳的心腹，但如今许千裳已死，这些人早已乱

作一团；另有一些是叶幽云的人，自叶幽云失势之后便一直战战兢兢，早已萌生归附之心。

另外还有几个是叶霜迟在位时候的老人，则跟随着绮罗，悄无声息地聚在了萧逐夜身后。

不管从人数上还是实力上，白翳的人都占了上风，可萧逐夜的神情却无动于衷，淡淡道："有几件事，和白门主商量一下。"

说是商量，他手里的长针却分毫不动。

白翳冷笑一声："你觉得我会答应你？"

"你可以试试。"

他声音清冷而稳定，可被他当作人质的女子，目光中却泄漏出了几分恐惧。长针指着的三处无一不是要穴，只要入针半分，她可能就活不成了。

而她，显然并不确定白翳是否愿意为她妥协。

白翳抬了抬眼，正看到洛雪提着裙子，悄然走到萧逐夜身后。

她并没有刻意避开他，或者说，她根本没有在意他，目光所向，始终是他对面的那个人。

一而再，再而三。

他皱了皱眉，心里有些不适——不是愤怒，也无心去毁掉那些碍眼的人和事，居然只是……觉得有些难过。

陌生的情绪让他不想再和对方周旋，慢慢开口道：

"你要什么条件，说来听听？"

"首先，请白门主留下叶幽云的性命。"

白翳显然没想到萧逐夜提的第一个要求竟然是这个，就连叶幽云自己也没有想到。她已然在地上呆坐了许久，几乎被人遗忘了。

她慢慢抬起头看了看萧逐夜，又看了看白翳，只见后者很快点了点头："她现在这样，和死了也没什么区别。你想亲自报仇随你，只要别让她再出现在我面前就行。"

“第二件事，希望你放了沐雨先生。”

白翳闻言先是一愣，随即目光一转，落在他身后的洛雪身上，微微嗤笑一声：“你还真是什么都和他说。”

这次，洛雪没再避开，直视着他，目光里分明写着“是又怎么样”。

白翳都快被气笑了：“我救了你的命，养了你这么久，还带你回中原，你就是这么报答我的？你的良心呢？”

他还好意思和她谈良心？

洛雪不置可否地摇了摇头，表示她并没有什么“良心”。

白翳读出她眼中的不屑，正要再说什么，萧逐夜却已打断他：“白门主考虑得如何？”

他的声音比刚才更冷了几分，目光亦如霜雪，连手中的长针都往前抵了半分，针尖刺破了宋宗主的肌肤，渗出细小的血珠。

宋宗主忍不住轻轻呻吟一声，垂在身侧的手紧紧地握住了衣襟。

白翳收回目光看了她一眼，思忖片刻：“我并没有逼他留下，不过，我可以答应你，只要沐雨先生自己愿意离开，我不会阻拦。”

这算是打了个折，萧逐夜也没有再坚持，点头道：“好。”

不等他说出下一个条件，白翳又接着道：“萧逐夜，我想先提醒你一句，我费尽心力除掉了许千裳和叶幽云，长恨岛如今已唾手可得，我不会为了任何人放弃。要求若是提得太过分了，我也不介意把今日婚礼变成修罗场。有什么话，你想好了再说。”

这话的意思十分明白，他是不会为了宋宗主的命，拱手让出长恨岛的。

虽然早在预料之中，可是亲耳听到这些话，宋宗主的身子还是止不住颤抖，忍不住咬紧下唇，最后像是下定了决心，沉声道：“你不必顾我，就让他把我杀了，看他们还能逃到哪里去！”

白翳看着她，嘴角浮起一丝嘲讽的微笑：“像萧逐夜这么狡猾的人，手上怎么可能只有你一个筹码？这会儿恐怕十八连环水寨的人已经把整座岛都包围了，他真要和我抢这座岛，你的命算什么？”

宋宗主的脸色发白，看着他波澜不惊的表情，慢慢闭上了眼睛。

白翳这才挑了挑眉：“说吧，你还有什么条件？”

萧逐夜道：“放心，这座岛我没兴趣，我想要的，是白燕升手上的游魂针针谱。”

听到“游魂针针谱”几个字，白翳显然愣了愣，原本莫测的神情也渐渐冷凝。

“不可能！”

甚至连想都没想，他便断然拒绝。

这个回答，显然让在场的人都吃了一惊。如果说白翳不愿意为了一个女人放弃整个长恨岛还情有可原，可这什么针谱，竟然也比他的新婚妻子更重要吗？

就连洛雪都想不通——他千辛万苦终于和心上人成亲了，那她这个替身身上的游魂针为什么还不舍得解开？大家一别两安，各自欢喜不好吗？

萧逐夜像是预料到他会拒绝，居然并不惊讶，只是淡淡道：“不过区区一张针谱，用你妻子的命来换，你居然觉得不值得？”

话音刚落，怀里的女子颤抖得更加厉害了，连洛雪都有些看不下去。萧逐夜这个人看似谦冲、温和，实际上爱记仇得很，越戳人痛处的话越说得轻描淡写。

“值不值得，不是你说了算的。”白翳冷冷一笑，“要下手就快些。除非你今天能杀光这里的所有人，否则日后世人必会知道，倾城谷谷主竟然因爱生恨，手刃了心爱之人。”

他斜睨着萧逐夜：“虽然你自诩清高，想来也不会在乎这点名声，只不过倾城谷百年清誉，只怕要毁在你手里。”

萧逐夜皱了皱眉：“她不是真的。”

“谁知道？”

世上大多数人是不会在乎传闻中的真相的。比起无趣的真相，反倒越是

猎奇的事传得越快。

就比如，这场婚礼之后，流传于世的除了长恨岛岛主之争外，恐怕只有白翳娶了宋雪心，而萧逐夜则伤了她。

半年前空青堂那场变故，至今还有人提起，昔日承影山比剑时成双成对的身影也有人没忘。如果“宋雪心”今日死在这里，流言的结局，多半就如白翳所说。又有谁会追究这个宋雪心是真是假，萧逐夜要交换的针谱又是什么东西？

“那如果……”萧逐夜的声音微微一顿，“白燕升亲口同意交出针谱呢？”

白翳微微一哂：“没有我的命令，他不可能会交出针谱。”

“那可不一定哦。”

突然插入的陌生声音，仿佛还带着笑意，顿时吸引了大家的注意。

只见已被扯得七零八落的珠帘背后，缓缓走出了两个人影。

走在前面的是一个身穿白衣留着短须的男子，他的脸色有些阴郁，动作也有些僵硬，正是一直没有露面的白燕升。

走在他身后的是一个游方道人打扮的年轻人，身材高大，笑容和善，虽然看着有些不起眼，但在此时此刻还能大摇大摆笑眯眯进场的人，肯定不简单。

洛雪认得，这正是那个自称是她未婚夫的男人，名字叫……对了，云深。

他还在岛上？

白翳显然也吃了一惊，定了定神才道：“云庄主要来，怎么不早些告诉我？”

他对云深倒还算客气，云深嘿嘿一笑：“好久不见呀，白翳。我上岛的事肯定不能告诉你，告诉你了还怎么去找这个人。”

说完，他在白燕升肩上轻轻拍了拍：“找他可真是费了一番劲儿，幸好被我找到了，否则你们在座诸位可要遭殃。”

他将手中一个一寸来长的玉瓶托在手中，叹了口气：“这个东西要是被

打开了，可是会大大的不妙。”

旁人还未看清是什么，就听到叶幽云惊叫一声：“桃花瘴！”

她转头盯着白翳，嘶声道：“你……你叫人去偷桃花瘴？你疯了？”

长恨岛上遍植蓬莱桃，加上四周环海，湿气极重，落花的季节极易生出瘴气，尤其是桃林深处背阴地，更是遍生毒瘴。

几十年前曾有一位岛主搜罗百种毒虫，炼制剧毒无比的“桃花瘴”，据说万朵桃花才能炼制一滴。但因为炼制方法极难，毒性又太大，传到后世就渐渐废除了。

直到叶家姐妹互生嫌隙，暗中较劲，叶幽云为了胜过姐姐，偷了祖师婆婆的秘籍暗中炼毒，失败无数次，赔上数条人命，才得到了这样一小瓶。

这种精纯提炼的瘴毒，据说只要一滴，整条河的鱼虾都会死绝，更不要说是用在人的身上。

倾城谷的《清澄丹书》中也记载了这一奇绝之毒。白翳曾向叶幽云打探过，某次两人情浓之际，叶幽云也隐晦地透露出桃花瘴所在，没想到他竟一直记得。

叶幽云至此才真正明白，他一开始的目的就不是什么联姻共赢，他只想将这里变成他的另一个战利品，把所有有用的东西都拿走，剩下没有用处的就全部毁灭——包括灵芷，也包括她。

她说他疯了，可她知道，他清醒得很，疯的人是她……她活了半辈子，将无数男人玩弄于股掌之间，最后却还是栽在了男人手里。

此时此刻，白翳根本没有听到叶幽云说什么，他的注意力都在白燕升身上——

这情形有些奇怪，云深手里并没有拿任何武器，可是白燕升却始终在他身前半步左右，他走白燕升也走，他不走白燕升也就定定地站着。

看白燕升的脸色，阴郁中带着一丝愤怒，显然很不情愿，但要说他是被

胁迫的，云深又是怎么做到的？

“云庄主说的话，我不太明白。”白翳目光微敛，“这桃花瘴明明在你手里，与我又有什么关系？倒是燕升……云庄主可以将他还给我吗？”

“哇，我知道你不要脸，没想到会这么不要脸。”云深“嘶”地吸了一口气，一直笑眯眯的脸也垮了下来，“来来来，诸位来评评理。我受萧谷主所托寻找白燕升，当我找到他的时候，他正要把这个瓶子里的东西喂给一个小姑娘。那小姑娘被点了穴，动不了，哭得眼睛都肿了，看着好生可怜，身上还穿着新娘子的衣服……”

说到这里，他看了一眼白翳和被萧逐夜用针抵着的宋宗主，摇头叹气：“你说你想换个新娘子，又何必骗人家小姑娘？骗就骗了，也不至于弄死她呀？下手也太狠了吧！”

白燕升愤愤开口：“这件事是我做的，和门主无……”

下半句话却被白翳面无表情地打断：“所以，云庄主这是要用燕升来威胁我？”

云深“嗯”了一声：“算是吧。”

“那你想要如何？”

云深朝萧逐夜努了努嘴：“问他。”

紫离和白舜华只打到了十招开外，白翳便暗示停手，白舜华退回到了白翳身边。紫离也没有再继续纠缠，趁着云深和白燕升出现之际，悄无声息地和萧逐夜交换了位置，以手中披帛绞住了宋宗主的双手。

此刻听到云深的话，萧逐夜缓缓往前走了两步，目光在白燕升脸上流连片刻，道：“燕升师兄？”

白燕升皱了皱眉，用一种极其复杂的眼神看着他，却并没有说话。

萧逐夜继续道：“我入门的时候，师兄已经离开。或许你不认识我，我却知道你。师兄是游魂针的唯一传人，能解游魂针的，天下间除了师父，就只有你。”

白燕升忽地一笑："我知道你想说什么。不错，游魂针是我下的，针谱也在我这里，可我不会交给你。"顿了顿又道，"你既然知道我，就该知道我为什么会叛出师门。我不想救的人，杀了我也不会救，就别妄想用我来威胁门主了。"

"燕升师兄先别急着拒绝。"萧逐夜料到他会拒绝，因此语气轻缓，半点儿也不急，"我并没有想要用你来威胁他，我只是想要和你做个交易。"

"和我？"白燕升还以为自己听错了。

"没错，正是你。"

萧逐夜道："据我所知，白翳中了屠苏楼的'寒霜降'和沙陀蜜双重寒毒，沙陀蜜易解，但催发出的'寒霜降'却十分麻烦。你们一路赶来长恨岛，想必也没有时间好好压制寒毒，如果没有解药，即便有你在，白翳也至少要短命二十年。

"我还知道，白翳自小患有癫疾，此症无法痊愈，但他如今不再复发，恐怕全靠你定时施针和服用药物来加以控制。这个控制的方法在《清澄丹书》上也有记载，效果虽好，对脏腑肾气的损伤也很大。师父曾经说过，他见过几十例施用此法的病人，寿命最长的一位也只活到了五十三岁。"

"按此推算，若是再减去二十年，白翳只怕时日无多。"

二

他每说一句，白燕升的眉头就皱紧一分，最后说完的时候，白燕升原本就阴沉的脸已经难看到极致。反倒是白翳，即便听到"活不了几年"这样的话，神色也依旧很平静，唯有眼底闪过丝缕幽光。

白燕升终于忍不住道："你想怎么样？"

萧逐夜从怀中拿出一只锦囊，道："我手上有'寒霜降'的解药，用来换你的游魂针针谱。"

新娘子换叶幽云，解药换针谱，看起来挺公平。

白翳却冷笑一声："据我所知，十八连环水寨的船已经到达长恨岛附近，

而且，给玄玉屑中掺毒，挑拨许千裳起事，都是你的授意。你费尽心力布了今日的局，却说只为了一张针谱，谁信？”

“你若是我，必然不会这样选，可惜你不是我。”萧逐夜不以为意，语气悠然，“长恨岛对你来说很重要，对我来说却毫无意义。你不做这个交易也可以，以你我今日的战力，打起来也算势均力敌，胜负未知。今后如何，全看天命。值得或者不值得，全凭你自己衡量。”

还不等白翳回答，白燕升却已经开口打断道：“好！针谱我可以给你！”

白翳低喝道：“你在胡说八道什么？”

白燕升不为所动，看着萧逐夜道：“针谱换解药，一言为定。你身为谷主，想必不会使欺瞒的手段。”

萧逐夜点头：“放心，针谱于我，就如解药于你一般重要。”

一直到方才都从容不迫的白翳，直到此刻方才流露出些许急躁，上前一步阻止道：“闭嘴！此事不容你私自做主！”

白燕升看了他一眼，声音平静而坚持：“门主，这次请恕我不能从命。”

白翳愠怒道：“你就不怕门规处置？”

“无所谓……”白燕升一脸漠然地仰了仰头，“如果他用我的命来威胁你，我不怕舍命；但是他用你的命来威胁我，此事就另当别论。对我来说，你的命比一个不相干的女人重要得多。”说着，他的目光不经意地从洛雪身上滑过，微微一哂，“既然无心，又何必留恋？门主是要做大事的人，耽于情爱，乃是大忌。何况，好好活着，才有机会得到想要的，找回失去的。这一点，是门主教给我的。”

夕阳半悬于海面，晚霞次第铺开，海雾渐渐升起，大片大片的蓬莱桃花仿佛粉云一般笼住整座岛。长风流云，波涛拍岸，远远看去，暮光中的长恨岛真如世外仙山一般。

只是这份静谧美丽背后究竟藏着多少杀戮纷争、多少权位更迭，若不曾亲身经历，谁也想象不到。

洛雪静静站在船尾，看着那座岛渐渐为雾气暮光笼罩，微微眯起了眼睛。

两个时辰之前，随着白燕升答应萧逐夜用针谱交换解药，这场夺岛之争才算是在无形的硝烟中告一段落。

许千裳身死，叶幽云失势，她们的一干从众或降或杀，生死去留都在白翳手里，长恨岛从此归白门所有。于白门而言，也算是得偿所愿。

至于萧逐夜，除了带走了几个人，来的时候是怎样，走的时候还是怎样。

看起来好像很吃亏，毕竟萧逐夜的筹谋布局非一朝一夕可成，当初做这一切的目的，也绝不可能是为了一张针谱。

他说过带她上岛是为了“顺便”拿到针谱，可是最后好像变成了“专门”拿到针谱，这里头的区别大了去了。她觉得应该找他聊聊，可是自登船之后，他就一直分身乏术，她甚至不知道他此刻是在绮罗和钱夫人那里，还是在紫离和云深那里。

至于白翳……离去之前，他当着无数人的面，拦住她的去路，只说了一句：“这是第二次了，你记住，再不会有第三次。”

他的神色之间再无半点柔情蜜语，她毫不怀疑他早已经认出了自己，也十分确信，下一次见面的时候，他就算没有弄死她，肯定也会要了她半条命。

何必呢？他们之间有这么大仇吗……她难道不只是他所爱之人的一个替身、一个弃子？

她深深地吸了一口咸腥的海风，伸出手解下蒙面的纱巾，手指一松，面纱瞬间被风卷起，在半空中轻舞着越飞越远。

现在她已经不需要再遮挡面目了，可心中却多了更多疑惑，以及对过去和未来诸多的不确定。

何为真？何为假？她是为何而来，又该何去何从？

身后传来轻轻的脚步声，一直延伸到她身边才停下。她的眼角瞧见一片玄色衣角翻飞，她曾见过的那枚白玉玦正挂在他的腰畔，半旧的青丝绦正随着衣角飞扬。

“针谱已验过，另外还要做一些其他准备，等到了云境温泉便可以取针。”清冷魅惑的声音，于暮色海风中听来似乎格外温柔些，“云境温泉离这里有十日路程，那里风景秀丽，气候适宜，温泉对伤口愈合也有很大助益，你会喜欢的。”

她没有转头，轻轻“嗯”了一声，问道：“还需要我做什么吗？”

“不用。”顿了顿，萧逐夜又道，“只需要放心地将自己交给我就好。”

“那……”她吸了口气，转过头来看着他，“你能不能告诉我，为什么我和白翳的新娘长得那么像？”

萧逐夜没料到她会突然问这个，一时有些愣怔。

洛雪继续追问：“你一路上对我护持有加，也是因为我长得像她吗？”

她的架势有些咄咄逼人，但细看之下眼中光芒闪烁，其实是忐忑的。他看着她，忍不住便笑了起来。

“笑什么？”洛雪有些着恼，她虽然很喜欢他从容优雅的样子，但是这种时候还莫测高深就真的叫人很闹心，“如果你和白翳都对她有意，你为什么不去把她抢回来？大费周章只拿了针谱，现在长恨岛和那位姑娘都归白翳了。他倒是得偿所愿，你的仇还报不报了？”

萧逐夜道：“白翳是否得偿所愿我不知道，可是我想要的，已经拿到了。”

“？”

“还有，你说错了，不是你像她，是她像你。”

“她像我……”她微微一愣，只是字序的改变而已，意义却大不相同，和她之前的某种猜想不谋而合。

她轻轻“啊”了一声，瞪着他喃喃道：“所以……那个‘假’字，不是指你说的话是假的，而是指她的人是假的？”

“是。”

“那我……”

自己才是真的？

她忍不住低头看向自己的手掌，掌心薄茧宛然。为了弄清自己的身份，

她曾暗中调查过各种武器使用之后留下的痕迹，也曾推测自己或许用过刀或者剑，却没想到竟会出自剑宗这样有名的门派。

所以被遗忘的往事之中，她究竟是一个怎样的存在？

他们呢？

当记忆回来的时候，她还要面对多少未知？是否会改变如今的心境……还会记起什么不愉快的事？

突然之间，她居然有些茫然，竟然还有一点点抗拒。

冷不防，她的手掌被握住，手指被一根根轻轻蜷入掌心，只听萧逐夜低低道："别担心，我说过，交给我就好……"

话音还未落，洛雪突然挣开他的手，双臂一展，用力地抱住了他。

他顿时愣住了。她还真是和以前一样，总会做出叫人意想不到的举动，竟让他一时之间不知道该把手放在哪里。

"你……"

她的脑袋抵在他胸口，声音听起来闷闷的："以前的我，对你如何？"

他想了想，轻轻道："等除去游魂针，你可以自己……"

可是话还没有讲完，就被她打断了："现在不能说吗？如果我想起了从前，发现我对你没什么想法……又或者我另有所爱，那我现在的心意算什么？又要如何传达给你知道？"

"……"

"还有……白翳说什么你对宋雪心因爱生恨，可是真的？"

萧逐夜心思通透，立刻明白了她想说什么，一时有些啼笑皆非，一时心里却又柔软酸涩。那个会对着他说"顺我者昌，逆我者亡"的嚣张姑娘，居然也会有这样委屈又不自信的时候。

他轻轻叹了口气，手掌落在她的发上，缓缓抚下，侧身靠近她耳边，低声道："你的心意，我已经知道了。"

她没有动，也没有回答，但耳后的皮肤肉眼可见地迅速红了起来。

许多事，在这个瞬间猝不及防地被想起，他的眸色渐深，又往前倾了倾，

嘴唇几乎碰到她那处绯红的肌肤，声音也越发低了：“没有什么因爱生恨……我心匪石，不可转也。”

绯红之上又添了一层细密的战栗，她仿佛有些腿软，抓着他后背衣衫的手倏然攥紧。

她发间熟悉的香气，也几乎让他不能自已，手掌忍不住收拢，扣住她纤瘦的腰身。

如此真实的拥抱，和那一百多个日夜之间的死寂、梦境、忆念和寻找都不一样，每一分每一寸，都是鲜活的。指尖的柔软，心跳的声响，呼吸的温度，都是她，是曾经决绝地对他说“忘了我”的她，也是眼前会烦恼自己的心意无法传达的她。

她还活着，她回来了。

夫复何求？

由远及近的脚步声和呼喊声打碎了短暂的迷思，紫离的声音听起来很是焦急：“掌门师兄你在哪里？快来快来，糟了糟了……”

洛雪骤然惊醒，下意识地将萧逐夜推开，用的力气大了些，自己也忍不住往后倒退了两步，被他一把拉住胳膊才站稳。就听到紫离脆声道：“哎呀，打扰你们了，对不住，对不住！但是这件事真的只有掌门师兄出面才能解决……”

她觉得脸上烧得厉害，寻思着此时不方便抬头，身边的萧逐夜已问道：“什么事？”

为什么他的语气如此从容镇定，这样岂不是显得她很丢脸？

“叶幽云要见你，她说你不去见她的话，她就跳海……”

“……”这是什么任性的威胁法？这位岛主年纪不小，怎么做起事还跟个小姑娘似的？

“好，我去看看。”萧逐夜应了一声，随手拉起她的手，一起往船头方向而去。

天色渐渐暗了，天空只剩下丝丝缕缕的暗红霞光，延展入幽蓝夜幕。

船尾之处尚有夕阳的光影，但到了船头，行驶方向所对的只有星月渐起的夜空。叶幽云戴着长长的面纱，穿着一袭红裙侧坐在窄窄的船舷上，海风伴着不时起伏的船身，将她的裙裾扬起，看起来剪影很美。

船上为数不多的几个人都聚在这里，却都有些忌惮不敢靠近，直到萧逐夜出现。

“怎么了？”

“明明有两个人看着她，却不知道怎么被她逃了出来。”负责看守的绮罗十分自责，皱眉道，“她执意要见你，一来我怕她还留有后招，二来也怕她真的会跳，所以还请少主示下。”

萧逐夜点了点头，这才松开洛雪的手，朝叶幽云所在的位置走去。

叶幽云转过头看了他一眼，居然还笑了笑：“你来了。”

萧逐夜神色淡然：“你想说什么？”

“让他们退后，你一个人过来。”叶幽云长袖轻轻一拂，幽幽道，“有些话，我只说给你一个人听。”

萧逐夜转头朝绮罗点了点头，随即独自朝前走去。

走得近了，才发现她正低低地哼着一首不知名的小曲儿，时断时续的，在海浪的声音里，听得更加不真切了。

他也不着急，静静地站了片刻，她便停止了哼唱，目光望向无边无际的海天相接处，那里已是一片黑暗。

“这首曲子是我娘教我的，对，就是你的外婆。我和姐姐从小听到大，你出生的时候，我还唱过给你听。我娘说这是她家乡的小曲，她的家乡在滇南，离这里很远很远。我和姐姐都想去看看，可惜我们都去不成了。”

“……”

“叶惊弦，为什么要把我带走？”

这回萧逐夜终于开口了：“因为白翳绝对不会容你活着。”

为了达到目的，白翳不惜利用一切可以利用的人和事。他可以投其所好，也可以虚与委蛇，但他自己却只会将这段关系视为耻辱。一旦事成，一定会将那些耻辱狠狠抹杀。

从前是白轩辕，现在是叶幽云，将来还会有别人。

叶幽云沉默片刻，轻轻叹了口气："虽然你说得对，不过，你难道就不恨我？不想亲手杀我？"

萧逐夜倒是十分平静："那你是想死在他手里，还是死在我手里？"

叶幽云听罢不禁轻笑一声："多年不见，你倒是将你师父那套学了个十成十，说话拐弯抹角高深莫测，听得累也累死了。"

"你到底要说什么？"

"有个多年前的小秘密，我藏了很久，现在是告诉你的时候了。"

"……"

"当年姐姐不是被我推下长恨崖的，她是自己跳下去的。"

萧逐夜的瞳孔倏然紧缩，沉声道："你说什么？"

"我说，十八年前，她是跳崖自尽的。"

他忍不住往前踏了半步，声音里也带上怒气："你胡说！"

他至今还记得那个夜晚——母亲将他交给刚从倾城谷赶来的师父，然后蹲下身看着他，柔声说道："惊弦，我去将你父亲找回来，你等着我。"

他已经很久没有见过父亲，但他对那一晚的母亲印象极深。她的眼睛映着月光，美丽而温柔，穿着月白的纱衣，长发拂在他的脸上，宛如仙子。

那么温柔的人，那个明明叫他"等着"的人，怎么可能会自尽？

看着他的神情，叶幽云眼中浮现的不知是嘲笑还是怜悯："不相信吗？说实话，我也不信。

"那天她将我约到长恨崖，我还以为是要找我决斗，特意将卫翎灌醉了独自上崖。我本来想对她说，这种不明不白的关系我也倦了，如果她赢，我立刻收拾滚蛋，岛和男人都还给她；但是如果我赢了，卫翎她可以带走，只

要将岛主之位让给我就行。

“可是她听完了我的话，却只说了一句‘有瑕疵的东西，我不要’。

“她就站在崖边，跳下去的时候我根本拦不住她。我看见她笑了，你懂吗？这是她的报复，她很清楚哪些人爱着她，她要彻彻底底地报复他们，她要让人记住她一辈子。

“江湖上都说我争权弑亲、心狠手辣，其实你们都不知道，她才是最狠心的那个人。”

叶霜迟从小过得顺遂，绝色容貌加上天资聪颖，师长疼爱有加，几乎没有什么想要而得不到的东西。她的清绝出尘源自她的自傲孤高，是她的致命吸引力，也是她最大的弱点。

——眼里见不得半点不完美，心里容不下任何残缺。

宁为玉碎，不为瓦全。

后来遇见卫翎，生下叶惊弦，她也曾以为此生如意圆满。不料叶惊弦尚未满周岁，卫翎便和叶幽云暗通款曲，更有人暗中指引，叫她亲眼看见了那一幕。

当看到自己最爱的两个人纠缠在一起时，她这一生信奉的所有完美都被打碎了。

信仰的崩塌，对她来说远比失去爱人和亲人更加致命。

此后数年，于她来说压抑而痛苦。爱人虽然数次乞求她的原谅，却又无法彻底断绝和妹妹的来往。他出身官宦之家，于忠贞一事本就看得很淡，甚至流露出想要坐享齐人之福的心思来；而从前和她亲密无间的姐妹，也渐渐藏不住自己的野心，处处与她作对，姐妹之间的隔阂越来越深。

别人眼里的她依旧清高孤傲，与世无争，但是她的内心深处，早就已经溃不成军。

好不容易熬到至交好友萧轻寒功成出关，她亲手将叶惊弦托付，了断了最后一件心事，剩下的就只有报复。

活着对她来说已经没有意义，但那些凌迟了她所有美好的人，一个都别想好过！

长恨崖下是嶙峋狰狞的暗礁和深不见底的乱流，跳下去便是尸骨无存。等叶幽云回过神来去拉叶霜迟，已经来不及了，她只能眼睁睁地看着一抹雪白纤弱的身影急速下坠，没入汹涌海浪。

叶幽云一时不能言语，跌坐在崖边，身后传来卫翎愤怒嘶哑的大吼声："叶幽云，你为什么要杀了她？她是你的亲姐姐！"

叶幽云后来才知道，叶霜迟在上崖之前就已见过了酩酊大醉的卫翎，算准时间给他点了醒酒香，留下书信，字句之间皆有暗示——若是自己遭遇不测，必定是叶幽云所为。

卫翎虽然一直没有彻底拒绝叶幽云，心中却始终最爱叶霜迟一人。他了解叶幽云的嫉妒和野心，也因此对这封信的内容深信不疑。再加上亲眼看见叶霜迟坠崖和叶幽云伸手的那一刻，已然认定叶幽云是凶手。他不听她的任何解释，只是疯了一般想要随叶霜迟跳下，幸而被一直躲在暗处的许千裳死命拦住。

他没有死成，跪在崖边恸哭到昏厥。叶幽云在他身边坐了很久很久，明白这一次，他的心是再也不会动摇，也再不可能回头了。

叶霜迟用自己的性命圆了一生的"完美"，她的目的达到了。

第二天，卫翎独自乘一叶小舟入海，并没有人知道他去了哪里，他没有再回到京城卫家，更没有回过长恨岛。十八年过去，世上再也没有人见过他。

叶幽云没有再和别人提起过这件事情的真相，整个岛上的人都以为是她亲手将叶霜迟推下悬崖，她也就默认了。别人都以此认定她心狠手辣，她也借这个名声杀伐决断，铲除异己，坐稳了岛主之位。

她当然知道自己被许多人不齿鄙夷，如果这就是叶霜迟想要的，那她就成全叶霜迟。

长恨，长恨，有多爱，就有多恨。绵绵不绝，永无尽头。

夜色悄无声息地降临，风渐渐大了，吹在身上有些凉意，洛雪忍不住缩了缩肩膀，随即肩上一沉，一件披风落在了她的肩头。

她回头一看，是云深。

差点忘了他也在船上，她有些不好意思地拢了拢披风："谢谢你啊，云庄主。"

"不用不用。"云深朝她露出一个和善的微笑，目光在她身上转了一圈，又顺着她的方向，落在了萧逐夜身上。

"你在担心他？"

洛雪被他说中了心思，起初有些不好意思，但很快就释然了，轻轻"嗯"了一声。

云深颇有深意地看着她："这个你不用担心，以叶幽云目前的本事，奈何不了他的。"顿了顿，又轻轻叹了口气，似是自言自语，"不过……看来这次我又没有机会了……"

洛雪听不懂："你说什么？"

"没什么。"他笑弯了眼睛，"我说萧谷主是个好人，你的眼光不错。"

她被他说得脸颊有些热，突然想起之前的一件事来："云庄主，你是不是说过你是我的未婚夫什么的……"

云深挑了挑眉，眼神颇为玩味："是啊。"

"呃……"她一时有些语塞，"不好意思，我不记得了……"

"你很快会恢复记忆的。"云深笑了笑，"如果到那个时候想起来了，你会不认账吗？"

洛雪一愣，他笑眯眯的样子实在让人分不出真假。万一是真的……不认账岂不是对他负心薄幸？可要是认了……她对萧逐夜也一样负心薄幸呀！

以前的自己怎么搞的，哪里惹来的这么多桃花？

见她皱眉不语，云深不禁哈哈大笑起来，他腰畔的铜灯随着笑声倏然亮了亮，他伸出手去轻轻抚摸，嘴里嘀嘀咕咕道："好了好了，我不开玩笑……"

正要转头和洛雪解释，眼角的余光却见船头一抹白影一晃，他心里暗叫

不妙，果然下一瞬，就听到周围传来了惊呼声。

是叶幽云。

她从船舷之上一跃而下。

三

听着叶幽云述说往事，萧逐夜面沉如水，双手在袖中紧握成拳，指尖几乎将掌心掐出血来。

这和他一直以来坚信的故事不同，但是理智却又偏偏告诉他，她说的都是真的。

师父也曾说过，母亲看似温柔似水，实则刚烈倔强，或许那一天她走的时候就没有想过要回来。

“她将你托付于我，便是了却了最大的心事。当时我便隐隐觉得，这一别，或成永诀。”

但这样的猜测，少年时的萧逐夜根本没有放在心上，他绝不相信那么温柔的母亲会狠心抛下他，他宁愿将一切罪过都推给叶幽云。反正她为了得到玉英，给他下血蛊，又屡次三番遣人抓他回岛，最后还害得师父功力大损，这一切都是她的错！

叶幽云看着他，面纱之后的嘴角微微弯起。

“我的秘密说完了，作为交换，你也告诉我一个秘密吧？姐姐的身边，是否真的有玉英？”

萧逐夜沉默良久，才道：“容貌美丑，生老病死，皆是自然之法。强行逆转天道之物，本就不可能存于世间。”

“所以你们的《清澄丹书》里，也没有记载长生不老的法子？”

“没有。”

叶幽云愣了一瞬，口中突然逸出一串笑声来，她的声音本就娇媚，此时笑起来宛如银铃一般，竟带着某种魔魅之力。她一边笑一边扯下面纱，脸上溃烂剥落的伤口尚未恢复，在船头摇晃的灯光下看起来越加狰狞恐怖。

“叶惊弦，你还记得我的样子吗？”

他五岁离岛，十二岁那年被叶幽云施计骗回岛来种下血蛊，经历了噩梦般的八个月，才被萧轻寒救走。

那之后，叶幽云数次派人找他麻烦，试图逼问出叶霜迟衣冠冢和玉英的下落，却始终没有如愿。直到他成年，萧轻寒几乎废了一身功力替他除掉了血蛊，此事才算结束。

这一次他重新上岛，中间已相隔了十数年的光阴。

再次看到她的面容，是面纱被许千裳扯落，露出那张被玄玉屑毁掉的脸的一瞬间。

他其实已经不太记得她从前的样子了。

五岁之前的记忆非常模糊，而在岛上的那八个月，他虽然没有被叶幽云虐待，但血蛊发作的时候，痛可蚀骨，痒可钻心，有时浑身红斑，有时候又会皮肤寸裂。少年之躯如何能承受？每一天都过得提心吊胆，度日如年。

况且岛上还有钱夫人和绮罗那些一心向着母亲的旧部，在她们口中，叶幽云就是一个弑亲夺位、十恶不赦的毒妇。在他心里，她只有面目可憎。

但仔细回想起来，这位姨母年轻的时候应该是极美的。十二岁回岛的那一次，他甚至试图通过她的五官去寻找母亲的痕迹。

除了仇恨，他们也是彼此在这世上唯一的亲人。

或许也正是因为这一丝血脉的维系，他才会从白翳手中将她救走。并不是原谅她，也不可能会原谅她，只是，不想让她被白翳那样的人折辱。

见他长久不语，叶幽云了然地点点头，轻声道：“不记得了吧……不记得也好。

“可是在我的心里，有些人一直忘不掉，日日夜夜的，折磨我很多年了。大概，这就是姐姐的报复吧。

“那个男人没有来之前，我们比谁都亲密。有的时候，我都不知道自己

是嫉妒姐姐抢走了他，还是他抢走了姐姐。

“你看看你啊，都长这么大了……你跟他们长得那么像……

“要是那一天，他没有渡海而来就好了……”

她的声音近乎呢喃，越来越低。倏然间嘴角扬起一抹笑，往后一仰，竟毫无先兆地侧身，一跃而下。

红衣在暗夜中闪过一抹绮丽暗影，很快没入汹涌的海浪之中。

萧逐夜站在原地，并没有动。

周围的人反应慢了一拍，有几个人发出低呼，但是一来船上并没有和叶幽云特别交好的人，二来连萧逐夜都没有反应，其他人就更不知道要做什么了。

海上的风渐渐大了，远处的长恨岛也已经完全被海雾吞没，萧逐夜长长地吐出一口气，这才举步朝前走去。

到船舷边不过两三步，方才他就是隔着这两三步的距离和叶幽云说话，她跳下去的时候，他其实有机会，也有能力拉住她。

但是他并没有。

也许是因为她唇边那一抹决绝求死的浅笑，也许是为了尸骨无存的母亲，也许是为了自己曾经经历过的诸般痛苦。

一念之间，恩怨已了，生死已尽。

他默默地看着船下海浪汹涌翻卷，那道红影早已不知所终。

如此这般，该是最好的结局。

有人走近他身边，轻轻碰了碰他的手，却没有说话。

他侧眸看了看身侧的女子，反手将她的手握紧，掌心相抵，留一丝暖意传递。

“我没事。”

说给她，也说给自己。

云深靠在船舱的木板上，看着不远处并肩而立的两个人，手指轻轻地摩

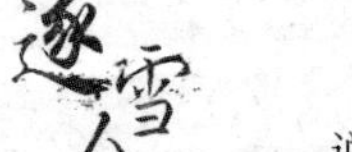

挲着腰畔忽明忽暗的铜灯，似是自言自语。

“你看，世间的事就是这么奇妙，要想的想不起来，要忘的忘不掉。

“我觉得这样很好啊，也差不多到我功成身退的时候了吧？你就放心好了……

“你答应我的事，再考虑考虑呗……”

也不知道睡了多久，洛雪突然被一阵沉重的绞盘拖拽声惊醒。

看了看舷窗外面，依旧是一片漆黑，看样子还是后半夜，并没有到靠岸的时间，船却停了。

之前因为叶幽云跳海一事，船上的气氛多少有些沉重。萧逐夜虽然嘴上不说，但她知道他是那种心事再多都会沉在心底的人，偏偏她又不知道该怎样去开导他，傻愣愣地陪着他在船头站了两个时辰，再回房间的时候反倒睡不着了，辗转反侧了好久才勉强合眼。

没睡醒，脑袋还有些沉重，她起身披上衣服，正想去外面看一看，门外的走廊上却传来了一阵嘈杂的脚步声。

她急忙回身从枕头下摸出短刀，蹑手蹑脚地靠近门边，寻思着下一步究竟是该破门而出，还是该伺机而动？

她并不知道自己以前武功多高，但是就这几天恢复的程度来看，应该还不赖。

能恢复到这样的程度，都要感谢萧逐夜。

在霜迟岛上时，萧逐夜就说过，为了封住记忆，她的游魂针被下在颅脑之中，但这样一来，对四肢和内息的控制自然就不如那些直接封住经络的针。他思索许久，认为可以找出办法来，先解开一部分游魂针对内息的抑制。

之前云深上岛，就是给他带来所需要的药品和用具。那几天在钱夫人的桃林小屋里，他大部分时间都在给她施针用药，她的功力也确实恢复了几成，虽然招式什么的还记不起来，但是手脚变得有力许多，腾挪躲闪也变得灵敏了。若非如此，那天她也不可能躲过白舜华的偷袭。

此时此刻，她思索片刻，决定先发制人，于是伸手将门拉开，提着短剑便冲了出去。

就听迎面一声大喊："宗主！"

随即，一个娇小的身影飞快冲了过来，一头撞进她的怀里。

低头一看，是个穿着绿色衣裙的陌生小姑娘，正抬着一张小脸，泪眼婆娑地看着她。

唔……这是谁？

她一手拿着剑，放下也不是，举着也不是，顿时有些尴尬，只好抬起头，但见五步开外站着好几个人，大部分都不太眼熟，唯有一个鬈发纤瘦的小女孩，是她最熟悉不过的。

"焉莎？"

"姑……姑娘！"听到她的声音，焉莎略显紧张的脸上终于露出了笑容，咬着嘴唇结结巴巴地说，"您没事……太……太好啦！"

看着她眼睛里强忍住的泪水，洛雪不禁有些心疼，声音也不自觉柔和起来："抱歉让你担心啦，我很好……"

话未说完，怀里的小姑娘呜呜呜地哭了起来："宗主，我也很担心你呀，我担心你好久了。你怎么只记挂着别人，你也看我一眼呀……"

这幽怨控诉的语气，怎么感觉自己就像个负心汉似的？洛雪这才定了定神，默默收起短剑，扶着小姑娘的肩膀，将她拉开一点距离。

"那个……你是哪位？不好意思，我不太记得以前的事了……"

"真的一点都不记得了？"

话音未落，就被一个低沉冷峭的男声打断了，她循声望去，只见眼前不知何时站了一个身穿灰色劲装、身形高挑的年轻男子。

他大概还不到二十岁，俊朗的轮廓尚未脱少年之气，眼神却十分凌厉，盯着她的目光不知道是热烈还是冰冷。尤其叫人瞩目的，是他右颊至眼角的一个剑纹刺青，让一张略显秀气的脸平添了几分狠戾。

这会儿她已经回过神来了，这几个多半是她失忆之前的熟人，因此她朝

那少年笑了笑，道：“真的不记得，你们别介意，等我想起来了再和你们赔罪。”

“呵……”少年不冷不热地嗤笑了一声，“你最好快点想起来，否则你欠的债只怕还不上。”

一句话说得她心惊肉跳。什么时候又欠债了？欠的又是什么债？以前的自己怎么会有那么多闹心的事……

谁知怀里的小姑娘一听这话，顿时跳了起来，转身不客气地朝那少年胸口狠狠捶了一拳，轻嚷道：“聂小五你怎么说话的？当初是谁在空青堂的废墟上坐了三天三夜，发毒誓要替宗主报仇的？你还掉眼泪了哦，别以为我没看见……”

少年双眉一拧，冷喝道：“闭嘴！”

凶虽凶，耳尖却不自觉地泛起一丝红晕来。

“偏不！”绿衣少女吐了吐舌头，抱住洛雪的胳膊，得意地说，“现在宗主回来了，我就不怕你了。你要是敢威胁我，我就去找宗主告状！”

“……”

洛雪还有些迷惑，但心里却泛起异样的暖意，她看得出来这些人都对她很好，能再次看到她，他们都很高兴。

原来自己并不是孤身一人远赴异乡，原来在她丢失的记忆那一端，一直有人在寻找、在等待，从没有放弃。

她下意识地看向萧逐夜，他正站在人群之后，眼波温柔缱绻。

他在看着她。

有一个瞬间，她竟然有些羡慕那个被自己遗忘的自己。

洛雪后来才知道，原来这个看起来十分冷酷的少年，就是众人口中以十八连环水寨为大本营与白翳形成对峙之势的聂五。

他本是南剑宗的弟子，南剑宗自“承影山之变”后分崩离析，南剑宗宗主下落不明，他就此与白翳势同水火。后来他仗剑独闯十八连环水寨，剿灭

水匪，联合了叛出北剑宗的大弟子华文宇，聚集了许多反对白门的人，渐渐形成了江湖上一支可与白门相抗的力量。

天已经大亮，船也重新行驶起来。萧逐夜和聂五见面之后，一群人已经关在屋子里快要一个上午了，洛雪十分无聊，只好拉着绮罗嗑瓜子聊天。可惜绮罗很少离岛，所知甚少，没法满足她的好奇心。倒是那个名叫七羽的绿衣小姑娘知道不少趣事，说起话来又脆又甜，听着很是解闷。

她说自己是南剑宗宗主宋雪心的剑婢，从小便陪在宋雪心身边的。

"宗主，你怎么能忘了我呢？"她说着说着又要掉眼泪了，"你可以忘记所有人，也不能把我忘了呀！我答应过凌珠姐姐要好好照顾你的，没有你我可怎么办……"

"……"

洛雪最受不了漂亮小姑娘哭了，只好抚了抚她的肩头以示安慰。谁知七羽一把搂住她，哭得更加大声了。

就在此时，不远处的舱门"吱呀"一声打开。

七羽的哭声也戛然而止，从她怀里抬起头来，瞪大眼睛看着众人鱼贯而出。走在最前面的聂五目光一转，大步走了过来，一把拎住了七羽的后颈衣衫，冷冷道："起来，走了。"

七羽反手去拍他，不满道："你能不能对女孩子温柔一点啊？聂小五我跟你讲，你这样是娶不到老婆的！"

聂五不置可否，看着一旁的洛雪，沉默了片刻，突然道："我说过，总有一天会打败你。所以快点好起来，别让我等太久。"

洛雪一愣，是她的错觉吗？这个从见面开始就十分冷漠的少年，尾音里居然带了一丝……柔和？

可是没给她机会探究更多，他已经拽着七羽的领子大步走了。七羽的力气没他大，只好一边后退，一边朝她挥手："宗主宗主，好了就马上回来呀！"

说罢，她还不忘回头去和聂五说话："担心宗主你就直说嘛，我又不会嘲笑你，大家都这么熟了，有什么好害羞的……"

洛雪望着他们离去的方向，嘴角不自觉地浮上一丝笑意。

耳边传来萧逐夜的声音："有什么需要收拾的吗？前面就是定风城港口，我们要下船了。"

她转过头去，诧异道："不和大家一起走吗？"

她刚刚明明听到云深在和紫离说，要回十八连环水寨好好查看他徒弟的伤势什么的……

萧逐夜摇了摇头："我们要去云境温泉，自然就不回水寨了。但是这次白翳拿下了长恨岛，'寒霜降'之毒也解开了，于白门而言不啻为如虎添翼，在地形上更是控制了十八连环水寨之东的水域，渐成包围之势，聂少侠需要尽快赶回去，提早准备，以防白翳乘虚而入。毕竟如今江湖上，只有十八连环水寨能称之为白门的心腹大患。"

洛雪皱眉道："可是，你们明明可以比他先一步拿下长恨岛的！会变成这样，都是因为我……"

"不，不全是因为你。"他笑了笑，目光望向甲板之上，"相信我，我们不会做没有价值的取舍，所以你不必介意这些。"

第七章

云境犹温

一

从定风城的港口到云境温泉的这一路，洛雪带上了焉莎同行。

焉莎长那么大都没有离开过大妙如意城方圆十里的地方，这次随着她远涉中原，已经很不容易了。之前因为事态紧急，也没有办法好好照顾她，让她一个人在一群陌生人中间待了许久，对她这种胆子小又言语不通的小姑娘来说，真的是挺遭罪的。

既然没打算再回去，不如带着焉莎游历一番，跟着她，焉莎也会自在一些。

这一路，虽然没有遇到什么麻烦，听到的传闻倒是不少。

白翳自拿下了长恨岛之后，就一直没什么动静。只有手下几个堂主出头，收服了一些名不见经传的小门派，于大局来说，根本无足轻重。

很多人都在推测，他是在积聚力量，准备对付十八连环水寨的聂五和华文宇。

之前双方也不是没有冲突，但都无关痛痒。起初聂五那边人手少，力量也弱，打起架来没什么章法可言。最多也就是给白门行事增加些阻碍，对他们推进蚕食的脚步并没有造成多大的影响。

但是后来，投奔过去的江湖中人越来越多，人才辈出，渐渐成了气候，对白门的威胁也越来越大，最终到了不得不直面的时候。

他们甚至还在路上见到了销金阁设下的赌局，赌两方一旦开战谁输谁赢，只不过赔率相差悬殊，下注的几乎都赌白门会赢。

“剑宗如今已经没落了。北剑宗的齐朗唯白翳马首是瞻，这次白翳又娶了南剑宗的宋雪心，剑宗算是彻底归了白翳。再加上他灭了叶家母女，拿下了长恨岛，手上还有怀义山庄、天罗刀这些盟友，怎么可能会输给一个小小的十八连环水寨？”

邻桌的高谈阔论一声声传来，真是想不听都不行。洛雪转头瞥了一眼，是几个江湖人士打扮的客人，有男有女，佩刀带剑，桌上空酒壶东倒西歪，足足有十来个。

“赵兄言之有理！”一个配剑的美貌少妇接口，“江湖上都知道，白翳原本是要娶长恨岛的叶灵芷的，哪知最后却娶了宋雪心。那个女的我见过，承影山比剑那会儿可嚣张得很，想不到失踪了那么久，一现身居然就抢了别人丈夫。”说着目光一闪，很是有几分唏嘘，“不过白翳那样的男子，的确是很难让人拒绝，我也颇能理解她……”

“我倒觉得未必，说不定这两人是联手做戏呢？”一个醉醺醺的胖子呵呵笑了起来，“飞娘子怕不是寡居多年，春心荡漾了吧？”

美貌少妇闻言狠狠“呸”了一声，骂了一句：“狗嘴里吐不出象牙。”

“万老板此话有些道理。”先前那位“赵兄”频频点头，“宋雪心是剑宗百年来第一位女宗主，可见她本来就颇有手段，野心也不小。此番和白翳联手，只怕另有图谋。这两人是一丘之貉罢了，总之江湖将有大变啊……”

“管他变不变，只要别让老子赔钱就行！”胖子万老板一拍桌子，“老子可是押了一千两赌白门胜，白翳和宋雪心现在就是老子的衣食父母！”

众人一阵哗笑，各自举杯豪饮。只有坐在桌子角落的一个花白胡子的老者摇头轻叹：“白门这一年里扩张过快，只怕开疆容易守疆难，不好说啊，

不好说……”

只是他的声音太过轻微，立刻被一阵劝酒的喧哗声盖过了。

这些话却被离得最近的萧逐夜听到，他微微皱了皱眉，但见身边的洛雪目光一闪，满脸愤愤地就要起身，急忙伸手按住她：“别乱来。”说着掏出碎银放在桌上，拉着她快步走出了饭馆。

直到上了马车，洛雪依旧意难平，不满道：“为什么拉着我？那些人既然敢在背后乱嚼舌根，就要做好被人找麻烦的准备！”

萧逐夜不禁莞尔：“真要打起来，你能打得过？”

洛雪抿了抿唇，老实回答：“不知道。”又斜睨了他一眼，“不是还有你吗？”

再说她最近功力又恢复了几成，常常觉得浑身真气充盈，身轻如燕，比在大妙如意城时那副病恹恹的模样好了不知多少倍。她都想好了，真要闹起来她也不会傻到以一敌十，她就专挑那个说什么“一丘之貉”的姓赵的，揍完就跑，不见得就会吃亏。

看她眼神闪烁，萧逐夜就猜到她在想什么，轻轻叹了口气，道：“爱逞口舌之快者众多，不必如此在意，若是句句都往心里去，岂不成了负累？”

洛雪不大同意：“可谁让我听见了呢？我听了不开心，还不让我表达一下吗？”

他是淡泊出尘的世外高人，她可不是。

萧逐夜笑了笑：“当然可以，只是犯不着亲自动手。”说着摊开手，掌心上放着一只小瓷瓶，看起来和他药箱里那些瓶瓶罐罐没什么不同。

洛雪目光一动：“这是什么？”

“精炼的常山粉末。”他收起瓷瓶，笑得十分温和，“只需要一点点，就可以让那十数人将吃下去的都吐出来。”

话音才落，就见方才那个饭馆里跌跌撞撞地冲出来一个人，扶着门前的柱子，俯下身哇哇呕吐起来，正是那个被人叫作“万老板”的胖子。

洛雪抽了口气，赶紧转过头去。

“你什么时候动手的？”

萧逐夜但笑不语，倾身交代车夫行进的路线。

看着他鬓边的长发自耳后滑落，洛雪不由得有些感慨……什么世外高人，他才不是！她是明着暴躁，他是暗着使坏，他们可真是天生一对！

虽说他替她教训了那群口无遮拦的人，但她也知道，事情的根源并不在他们，江湖上会拿此事高谈阔论的人，也不会只有这几个。

白翳说对了，人们根本不在乎真相，只听自己想听的，只传自己想传的。

这么多天下来，她虽然还对“南剑宗宗主”这个身份没什么代入感，但已经不再陌生，甚至还多了几分感情。那些人一个劲地诋毁“宋雪心”，岂不就是在骂她？明明嫁给白翳的人不是她，她凭什么要背这个骂名？

如今回想起来，白翳带她回中原时，应该就做好了要在长恨岛上换新娘的准备。难怪这一路上，他都对她温柔备至、甜言蜜语。她虽然不吃他这一套，但是一想到那些举动都是为了哄“宋雪心”上钩的，她的心里就觉得十分恶心。

如果她没有在双城成功溜走，如果她后来没有遇上萧逐夜，如果她被白翳捉了回去……

一想到顶替叶灵芷穿上嫁衣的人有可能是自己，或者拿刀刺进许千裳心口的人是自己，洛雪就觉得一阵恶寒。

萧逐夜轻轻问道：“那个和你长得极像的女子，可有什么头绪了？”

对了！还有她！

这个问题，洛雪已经想过了，因此很快就回答道：“我觉得……极有可能是大妙如意城的桃夭夫人。”

萧逐夜有些意外：“为何？”

“我在大妙如意城和她打过几次交道，对她的身形虽算不上熟悉，却还是有印象的。她只比我矮一点点，但身材丰满，皮肤也很白。”她一边说着，一边用手比画，“和那个婚礼上的女子真的很相似。而且，你说过她的容貌是通过削骨换皮之术得来的，如此一来自己原来的脸就没有了……”

说到这里，她不禁打了一个寒战。太狠了！

“愿意做到这一步的女子，必定对白翳死心塌地。能满足这样两个条件的人，我只认识一个桃夭夫人。”

说着，她又想起一事来：“当初你们还从我身上找到过一个香囊，和那些画像一起的，你还记得吗？”

萧逐夜点了点头。

“我记得紫离姑娘说过，那个香囊里除了精绝的芸香，还混合了一种叫……什么……”

“引路香。”

“对，就是引路香。”她右手握拳击在左手掌心，“据说这个香是用来追踪的，当时我也没有在意，现在想想，当初屠苏楼那些穷追不舍的人，不一定是冲着你们来的，说不定是冲着我来的。”

“因为那个香囊，就是桃夭夫人给我的！”

桃夭夫人为什么要追踪她的行迹？桃夭夫人是不是早就有意要取她性命，然后由自己来顶替？简直细思极恐。

还好她遇到了萧逐夜，那个暗藏玄机的香囊也早就被处理掉了，否则去长恨岛的一路上，只怕还会有别的麻烦。

萧逐夜听完她的话，低头沉吟片刻，目光微闪，问道：“所以说，如今大妙如意城中，并没有管事的人？”

她一愣：“是吧。”

“那就好，还有……”他伸出手，轻轻抚了抚她的发丝，“谢谢你逃了出来。”

她有些不大自在，眼神乱飘：“那个……应该我谢谢你才对吧？”

他笑：“随你。”

云境温泉位于晴岚山主峰西侧约莫五十里的山谷中，对外称是京中望族徐氏的私人汤泉，专供达官贵人养生休憩而设，实则所有权归属倾城谷，徐

氏一族只是代为管理。徐氏历代都有人师从倾城谷，上一任族长徐放舟，更是位列前代“倾城五君子”。

洛雪对这些典故不甚感兴趣，却很喜欢听萧逐夜说话。他声音这么好听，说什么她都喜欢。

不过他刚才话中的“晴岚山”三个字，听着倒是有几分熟悉。

“晴岚山……我以前去过吧？”

萧逐夜点头：“那里有一个晴岚书院，你以前是那里的学生。”顿了顿才又道，“我们是在那里遇见的。”

“真的？”洛雪的兴趣顿时提了起来，坐正身子问道，“怎么遇见的？”

莫非是被他的美色所迷？

“你带了人，要来揍我。”

“哈？”

她不信！她这么善良……温柔，怎么可能对刚见面的人动手？他一定是骗她的！

萧逐夜看着她目瞪口呆的样子，唇边又带上了笑意。这几天他的笑容，比之前的大半年加起来都要多。

“你会想起来的……我们到了。”

他的话音刚落，马车便放缓速度，慢慢停了下来。

洛雪掀开车帘朝外看去，只见马车停的地方是扇山门，上面行云流水地写着“云境”二字。山门前站了两个小童，各牵了一匹马，显然是在等他们。

山门背后的那道山梁高而缓，满山翠竹随着轻风阵阵摇动，满目清凉，绿意葱茏，让洛雪顿感心情舒畅，手一撑，轻轻跳下了马车。

“这地方真好。”她伸了个懒腰，回头见萧逐夜正要搀扶焉莎下车，立刻上前一把将小姑娘横抱了下来，焉莎小声惊呼了一声：“姑娘您小心……”

“没事，你姑娘我现在力气大得很。”她朝着焉莎嫣然一笑，“以后要是再有人敢欺负你，我一定把他打得满地找牙！”

跨过山门之后便是蜿蜒山路，马车不好走，只能步行或者骑马。

洛雪和焉莎一骑，萧逐夜一骑，缰绳被那两个小童牵着，慢悠悠往山上走。没走多久，洛雪就有些不耐烦，从小童手里收回马缰绳，双腿一夹，马儿立刻沿着山道一路小跑起来，就连曲折拐弯之处都没有减慢速度，惹得焉莎惊叫连连，窝在她怀里一动也不敢动。

而时快时慢的马蹄声，始终都缀在身后，在峰峦起伏之间，在她耳目能及之处。

如此跑了半个时辰，山势渐高，偶有开阔之处，望下去有薄薄的云雾缭绕。

这一路上倒也不是杳无人烟，每过几道弯折，都会辟出一块空地，造了屋舍，拦了绊马索，守山的人看见他们的马，就将绳索松开让道，因此畅行无阻。

直到过完第五个关卡，眼前豁然开朗，只见半山腰的向阳处修了一个规模极大的庄园。目光所及，光高低错落飞檐翘角的楼宇就不下十数间，整个庄园背倚山壁，面临深谷，日光破云照下，琉璃顶熠熠生光，像是云雾之间的仙阁琼楼一般。

洛雪勒住缰绳，往前走了两步，耳边突然传来了几声乐音。

这声音她并不陌生，是琵琶。

琵琶本就传自西域，深得西域人的喜爱。桃夭夫人就很擅长弹奏，她也曾远远听过几回。不过这里是中原，琵琶的音色略有不同，似乎更加清亮跳脱。

她一时为乐音吸引，循声策马而去。只见庄园前有一片如镜水面，半边都种了荷花，正是初夏时分，连绵碧叶中朵朵粉色花苞半开半绽。塘边石凳上坐着一个女子，怀中抱着一把曲项琵琶，玄色长衣里露出木槿色的层叠裙裾，素手拨弦，与山色莲池相映，犹如画中仕女。

这样的衣饰，这样的气质，这样的姿态……

她不由得回头去看萧逐夜，萧逐夜却只是笑了笑，示意她继续往前走。

马蹄踏过池上的石板桥，那弹琵琶的女子皓腕一翻，琵琶声骤停。她站起身朝洛雪微微欠身，莞尔一笑，道：“好久不见了，宋宗主。”

二

云境温泉不在庄子里，而在山壁后一个极为隐秘的山谷中。

因为地形的关系，此处有大大小小十多个泉眼，按照方位和规模分成了三重。每一重都建有庭院楼台，各自以谷中原有的巨石老树隔开，楼台又都建得玲珑精巧，辅以特殊的花石阵法，彼此之间互不干扰，也完全没有影响。

前面两重是给一些慕名而来的皇亲贵胄疗养取乐用的，只有最后一重，由徐家家主亲自看顾，其中的汤泉效用也最好。徐家还会定期在泉水中加入药草炮制，长年累月之下，对外伤愈合，内伤调养都有极大的助益。

洛雪这次来的，就是最后这一重，名叫“须弥境”。

她和焉莎住进了“须弥境”的小院子里，每天按照萧逐夜定好的时辰去泡汤，还有人专门煎好了药候着，饭菜定时送来，甚至每天会有人来打扫整理。如此周到，反倒弄得焉莎很不自在，她从小到大只有服侍别人的份，何曾被人服侍过？内心不免十分惶恐，整天在屋里屋外转悠，试图找点事来做。

洛雪也觉得不自在。

来云境温泉的这一路上，她明明看到萧逐夜天天都在研究那几张薄薄的针谱，可是真的到了这里，他反倒不着急了，连什么时候取针都没有告诉她。每天就是泡温泉吃药，吃药泡温泉，她都要给闷坏了，只能教焉莎写字来打发时间。

明明院子里还有房间，他却一直住在上面的大庄子里，每天和他那位名叫樊素玉的师妹出双入对，有时一天也见不到他一面，有时过来陪她吃个晚饭又走了。

樊素玉，就是那位在莲池畔弹琵琶的气质美人，五君子之一，擅长调香，医术高明，沉稳且温柔。

相比萧逐夜，她甚至见到樊素玉的次数还多一些。樊素玉会来给她做一些简单的针灸和按摩，以消除她身上那些旧伤遗留下来的筋骨酸痛和气血不畅。

“什么时候可以取针？”她几乎每天都要问一遍。

“别着急，掌门师兄自有他的安排。”樊素玉也几乎每天都回答一样的话。

说得倒是轻松，失忆的人又不是她……一天天虚耗在此，怎么能不急？

这一日午后，天气略有些阴沉，洛雪刚从汤泉中起身，就遇到了前来送药的樊素玉。

她一手提着装汤药的罐子，一手拿着一只小竹篓，竹篓中装满了新摘的荔枝，叶片上还滚着未干的水珠。

“这是师兄叫我带给你的，上午才送到，可新鲜了，快尝尝。”

樊素玉将手里的东西放下，站在一旁看焉莎给洛雪梳头，她的头发又长又密，湿漉漉地披在肩上，黑如鸦羽。

“他为什么不自己来？”

冷不防洛雪问了一句，樊素玉愣了愣才道：“师兄这两天有点忙……”

“那，什么时候才能取针？”洛雪放下手里摆弄的钗环，转过头来望着她，“我被下了游魂针是他说的，要取针也是他说的。可好不容易到了这里，他却突然不提这件事了，究竟还取不取了，你们给我个准信儿行吗？”

樊素玉愣了愣，听得出她这是真生气了。

也难怪会生气，她向来是心里藏不住事的人，可是萧逐夜，他是太藏得住了。

这两人以前是怎么交流的？其实樊素玉一直很迷惑……也许是因为，他们相聚的时间总是太短暂，短得只够彼此相爱，却来不及好好相处，更来不及好好交流。

萧逐夜叮嘱过她什么都不要说，只需要告诉洛雪安心等待就好。不过同样身为女子，她觉得这个安抚的办法真的不太好。

樊素玉自药罐上取下倒扣的陶碗，将浓稠的药汁缓缓倒进碗中，低声道：“这件事我回答不了，不如你亲自去问他吧。”

萧逐夜就住在云境山庄单设的药庐里，深居简出，每天不是查阅卷宗，就是伏案疾书，要不就是看着整整一面墙的药柜沉思。

师伯徐放舟隐居在千里之外的古榕山，谷中几位长老也都已不问世事。樊素玉前来只是为了助他一臂之力，他深知，最后做决定的，只有他自己。

迄今为止，他做过很多决定，却从未像这次这样犹豫不决。只因为从前的决定再艰难，他都知道自己能承担得起失败的后果，但这次……

会有办法的……一定能找到万无一失的方案……

阵阵倦意袭来，他忍不住支颐小憩，也不知过了多久，心头一动，慢慢睁开了眼睛。

外面不知何时下起了蒙蒙细雨，正对书桌的圆窗外，有个人正撑着伞，隔着大丛的六月雪，静静地看着他。

“雪心……”他的喉头轻轻滚过一个模糊的声音，瞬间清醒，起身打开门。

“你……怎么来了？”

洛雪穿着样式简单的竹青衣裙，半湿的长发归拢在胸前一侧，越发显得身形纤长，肤色白皙，仿佛要和身后满山翠竹融为一体。

他很少看到她如此典雅娴静的模样，不由得怔了怔。

这一怔的工夫，洛雪已经收伞进屋，环视了一下四周，扑面而来的药草清苦之气太过浓烈，让她不由得吸了吸鼻子。

“你这几天就住在这里？”

“是。”萧逐夜回过神来，上前合上门，将幕天席地的细雨关在屋外。

“忙了这么多天，可得出什么结果没有？”她收回目光，落定在他的身上，“请问什么时候可以取针？”

她特意加重了那个“请”字，萧逐夜听得分明，她这是有情绪了。

他沉默了片刻，轻轻一笑：“少安毋躁，取针之术繁复，前期还需要做一些准备……”

“我安不下来，躁得很！”见他还是这样说，她的语气忍不住有些冲，上前一步直直地盯着他，“没遇到你之前，我不知道要怎么去找回记忆，一

直觉得随缘就好。是你说的，我中的是游魂针，你会找到办法去解。你用一整个长恨岛换了针谱的时候，你可知道我心里有多难受吗？我觉得自己欠了你天大的人情，我怕自己还不了，我也很怕一旦想起了从前的事，现在的一切都会改变。”

她越说越激动，喘了口气才接着道：“这一路上，我心里一直很煎熬，既期待又害怕。可是真的到了这里，你却告诉我还要等？别以为我不知道，你早就把针谱翻看过无数遍了，解法写了厚厚一沓，你明明心里有数，可你就是不告诉我。”

她抿了抿唇，有些委屈：“你可以和樊姑娘说，却要瞒着我……是我不值得信任吗？”

一句紧接着一句，她几乎没有给他开口的机会，萧逐夜的眼神渐渐变深，等她说完最后一句话，他唇边一贯的温柔笑容也消失了。

“你不需要知道为什么。”他的声音带着一丝坚持的意味，平静中更显清冷，“等到万事俱备，我一定会为你取针，但现在还不行。‘须弥境’的药汤对内伤外伤都极有助益，你可以趁此机会调养休息，这比恢复记忆更加重要。”

“你……”洛雪快要被气死了，她以前怎么没发现，这个男人居然如此顽固！

她伸出手，一把揪起他胸前的衣襟，长眉紧锁，薄怒道：“到底有什么不能说的？我就不信了，这个世上除了生死，还能有什么了不得的大事？”

两人的距离很近，说到“生死”二字时，她明显看到他深色的瞳孔缩紧了一下。

电光石火之间，她突然就明白了。

“莫非是因为，取针时我有可能……活不成？”

成功的概率不到五成。

这已经是萧逐夜翻阅了无数典籍，推翻了无数方案，所能得出来的最大概率。

依照白燕升的针谱所示，游魂针共有三根，都下在后脑的主要穴道，方位粗细长短各有不同。其中位于风府穴上的针，入穴最深，离髓海只有分毫差距，取出最为不易。

针谱上也清楚地注明了下针之后会出现的诸般后遗症，以及取针时可能发生的意外。白燕升的结论是，留之如常，取之凶险。

意思就是，留着针最多只是找不回记忆而已，只要按时服药压制，就可以像正常人一样活着；但是若要强行取出，会有什么后果就不好说了。

世间医术，本就没有万无一失之说，半数概率已经不算低了。但在萧逐夜心里，即使只有一成失败的可能，他都不愿去尝试。

如果再次失去她……他根本不敢想象。

一拖再拖，只因无法决断。他有时候甚至觉得，与其冒险，还不如保持现状，她虽然想不起来，至少，人还在他眼前。

看着他眼神从震惊到犹豫再到叹息，最后平静却眷恋地看着她，洛雪知道自己猜对了。

不知道为什么，她心里反而松了一口气，这些天积攒下来的诸般委屈，也突然间烟消云散。

她的手一松，身体却往前倾，将额头轻轻抵在他胸前，声音听起来有些闷：

“你不能这样。”

他的喉头震动，低低地“嗯”了一声，是询问的意思。

“身体是我的，命也是我的，要做决定也该是我做。”她的手依旧攥在他胸口，却轻柔了很多，一下一下地搓捻着领口的暗纹，“你想替我决定生死，我不答应。”

她的呼吸细细地拂在胸前，透过轻薄的衣料，让那些许方寸之地渐渐灼热起来。

他沉默着没有回答，只有不断加快的心跳，泄露了心中所想。

洛雪继续低低道：“虽然我也担心恢复记忆之后的事，但这和找回记忆比起来，实在不算什么。以前的事，不管是好的还是坏的，我、你，或者别的人，那都是我的记忆，是属于我的，我凭什么不能要回来？需要我面对的，我不想逃避，更不想一无所知地过完这一生。”顿了顿，又道，“你也不想的，对吗？现在的我，根本想不起以前的你。”

短暂的静默之后，他缓缓伸出手，手掌轻轻落在她的发顶，滑落至颈间，收紧。

嘴唇碰触着柔软的发丝，阵阵药香夹杂着她身上若有似无的独特幽香，侵占了他所有的感官。

是的，他不想。

他们从前相处的时光虽然并不长久，但横亘了七年光阴，每一日都不可替代。即便如今他也可以陪她过完此生，但失去了的那部分记忆，会成为终生的遗憾。

只是……

她突然抬起头，在他嘴角轻轻吻了一下。

犹如蜻蜓点水一般，一触即分。他顿时怔住了，低头看着她。她的脸颊迅速染上红晕，却依旧不偏不倚地盯着他。

“我以前有没有亲过你？”

他的眼前闪过无数画面，而后缓缓地，点了点头。

她的神情似欣慰，又似窃喜：“那我不亏了！听我说，我不怕死，所以你也不要怕。这是我选的，所以就算失败了，你也不准责怪自己。拜托了，让我知道我是谁！”

最后那句话，她说得郑之重之，一字一字，敲入他耳中，落于心上。

他终于笑了笑，答道：“好。”

三

从初夏到盛夏，仿佛只是一夜之间。

白天越来越长，日光越来越盛，林间蝉鸣也越来越嘈杂。

云境温泉的水温四季不变，这个季节早已经不适合疗养泡汤，但来自倾城谷的贵客盘亘在“须弥境”中，却已经一月有余。

山外的江湖风云喧嚣，山中的时光却仿佛静止了，每一天和前一天比起来并没有太大变化。

焉莎端着水盆从院子里走过，只见萧逐夜正坐在月窗前的芭蕉树下看书，鸦青的单衣束得整整齐齐，长发用白玉簪归拢成束垂在耳侧，同样也是整整齐齐。一只雪白的猫正伏在他膝上睡觉，远看就像一个雪团儿。

这样的画面，每次看到都会让人感觉恬静、清幽、燥意全无。

因为这里的庭院中有温泉，所以比别处要更热一些，住在这儿的人只要稍微动一动，就会满头大汗。可是这位萧先生的身上，却好像自带清凉，从不见有汗流浃背的狼狈模样。这和她以前见过的男子都不一样，中原有个词是怎么说的……“冰肌玉骨”？

也不对，那是形容仙女的……

正想着，萧逐夜已瞧见了她，轻唤道：“焉莎。”

“哎！”焉莎急忙回过神，一路小跑了过去，“萧先生有何吩咐？”

“雪心的状况如何？”

“雪心”是萧先生对她家姑娘独特的称呼，他的声音本来就好听，“雪心”两个字被他念得百转千回，特别好听。

“刚刚和几位嬷嬷一起给姑娘擦了身，换了衣裳，都挺……挺好的，没什么……大碍。”她用不甚流利的中原话结结巴巴地回答。

是挺好的，姑娘气色不错，皮肤水润，呼吸平缓，身上一点褥疮都没有，甚至因为天天泡药汤，连身上原本的好几处旧伤疤都淡了。

唯一不好的，就是她始终没有醒过来。

已经第十天了，她后脑上那几个小得几乎看不出来的伤口都快要愈合了，可她一次都没有睁开过眼睛。

那位帮助萧先生一起取针的樊姑娘，五天前离开的时候曾经说过：“人

的头骨和髓海的构造十分复杂，有的时候头上插把刀都死不了，有的时候可能随便一撞就会没命。”她家姑娘这种情况，不好说，也不能把头给剖开看里面的针到底取干净了没有。

“也许我说的话不好听，可是掌门师兄自己也是行医之人，当知不可强求的道理，理应做好最坏的打算……”当时樊素玉说这话的时候，焉莎的眼泪都掉下来了。

可萧先生却只是淡淡一笑：“我知道。”

什么是最坏的打算？无非是死了和再也醒不过来两种。但焉莎觉得，只要人还活着，就不算最坏，姑娘现在就像睡着了一样，指不定哪天就醒了呢？

她心甘情愿服侍她家姑娘，她可以等的，别说十天，十年都行。

她相信，萧先生也是一样。

眼看着小姑娘的身影消失在回廊尽头，萧逐夜合起书，转身朝屋子里走去。

路过开得正盛的紫薇，他随手折下一支，拢入袖中。

推开屋门，一阵清凉之意扑面而来。屋角放置的冰块是由徐家家仆送来的，用以降低屋中温度，避免长卧在床的人因闷湿生出褥疮。

他径直走到床边坐下，床上的女子静静地躺着，双手交叠着放在腹部。焉莎很细心地替她剪过了指甲，乌黑的长发也打理齐整，在雪白的枕上铺成一弯浓黑。

她的眉眼之间无悲无喜，少了些往常的生动，却多了几分难能可贵的安详，没有血色的嘴唇紧紧抿着，看起来居然十分端庄。

他忍不住伸出手来，手指沿着她脸庞的轮廓细细勾勒。

她已经这样安静地躺了十天了。

当她替自己做了决定之后，他便开始着手准备，取针的时间就定在十天之前的那个早晨。

他和樊素玉在草拟的数十个方案中选择了最为稳妥的那一个，这也就意味着过程会漫长而烦琐，每一个步骤都要细致入微。

当最后那根深入风府穴的针被取出的时候，已经是半夜了。樊素玉的手脚都有些打战，萧逐夜虽不至于脱力，但浑身衣衫都已经被汗水浸透了。

可是，直到昏睡所用的香料时效用尽，她还是没有醒。

她躺着的时候看起来和常人无异，无论是气息，脉搏，经络，脏腑……都很正常。

他们用了各种方法，但都不太奏效，情况并没有恶化，可也没有改善。

直到五天前，紫离在飞鸽传书中提到，白门已暗中渗透并控制了甸江入海处的大半码头，聂五和华文宇这边已经准备迎敌。樊素玉这才决定启程前往十八连环水寨，顺道回一趟倾城谷，向几位长老讨教。

她让萧逐夜做好最坏的准备，毕竟颅脑中的血脉和经络太过复杂，牵一发而动全身，稍有不慎就会危及性命，哪怕是创出“游魂针”的前任谷主萧轻寒都不一定有万全之策。

“也许她明天就会醒，也许永远不会，又或者某一个瞬间……就不在了。”

有时候，他这个看似柔弱的师妹其实比任何人都要冷静。但是这一次，他并不需要别人的提醒。

他都知道，也很清醒。

他已经答应过她，不会害怕也不会自责，所以现在要做的，只是等待和陪伴。

人事已尽，唯余天命。

他将袖中的紫薇花轻轻放入她交叠的手掌间，倚坐在床边。连续几天的彻夜未眠和屋中丝丝沁凉的幽香，让他逐渐生出朦胧睡意。

不知道何时合上了眼睛，也不知为什么突然醒来，仿佛只是一个弹指的刹那，耳中隐入轻薄的叹息，仿佛触动了心底最深处的弦。

他抬起头，只见那支原本放在她掌中的紫薇花此刻却跌落在了床沿。

她的右手也不再交叠在左手上，手肘半屈，滑落在一侧被褥上。

他愣了好一会儿才回过神来，俯下身去，小心翼翼地轻唤了声："雪心？"

没有回答，她依旧一动不动地睡着，容色平静，像是从来没有动过。

第十二天。

午后山中下了一场雨，热意消散了些许，徐家家仆刚将屋中的冰块撤换掉，焉莎便拿着干净的布巾走进屋来。

"萧先生，时辰到了。"

正在窗下读信的萧逐夜点点头，收起书信，接过布巾朝屋后走去。

穿过一道窄廊，就是布置精巧的庭院，庭院正中的大树下是汤泉池，池边以黄石简单堆叠造景，留其野趣。泉水温度高，院中常年气雾蒸腾，将周围景色都遮去了大半，一眼看去宛如仙境。

热气蒸腾起的白雾时浓时淡，隐隐约约看去，原本应该有人倚靠的那个石枕上……似乎是空的？

他心里一沉，快步朝前走去。

虽然有固定身子用的绢布，但池中之人毕竟没有意识，这短短的一来一去之间，莫非发生了什么意外？

丰沛的水汽让草丛和池边都十分湿滑，他挥开白雾，朝池中寻觅。可还没有找到洛雪的身影，脚踝上却突然一紧。

是被人抓住了。

还没等他回过神来，就被人一用力扯进了水中，溅起大片水花，顷刻间打湿了衣衫和发尾。

水雾缭绕中，一双手臂缠上了他的脖子，温软的身体贴近他胸口，没给他出声的机会，柔软湿润的嘴唇便吻了上来。

因骤变而生的防备，在熟悉的气息中顷刻消散。她的力气不小，搂过来的动作很霸道，他被她撞得连退了两步，才在池壁上靠稳。

心脏明明在剧烈跳动，脑中却一片空白，眼前的雾气散尽，近在咫尺的，

是她湿漉漉的眉眼。

过了片刻，他才小心地伸出手去，搂住她的腰，他甚至不敢闭上眼睛，怕这一切只是妄念生出的幻觉。

她的亲吻急切甚至粗暴，他却任凭她索求，直到唇齿之间的酥麻和热度告诉他，这一切都是真的。

她醒了。

她……回来了！

“叶惊弦，我回来了。”亲吻的间隙，她贴着他的唇，声音有些低哑，“你想我吗？”

是了，这是他的雪心——只有雪心才会用这样的语气，连名带姓地叫他“叶惊弦”！

他笑了笑，一转身把她反压在池壁上，细密的吻缠绵落下，分分寸寸，点点滴滴，皆是回答。

温柔的吻渐渐变得深入，彼此本能一般地吸吮噬咬，交缠不休，血液也仿佛如同池水一样灼热到沸腾。曾经绝望后的心死、前途未卜的思念、失而复得的欣悦，都想要在这一刻，让对方尽数知晓。

她的手起初抓住了他背后的衣衫，攥紧又松开，松开又攥紧，不知不觉间又悄悄滑到他胸口，沿着领口衣襟探了进去……

还没探到一半，就被他按住了。

他都不知道该气还是该笑：

“雪心，你还是病人。”

“我已经醒了，醒了就是好了。”她不同意，手指在他的掌控之下依旧不安分地抓挠。

“你睡了十二天。”他无奈提醒她，“先要确认身体无碍，再需要进补调养，你别太小看游魂针了。”

她不满地斜睨了他一眼，只是双颊绯红，眼中波光潋滟，让这份怨怼毫

无说服力：“哪这么多麻烦事？不应该是情之所至水到渠成嘛，这种时候你喊停，你还是不是男……”说到这里，她像是突然想起了什么，瞪着他，“好啊，会拒绝我了！该不会是趁我不在和别的姑娘好上了吧？那个楼主叫什么？姚……姚落英？”

很好，她还记得姚落英，说明这半年的记忆还在，游魂针没有留下什么后遗症。

见他不回答，她屈起手指，改挠为戳，“啧”了一声道：“叶惊弦，我跟你说……”

不等她说完，他侧过头，准确无误地封住了她的嘴唇。

轻吮慢扫，指尖也顺着她的背脊一路往下，摩挲撩拨。她忍不住浑身起了一阵战栗，一时有些目眩神迷，完全没有注意到他的手落往何处……

突然腰侧一麻，穴道被封了。

身子一旦不能动弹，便止不住往下滑，萧逐夜顺势抄起她的腿弯，将她从水里捞了起来，三两步跨出汤池，顺便扯过一旁的布巾裹住她的身体，朝屋子里走去。

这一举动惹得宋雪心怒目而视，嘴里还不忘撂下狠话：“男人都是骗子！你有本事点我穴道，有本事以后别碰我一根手指头！”

“这个我做不到。”

狠话被轻描淡写的几个字堵回来，她的满腔邪火顿时都发不出来了，愣了愣，努力替自己找回场子：“我才不会理你，除非你求我！”

萧逐夜淡淡一笑：“好，我会求你的，但现在不行。”

时隔许久，她依旧占不到便宜，真正憋屈！

两人一阵风似的路过窄廊上候着的焉莎，小姑娘已经是呆若木鸡。

直到萧逐夜进屋，焉莎的耳边才传来一句话：“焉莎进来，给姑娘换衣裳。”

焉莎觉得，她家姑娘自从醒了之后，好像变得不一样了。

她和洛雪相处了半年多，尽管那些日子里姑娘也是个不羁洒脱的性子，但大抵上为人处事还是十分谨慎低调的。

以前的她是多一事不如少一事，现在的她嘛……恨不得天天找事……

“焉莎，能不能替我找把剑来，我要练剑！”

“没有剑，折根树枝也行！”

“不准我乱动？萧先生说的？你是我的人，还是他的人，为什么要听他的话？”

“好好好，我不为难你。乖啦，让开，我出去透透气！”

焉莎本就不善言辞，一着急，说话更加结巴了：“姑……姑娘，这里……这里山路不好走……您……您慢点，别……”

话没说完，已经看不见宋雪心的人了，她赶紧追了上去，却在院门口听到了萧逐夜的声音：

“雪心，你要去哪儿？”

焉莎松了口气，停下脚步。

宋雪心看了萧逐夜一眼，回答：“这里太无聊了，我想到别处看看。”

萧逐夜从善如流：“好啊，我陪你去云境竹海走一走。”

她摇头：“你知道的，我不想去散步，我想下山。”

他的语气温和却坚定：“还不到时候。”

“我行动自如，头脑清晰，为什么还要待在这里？山下那么多人等着我，我不要在这里养老！”

她是真的着急。

清醒之后的喜悦并没有持续太久，平静下来之后，从前种种便涌入脑海中，就像关闭许久的闸门一下子被打开，让她的脑子顿时陷入一片混乱。

她和萧逐夜一起，花了整整一天时间，才将过去种种和这半年里的所有记忆理顺，拼凑完整，也因此发现了很多从前不知道的答案。

比如，在大妙如意城的时候，白翳曾经带她去过一座陵墓。

墓中埋葬的是他的师父——渠犁国太子白轩辕，而这个白轩辕正是当年杀死她哥哥宋雪阳的“铁面人”。

铁面人还重伤了她的父亲宋连城和北剑宗宗主宋连霆。半年前在空青堂，她为追查宋雪阳之死再次与铁面人狭路相逢。空青堂少主苏谨言引燃火药，整座丹房塌毁，他们被困在废墟之中，无路可退，只有以死相搏。

那一场恶斗，她抱着必死之心与爱人诀别，不惜用血肉之躯抵挡陨铁剑的重击，几乎废了一条手臂，才将红棘刺进了铁面人的心脏。

他倒下的一瞬间，她也耗尽了最后一丝力气。她本以为自己必死无疑，没想到居然会被白翳救走。他不光带走了她，还带走了铁面人的尸体。那把供在白轩辕牌位前的断剑，正是在空青堂决战中被她折断的陨铁剑。

当她是“洛雪”的时候，了解了白翳对白轩辕的恨意，所以当她做回宋雪心，也就很容易想明白——当初白翳救她，绝不是巧合，甚至她会在那里遇到白轩辕，恐怕也是他一手安排。

那时的白轩辕，应该已被下药做成了傀儡。能在不知不觉中给一个绝世高手下药，并控制他行动的人，除了他最亲近信任的弟子还能有谁？

又比如，桃夭夫人给她的引路香和七年前藏在宋雪阳剑穗中的引路香如出一辙。此香出自樊素玉的祖传香谱，多年前曾被空青堂主苏清流骗走。这也恰好证明了，七年前宋雪阳的死，和白家师徒脱不了关系。

再比如，当初苏清流私下炮制药偶的方法记载于《清澄丹书》前两册，而那两册书，正好随倾城谷前任谷主萧轻寒一起失踪了。

萧轻寒的别号叫作“沐雨山人”，而她在大妙如意城恰巧认识了一位医术超群却双目失明、神志不清的“木鱼先生”。

更巧的是，白门修罗堂堂主白燕升，正是萧轻寒曾经最得意的弟子。

……

诸般人事纷乱芜杂，看似毫无关系，细究起来却皆有因果相连，而那些因果之间，都有同一个人的身影——白翳。

七年前在晴岚书院相遇的时候，白翳也不过是个二十出头的年轻人。谁能想到，从那个时候起他就开始步步筹谋，她的命运始终被这重重算计笼罩围绕，而她竟不自知。

他口口声声说爱慕她，却将她引入凶险之地，再借她的手杀了自己最痛恨的人。

他确实想尽方法救了她的命，却又生生封住她的记忆，任她一人自生自灭。

甜言蜜语、揣合逢迎，从小就学会的技能现在被白翳用得越发娴熟。只要可以为他所用，不管男人还是女人，善良还是恶毒，他全都不在乎。

他甚至还无耻地想让她嫁给他，好利用她的身份，来为自己称霸江湖铺路。

不可原谅！

不可原谅！

她为此生气了三天三夜，一刻也不想留在这里，只想拿起红棘，在白翳身上戳十七八个窟窿！

萧逐夜当然知道她在想什么。

他并不是不着急，但她体内的游魂针取出还不到一个月，意识恢复还不满十天。之前半年里在西域没有好好调养，旧伤未曾根治，眼下并不适宜远行，和人动手就更不行了。

眼前，宋雪心皱着眉，一脸“你不让我走我就跟你翻脸”的表情。

萧逐夜知道，以她的性子，要是这次他再轻描淡写地说一句“少安毋躁”，她恐怕真的会翻脸。

他想起前些日子樊素玉对他说过的话。

“萧师兄，你心中想到了十分，却只说出口一分，可宋宗主却和你正好相反，她想一分就说一分。你要了解她很容易，可她要了解你，却很难。”

这一点，他同意。

“你们虽然相爱，却不曾相处过。你不懂女孩家的心思，自然以为彼此

之间既然相爱，就该互相了解，可她若是看不透你，就会着急，一着急，就生猜忌。你要做的是护住她，而不是困住她。”

樊素玉说得没错，即使他所做的一切都是为了她，可若是没有经过她的同意，做得再多也只会适得其反。

他想了想，拉起她的手：“雪心，我们需要聊一聊。”

聊了一下午，宋雪心勉强接受了萧逐夜的建议，答应再在云境待上七天，直到游魂针伤及的经脉完全无碍。

最多七天，不能再多了。

可是七天还没到，“须弥境”中却来了几位让人意外的客人。

一个是凌天涯，一个是萧茵茵，还有一个十一二岁的男孩，居然是传闻中下落不明的宋连霆独子——宋雪辰。

宋雪辰一见到她，就跪了下来。

半年多没有见，昔日的小小少年已经长高了不少。她还记得在承影山时匆匆见过几面，这孩子生得俊秀文雅，一言一行也恪守规矩，是照着百年剑宗的君子风范养大的小少爷。

可如今跪在她面前的他，面目苍白瘦削，浓黑的长眉紧锁，眼中那种矜持温柔的光芒也不复存在。

只有亲身经历过世事残酷，才会让人一夜长大，就像当初的她一样。

宋雪心一言不发，静静地等他自己开口。

宋雪辰沉声道：“雪辰此番远道而来，只为恳请姐姐收我为徒。”

她倒是一愣，好一会儿才反应过来，按照族谱上的辈分，这孩子是该叫她“姐姐”。

不过他的父亲贵为北剑宗宗主，一手重剑天下无敌，为何要费那个劲来找她拜师？

她随口问道：“你爹呢？他答应吗？”

此话一出口，只见宋雪辰顿时咬紧了牙关，眼圈都红了。

她心中一沉，忍不住看向身边的萧逐夜。萧逐夜没有说话，只是朝她摇了摇头。她又转头去看凌天涯，只见他抱剑而立，面沉如水，淡色眼眸中宛如凝了冰雪，看起来比往常更加难以接近。

她轻轻吸了口气，正要说话，袖子却被一只软绵绵的小手拉住了，萧茵茵低声道："雪心姐姐，你就答应辰哥哥吧！求求你了！"

一低头，小姑娘正目光盈盈地看着她，咬字又轻又软，拽着她衣袖的手轻轻摇晃，这叫人如何遭得住？

宋雪辰的双手在身侧紧握成拳，眉头拧得更紧，他应该并不情愿让一个小女孩替他求情，但眼下所求的这件事，显然比他的自尊心更加重要。

宋雪心伸手扶起他："你先起来，和我说说到底怎么了？"

自甸江一别之后，凌天涯一路马不停蹄地赶往百灵谷，想要赶在白司秦之前带走宋连霆。

宋连霆在承影山比剑时被下了西域鄯善的"般若"之毒，之后又被铁面人以陨铁剑重伤。齐朗夺取剑宗令之后，他自然不能再留在承影山，于是在萧逐夜的安排之下，秘密前往亡妻故乡百灵谷养伤。

此事知道的人很少，但天下毕竟没有不透风的墙。齐朗想要名正言顺地坐上剑宗宗主之位，就必须除掉宋连霆，他自己又不方便出手，就向白翳求助。

于是白翳派出了分管暗杀追踪的追魂堂堂主白司秦。

可是，尽管凌天涯没有耽误时间，赶到百灵谷的时候还是晚了一步。

他走进屋子时，正看到宋连霆挣扎着半歪在床上，身下到处都是血迹，腹部插了一支弩箭，而床尾不远处，站着一身黑衣的白司秦。

铁弩还架在她的手臂上，弩机上尚有一箭未发。若不是他及时赶到，这一箭恐怕会射进宋连霆的胸膛。

那之后，两人之间究竟发生了什么没有人知道，只知道白司秦最后没有杀了宋连霆，凌天涯也没有为难她。

萧逐夜问及此事，他也只冷冰冰地回了两个字：“断了。”

是断了联系，还是断了情分，他不说清楚，也没人能猜透。

被救下的宋连霆虽然暂时还没有死，却已是强弩之末，他强撑着最后一口气，写下一封书信留给独子宋雪辰，随后便在亡妻墓前溘然长逝。

北剑宗之乱后，为躲避齐朗的追杀，宋雪辰一直秘密地跟着大师兄华文宇留在十八连环水寨，所以凌天涯便将宋连霆的重剑“长风”连同这封绝笔信一并带回去交给了他。

信上提到，让宋雪辰拜南剑宗宗主为师，潜心研习剑法，让剑宗发扬传承。

“南、北剑宗本为一家，合则强，分则弱，多年相争更如断筋斩骨，离散不远矣，切不可重蹈先人覆辙。吾儿谨记，剑为君子之器，当循君子之道，只要剑在手中，便不可妄为。

“剑器无善恶，善恶在握剑之人的一念之间。”

宋雪心听完，不由得愣了好一会儿。

她对那位圆脸短髯的远方表叔其实印象不太深刻，总觉得他看似彬彬有礼，其实暗藏算计。但他的一手重剑使得确实好，若不是那次比剑被人暗算，两人之间的胜负也很难说。

可这样一位声名显赫的宗派之主，在百年剑宗的族谱上都能留下辉煌笔墨的人，居然就这样无声无息地死去了。

英雄美人，到头来还不都是一堆枯骨，真没意思。

肩上微微一沉，萧逐夜的手按在她的肩胛处，又慢慢滑进她的发间，在她后颈轻轻摩挲。

她的心中略定，看着眼前目光晶莹却死死忍住眼泪的小少年，微微一笑：“我可以答应你……”见他目光一喜，她又挑了挑眉，“我轻易不收徒，一旦收了就一定会倾囊相授，但你得证明给我看，自己有那个价值。”

“我……我一定可以做到的！”

“太好了！恭喜你呀，辰哥哥！”

少年坚定的声音和女孩欣悦的欢呼声交织在一起，惊起窗外树上的飞鸟，扑棱棱飞入澄净长空。

蝉鸣声振，夏花亭亭，此间平静悠然的时光，终于要结束了。

第八章
十八连环

一

出云境，沿着来时的路回定风城，再顺着甸江支流秀川去往十八连环水寨，路上顺利的话大约要十天。但是因为带着萧茵茵和宋雪辰，再加上宋雪心取针之后的功力也需要时间恢复，因此行程被延长到了十五天。

山中一进一出之间，改换的不仅是季节，还有人事。

夺取长恨岛之后，白门很是蛰伏了一阵子。传闻白翳在岛上受了伤，需要静养。

可是前不久青城掌教静一道长七十寿辰当天，白翳却突然现身玉虚宫，随行的还有他的新婚妻子，“南剑宗宗主宋雪心”。

他自然不是为贺寿而来，传闻他手下带着数百人，每一个都像是疯子一样，只知道不要命地冲杀，不死不休。青城派历史悠久，一直偏安一隅与世无争，武功路数也以谦冲飘逸见长，年轻弟子都很少和人真刀真枪动过手，哪里能挡得住这些亡命之徒？很快就乱成一团，死伤无数。

寿宴转眼变作修罗场，清修之地瞬间血流成河。战至最后，静一道长将自己和三十余个凶徒一起困在玉虚宫中，亲手点燃了灯烛，与之同归于尽。

至于白翳，早在火势还未起时就登上了太清峰，闯入供奉着历代青城祖师牌位的太清洞，带走了青城的镇派之宝晦明双剑。

玉虚宫的大火燃了三天三夜，一代名门大派转眼成了废墟。徒子徒孙四散零落，也不知道何时才能重整旗鼓，又或者是从此湮灭于历史中。

青城派惨遭血洗一事震惊了整个江湖，白门在此事上的狠辣凶残，与从前半遮半掩的行事风格大相径庭。

一时间，江湖上人人自危，不知道那百来人的敢死队究竟有多可怕，也不知道什么时候就会轮到自己。连青城派都挡不住的人，其他门派该怎么去应付？

就在大家纷纷猜测白门下一步行动的时候，甸江两岸数个靠水为生的小帮派接连收到白门的劝降书，内容大同小异——如若不合作，那只有和青城派一个下场。

这已经再明显不过，白门的下一个目标，是甸江上的十八连环水寨。

“这是已经交手了？”

宋雪心看着摊在桌上的地图。十八连环水寨位于甸江下游，两岸群山环绕，江水在这里被江心一座高耸的山崖分成两股，一路奔腾入海。

十八连环水寨按这个格局分为上中下三个部分，南岸六寨，中间的岛崖六寨，还有六寨在北岸。原先的寨主是住在岛崖六寨中的，现在换了主人，聂五也住在这里，华文宇则带着另外一部分水性较差的人，守在地势更为险峻的北岸六寨中。

听说岛崖和两岸除了可以走水路之外，高处还有悬索互通，寨中屋舍皆用楠竹搭建，沿着山崖峭壁一路盘旋而上，互相之间以竹木栈道连通，遇到危险时随时可以切断，是个易守难攻的地形。

“算是。”凌天涯点点头，伸手指了指江水中间那座山崖，“之前一直都是小范围的冲突，但是在我们离开水寨的前两天，白门突然有百来人杀进了南岸。”

宋雪心还等着下文，他却就此说完了，她着急地追问：“后来呢？长安能应付吗？”

凌天涯淡淡地看了她一眼：“后来白门占了南岸，聂五烧了栈道，平手。”

“……”

他也太惜字如金了，光听这两句话就知道这一战不那么简单，哪里是“平手”两个字就可以概括的。

幸好身边还有宋雪辰和萧茵茵，宋雪心敲了敲宋雪辰面前的桌子：“雪辰，你说。”

宋雪辰定了定神道：“聂五哥哥是故意放弃南岸，引那些人过江来的。他早就撤走了岛崖寨子里的人，屋子和栈道上都淋了火油，等大多数人上崖的时候就点了火，又砍断了山顶的悬索。现在从南边过来已经没路了，白门也因为这把火损失了不少人。后来一直没什么动静，我们和凌二叔就趁这个机会离开了。”

宋雪心听完，沉吟道：“不过百来人，就能让长安做出这种自断一臂的决定，这些人到底什么来头？”

话音刚落，就听萧茵茵在一旁插嘴：“是呀是呀，当初宋爷爷也这么说，还把聂五哥哥骂了一顿，说他胆小怕事没担当，只有紫离姑姑支持聂五哥哥。最后也证明紫离姑姑是对的，那些人就跟疯子一样不怕死的。我听守寨的叔叔伯伯回来说，人都缺胳膊少腿了，身上的血都要流干了，还一个劲地杀上来，好吓人呀！”

她口中的“宋爷爷”，是南剑宗的老宗主，宋雪心的父亲宋连城。宋雪心出事之后，未免白翳赶尽杀绝，聂五就将宋连城一起接到了十八连环水寨。

会这么教训聂五，倒的确是父亲的风格。但是更让宋雪心在意的，还是那百来个“疯子一样不怕死”的人。

传闻里，青城派的覆灭也是因为有“不要命的疯子”。

外人也许不知道，但是空青堂覆灭的那一晚，她曾亲眼见到苏清流神志不清、力大无比的模样——不怕疼、不惧血，完完全全就是一个“疯子”的

模样。

她忍不住转头看向萧逐夜，他正问凌天涯道：“你可亲眼见到了？是不是药偶？”

凌天涯回答：“像，又不完全是。”

他们在空青堂见到的傀儡人，大都是普通人，需要通过埙音的指令才能行动。苏清流则高级一些，不需要埙音指引，就会主动攻击，只不过他本身没有武功，就算力气再大几倍，也不难对付。

至于白轩辕，他应该是很早就被下药了，也许是早期的药物不是很有效，所以他还保留了一丝神志，即使受埙音控制，攻击时也只挑用剑的人下手，甚至还能说简单的话语。

可现在出现的“疯子”，不光人数众多，武功高强，甚至不需要埙音控制，只知道冲杀，不死不休。

如果这些人也是“药偶”，那说明，白门如今制作药偶的技术已经比空青堂那个时候更加成熟和完善了许多。

“是他。”萧逐夜皱了皱眉。

白燕升。

当初空青堂暗中利用流民制作药偶，所用的方法就出自《清澄丹书》，而《清澄丹书》又是白门从萧轻寒那里得到的，白燕升自然看过，甚至连空青堂的所作所为都极有可能是他的授意。毕竟丹书中记载的方法过于简单，只有经过大量试验，不断改良制作方法，才能减少死亡率，在短时间内制作出更完美的傀儡人。

现在看来，他是成功了。

听完萧逐夜关于药偶的简单说明，宋雪心沉默了半晌，她想到了一些更加可怕的事。

“白门原先做事还遮遮掩掩，如今却突然大张旗鼓，莫非是因为他们已

经笼络收服了足够多的盟友，也有足够多习武之人可以供他们制成药偶？”

不然，短短半年之内从哪里去找这几百个会武功的人，还都要心甘情愿地被制成怪物？

多半是骗来的。

见萧逐夜和凌天涯神情严肃、沉默不语，她就知道他们和自己想到一块儿去了，忍不住一巴掌拍在桌上，怒道：“浑蛋！”

她又恨不得立刻在白翳身上戳十七八个窟窿了。

这一声响，将靠在宋雪辰肩上睡得迷迷糊糊的萧茵茵惊醒过来。大人们谈论的事情实在太无聊，她听着听着就困了，如今一个激灵跳了起来，头顶撞上了宋雪辰的下巴，两个人一起叫出了声。

宋雪辰不愧出身名门，家教过人，明明自己下巴撞红了，还是第一时间去揉萧茵茵的脑袋，一边揉一边还扯起袖子替她擦去眼角泪光，声音柔柔：“对不起呀茵茵，你撞疼了没有？”

被这两个孩子一打岔，沉重的气氛顿时散了不少。宋雪心忍不住微微一笑，又像是想到了什么，转头看了一眼窗外。正是一天中最热的时候，阳光明晃晃地照在街道上，路上几乎没有人。

她突然站起身来：“刚才路上看到有人卖桃子，我去买几个给茵茵。”

萧逐夜跟着一起站起来：“我陪你一起……”

话没说完，就被她拒绝了：“这么简单的事，我一个人就行了。”说着朝他眨了眨眼睛，拿起桌上的长剑便朝客栈外走去。

手里的剑是离开云境时萧逐夜给她的。

是一把好剑，长度、重量都和红棘非常接近，但毕竟不是红棘，还是觉得有些手生。

她提着剑，慢悠悠地逛出客栈，走过几间店铺，然后拐进了一条不起眼的小巷子。

见四下无人，她提气轻纵，足尖在墙面上连踏数下，手钩住屋檐，直接

上了房顶。

记忆恢复了，招式心法这些也就记了起来，虽然还不能一下子回到鼎盛时期，但小试轻功还是没问题的。

日光很刺眼，从屋顶望下去，几乎能看到热气从地面上蒸腾而起。她眯起眼睛，脚步轻捷地顺着房顶又折了回去。

客栈的四周是零零散散的店铺，她的目光很快落到街角一家小面摊上，一个穿着不起眼的灰色罩袍的人正坐在那里，面前摆着一碗几乎没动几筷子的面条。

她翻身而下，几步走到那人身边坐下，与此同时，拇指轻扣，手中长剑弹出寸许，压在了那人腰间。

那人缓缓抬起头朝她看来，宋雪心莞尔一笑，道："好久不见，近来清减不少了啊，白堂主。"

这个人，居然是白门追魂堂堂主，白司秦！

白司秦并没有穿着她那一身招牌似的黑色劲装，只披了一件灰扑扑的麻布长袍，像街上的很多行人一样戴着遮阳的斗笠，长发披散下来，挡住了大半张脸，显得脸色更加苍白。

宋雪心说得没错，她确实比几个月前在大妙如意城见面的时候瘦了许多，看起来甚至有些病态。

白司秦看到她目光一紧，急忙转头朝四周望去。

宋雪心轻笑："没有别人，只有我一个。"

白司秦皱了皱眉，起身就要走，可压在腰上的剑一紧，凌厉剑气立刻透过衣料割在了皮肤上。

宋雪心凑近她，低声道："不如，我们找个地方聊聊？"

还是方才那条不起眼的小巷子，巷子里堆满杂物，空无一人。白司秦停下脚步，背靠着墙，清冷目光落在宋雪心脸上："你都想起来了？"

宋雪心也不瞒她，收起剑"嗯"了一声，问道："你为什么要跟着我们？"

白司秦面无表情：“碰巧而已。”

宋雪心轻轻“呵”了一声：“我呢，刚恢复记忆，武功也大不如前。连我都能发现你，你猜萧逐夜和凌天涯会不会发现？”

这句话说中了白司秦的心事，她忍不住咬住下唇，细白的牙齿在薄唇上留下一道深深的痕迹。

“凌天涯明明发现了，却既不想拆穿你，也不想见到你，这可不像他的行事风格。”宋雪心盯着她，“而且，你的弩箭呢？刚才我靠近你的时候，甚至用剑抵着你的时候，你都不反抗，为什么？”

白司秦还是不说话，只是默默地将头转向了一边，牙齿几乎要把嘴唇咬出血来。

宋雪心轻轻叹了口气，这姑娘怎么和凌天涯一个脾气。

她从袖中掏出一条白绢递过去，见她不接，也不客气，自顾自伸过手去替她擦拭嘴角隐隐的血迹。

“你先告诉我，宋连霆是不是你杀的？”

这一回，白司秦终于开口了：“不是。”

“那就是另有其人？”宋雪心点点头，似乎并不意外，“我来猜猜看——白翳已经不信任你了，所以除你之外又派了别人去杀宋连霆，还算好了时间让凌天涯看到。凌天涯误会了你，你又不喜欢解释，所以你们俩就此分道扬镳了？”

白司秦冷漠的脸上终于出现了一丝惊讶的表情，宋雪心知道自己猜对了。

“还真是像白翳会做的事。”她冷笑一声，他惯会挑一个人心里最在意的地方下手。

白司秦沉默片刻，终于忍不住问道：“为什么你会相信人不是我杀的？”

“直觉。”

还真是大言不惭的理由，白司秦不由得愣住了，宋雪心笑了笑道：

“说是直觉，其实也是有理由的。因为我恰好知道白翳是什么样的人，也知道当初在大妙如意城，如果不是你，我可能已经死了。虽然你我没什么

交情，但至少你并没有在那个时候落井下石。所以我觉得，你应该也不愿意出手去杀一个身受重伤没有还手之力的人。”

她说得基本没有错，白司秦默默地低下了头。

“而且我相信以凌天涯的眼光，不会看上一个凶残又滥杀无辜的姑娘。”

白司秦的头更低了，鬓发滑落下来，遮住了苍白脸颊上一丝淡淡红晕。

“所以你们为什么闹翻？到底是他误会你杀了宋连霆，还是他气你不肯跟他解释清楚？你为什么要一路跟着我们？这是你自己的意愿，还是白翳给你的任务？”

宋雪心一个问题接着一个问题，语速极快，简直让人没时间去思考，白司秦下意识地回答了最后一句：“不是任务。”

“哦？”宋雪心挑了挑眉，“那我们就回到一开始的那个问题，我用剑指着你，你为什么不还手？你的弩箭呢？”

白司秦皱了皱眉，再一次别开头，一言不发。

遇到这样不肯合作的人，宋雪心简直就要抓狂了，不由得冷笑一声：“不说吗？不说也行，我带你去找凌天涯，有本事你就拦我，反正我很久没有和人动过手了，不介意松松筋骨。”

一听到“去找凌天涯”这几个字，白司秦浑身一震，伸出手一把拽住了宋雪心的胳膊。

“别去。”

宋雪心转头看她，她轻轻吸了口气，慢慢拉起了右手的衣袖。

常年佩戴弓弩的手臂，原本应该十分饱满有力，可如今却像一截枯木一般，细瘦枯槁，似乎只有一层皮包着骨头，血管根根狰狞浮凸，皮肤皴皱开裂，看起来十分可怕。

宋雪心顿时吓了一跳，愣了半晌，才道：“怎么回事？”

白司秦放下衣袖，沉吟片刻，才轻声道：“我五岁的时候，被义父从奴隶市场买走，当时他身边有很多像我这样的孩子。他养我们，也教我们功夫。慢慢地，一起训练的孩子越来越少，最后剩下的十来个，学成了，他就让我

们帮他做事……”

她很少说这么多话，也许是不习惯的原因，听起来有些生涩。

宋雪心心中一动：“白翳也是其中的一个？”

她想起他说过的少年往事，其中大部分与白司秦的话不谋而合，只是他的故事里并没有什么同甘共苦的小伙伴。

白司秦点点头：“他长得好，人也聪明，会讨人喜欢，义父很看重他。我和舜华不爱说话，只会打架。”

这么说来，白舜华也是白轩辕当初蓄意培养的孩子之一？

“后来呢？”

“义父疑心很重，他一直害怕我们长大了会脱离他、反抗他，所以他暗中请了圩弥的巫医，调制了巫药，混在我们日常饮食之中。”

宋雪心倒抽一口冷气：“你们都不知道？”

“起初不知道，后来我们中间有个人，在十八岁那年突然血竭而亡，死的时候全身萎缩，犹如干尸。门主……白翳起了疑心，暗中调查，才发现了这件事。”

居然还有这样一段往事，白翳从来没有和她说起过……所以，白司秦这就是血竭之症的初期吗？如果大家都吃过巫医的药，白翳和白舜华为什么还好好的？

她问道：“不能治吗？既然是药，总有克制的法子。”

谁知白司秦缓缓地摇了摇头。

“西域巫医，并不像中原的大夫那样有医经医典可考，医术就是巫术，传承全靠师徒。巫药的炼制更加离奇，什么稀奇古怪的东西都有。白翳找过那个炼药的巫医，但根本问不出医治的办法，只知道长期服用的人最后会血枯而亡。虽然因为体质不同，每个人发病的时间也会有早晚，但是根据义父当时的授意，是不让我们活过三十岁。”

白轩辕生性多疑，虽然培养了亲信，却也时刻提防着他们。三十岁正值壮年，他不允许这些孩子拥有足够反抗他的时间和力量。

尽管最后，他还是被最信任的弟子亲手送入了地狱。

白司秦很少和人说这么多的话，说到这里竟然有些愣怔，垂下了眼睑，一时无言。

宋雪心越听越心惊，三十岁……难怪在长恨岛上，白翳对萧逐夜用解药换针谱的提议十分漠然，因为“寿数有限”这件事，他早已经习惯了，并没有放在心上。

她沉吟片刻，道：“我听说，白翳拿走了《清澄丹书》，书上没有记载治病的方法吗？白燕升可是倾城谷大弟子，他也没有办法？”

白司秦没有否认，道：“《清澄丹书》确实记载了许多疑难杂症的医治方法，白翳也确实拿到了这本书，还和白燕升一起带走了萧老谷主，但是他们得到的只有前两卷，而那两卷上并没有提到医治的方法。”

难怪当初各个门派都会盯上萧逐夜，除了是他自己放出的假消息，必定还有白门暗中授意的缘故。后来白翳袭击屠苏楼，也是为了拿到姚落英手里那半卷手抄的丹书。

只是如今书还没有拿到手，白司秦已经发病了。

“为什么不告诉凌天涯？”

凌天涯是倾城五君子之一，就算治不好她的病，帮她看一眼《清澄丹书》总是可以的。

白司秦没有说话，过了好一会儿，才缓慢而坚决地摇了摇头。

一说到凌天涯，她又变回了哑巴。

宋雪心也不继续追问，道：“行！为了报答你当初在大妙如意城的不杀之恩，我去替你借书，你在这儿等着。”

“不要！”白司秦骤然出声，抬起了头，声音有些急切，“我当初接近他，就是为了拿到他的剑和书。所以……不要说！”

宋雪心不懂：“既然不想让他知道，为什么还一直跟着我们？”

白司秦别开头，苍白的脸颊上泛起一丝病态的殷红，低低道：“只是……

时日有限，想多看一眼。”

“……”宁可临死之前偷偷看他两眼，也不想让他知道自己快死了？

还有，凌天涯明明知道她一直跟着，却依然视若无睹，这两人到底想要怎么样？

她正在考虑着要不要把白司秦打晕了带走，眼角突然闪过一抹暗影。她抬起头，只见斜对面不远处的屋顶上，一个颀长挺拔的身影正背对日光而立，炽热的风拂起玄色衣角，和皓白的长发形成了极其强烈的对比。

他像是刚刚出现，又或者是已经站了很久，一动不动，灼灼烈日当空，竟也平添几分凉寒。

宋雪心回头看了一眼白司秦，她似乎已经傻了、痴了，只是呆呆地抬着头，眼中再容不下其他。

她轻轻笑了笑。

看来这里已经不需要她了。

午后热意不散，萧茵茵正在焉莎的陪伴下午睡，宋雪辰也很识趣地回房去读剑谱了，屋子里就剩下宋雪心和萧逐夜两个人。

“所以说，《清澄丹书》第三卷有西域巫医的记载？”宋雪心眼中一亮，“白司秦可有救？”

“没那么简单。”萧逐夜摇了摇头，“书上只有简略的记载，就像‘药偶’的制作一样，要让方子真正生效，还需无数次尝试和改进。白姑娘如今已经病发，是否能等到那个时候，要看天意。”

宋雪心皱了皱眉：“天意？天意规定人人都要死的，就不要努力活着了吗？”

萧逐夜不禁莞尔：“当然要。但有些时候，生不一定是喜，死也不见得就是悲。或许对她来说，还有比死更要坚持的东西。”

宋雪心轻轻“嘶”了一声，凑近他：“你跟白司秦是一伙儿的吗？这么了解她？她宁可死，也不愿意去找凌天涯，就因为她以前是为了那本书才接

近他的。这件事如果换成是你，你是不是也会这么做？”

萧逐夜微微一笑，算是回答。

宋雪心眯了眯眼睛，哼了一声：“你敢！”

“你不是她，没有她的经历，自然就很难明白她的坚持。”萧逐夜伸手抚过她的长发，将她拉得更近一些，柔声道，“至于我……我以后尽量坦率一些。”

宋雪心不高兴：“什么叫尽量？你要是再有什么事瞒着我，我就……”

话没说完，她便被他侧过头来吻住，唇瓣轻柔辗转。宋雪心起初还不甘心地挣扎了两下，但很快就屈服了，唇齿间细密的纠缠让她沉溺于他的气息中，再顾不上其他。

隐隐约约中，听到他低喃：

“不会的。”

凌天涯彻夜未归。

第二天，当大家各自起床用早点的时候，却见他和白司秦正坐在桌边，他一手扣着她的手腕，一念妄则横在她面前。

两人都一言不发，也不知道已经坐了多久。宋雪心想要上前询问，却被萧逐夜拉走了，只好在邻桌频频转头偷看。

有一次，白司秦低声说了一句什么，想要站起身来，却又被凌天涯重重地扯了回来，然后就是继续沉默……

什么嘛？换成她憋都憋死了，还不如痛痛快快打一架呢，谁打赢了听谁的，不好吗？真是难以理解……

总之，白司秦就这样被人半强迫地跟他们一起上了路。

只要一有空，凌天涯就会来找萧逐夜商量巫药的解法，两人往往一说就要说上好久。起初宋雪心还在一边旁听，可十句话里有九句半听不懂，实在无聊，还不如去教宋雪辰练剑。

因为如此，随后几天里宋雪心几乎没有时间和萧逐夜单独相处，连带她

见到凌天涯也有几分怨念，暗中决定等白司秦的事有了结果，一定要和凌天涯比试一场，看看红棘和一念妄到底谁厉害。

第十三天的时候，他们终于回到了定风城，换了船直接逆水而行，直达十八连环水寨。

由于南岸已经被白门占据，岛崖南边的栈道和寨子也都被烧了，因此他们必须要绕道北岸，还要避过白门的耳目。来到北岸寨子的时候，已经是晚上了。

来接应的人是南剑宗的弟子，再次见到宋雪心格外激动，一个劲儿地说聂五早已经准备好酒宴要给她接风洗尘。大家丧气了太久，好不容易打了胜仗，都想借着接风宴好好庆祝一回。

宋雪心还以为他说的胜仗是那次火烧栈道，寻思着那不是两败俱伤吗？却没想到，凌天涯离开的这几天里，双方竟然又在江面上正面遭遇了一次。

而这一次，聂五亲自出手，在船上和白舜华缠斗了上百回合，最后依仗娴熟的水性和宋连城的重剑“重华”，取走了白舜华的一只胳膊。

白舜华是白翳的得力大将，他受了这么重的伤，对白门来说不啻为损失惨重，但是对十八连环水寨的人来说，就是大快人心。

可是等宋雪心真的踏入了北岸水寨的大门，却发现事情和她想象的有点不一样。

并没有热闹欢乐的酒宴，也没有什么热泪盈眶的再见。偌大的大厅里，只点了半厅的灯烛，聂五和华文宇打头，身后跟着寥寥几个弟子，就连七羽和紫离都没有看到。

虽然气氛有些古怪，宋雪心再看到聂五的时候，心里还是十分激动。这和之前那次见面不一样，那个时候她还不记得他，他的情绪她感知不到，她的喜悦也无法传递予他。

她大步走上前去，伸开双臂抱住聂五的肩膀。半年不见，他又长高了，肩膀也更加宽厚，手臂也更有力量，已经是一个有担当的成年男子了！

“长安……”她低低道，“我回来了！”

聂五犹豫片刻，伸出左臂搂住她略显单薄的肩，微微收紧，轻轻地“嗯”了一声。

宋雪心扶着他的手臂四下环顾：“七羽呢？怎么不出来见我？平时就她最起劲了，怎么这个时候反而躲起来了？”

“她……”聂五顿了顿，才道，“在白门手上。”

二

宋雪心一听这话，忍不住手上一紧：“你说什么？”

只听一声轻微的抽气声，宋雪心心念一动，急忙松开手，拉起聂五的衣袖。果然见他从胸口到胳膊都缠了白布，隐隐有血迹透出，难怪方才他只用左臂来搂她。

想来也是，白舜华都断了一臂，他怎么可能毫发无伤？

这顿酒果真是要延后了。

萧逐夜也看见了聂五的伤势，问一旁的华文宇道：“紫离呢？”

华文宇道：“前两日江上一战，兄弟们伤了不少人，紫离姑娘正在后面看治。萧先生如果要见她，我去……”

“不用了。”萧逐夜打断他，朝身后看了一眼。

凌天涯明白他的意思，点头道：“我过去帮她。”

不等别人来接引，他便一手拉着白司秦一手牵着萧茵茵，头也不回地往厅后走去。

华文宇也带着宋雪辰回房休息了，其他人都各司其职一一散去，议事大厅里顿时只剩下三个人，越发显得空旷。

宋雪心拖了张凳子过来坐下：“到底怎么回事？”

就在几天前，寨子里接到了宋雪心已经醒转的消息，再加上重创白舜华，寨中兄弟们都很振奋。

其中最高兴的就是七羽，她想来想去，酒她不会喝，架她也不会打，但是……她了解宋雪心的衣食住行啊！所以她决定亲自去为宋雪心添置几套衣饰，那些糙老爷们儿才不会懂这些，宗主是个女孩子，得时刻打扮得漂漂亮亮才行。

正好和白门一战刚刚结束，两边都是休养生息的时候，聂五便派了一个弟子陪她一起去北岸的市集上采购。本以为是在自己的地盘上，不会有什么危险，谁知还是出了岔子。

直到太阳落山，那个弟子才独自一人回来，身上还带伤，手里拿着一封信。

信是写给聂五的，内容很简单——

用龙渊岛来换七羽。

“听陪同的周师弟说，他们在绸缎庄里遇到了‘你’，都以为是宗主提前回来了。”聂五看了一眼宋雪心，“所以两天前，你在哪里？”

“定风城。”

很显然，宋雪心不可能出现在寨子的市集上。

“周师弟虽然与你接触不多，但是七羽却是你亲近的人，连她都会认错，可见他们见到的人，至少与你有八九分相似。”

宋雪心沉吟：“是……她。”

在长恨岛上成为白翳新娘的那位宋宗主。

“看来你心中有数。”聂五皱眉，“他们是有备而来，应该也知道你的行踪，所以约了我五日之后在南岸见面。”

“你打算怎么做？”

聂五也不直接回答，反问道：“你觉得呢？”

“我觉得有点奇怪。听说你把父亲也接来了这里，那么留在龙渊岛上的人应该很少了，白门为什么不直接夺岛，这么大费周章干什么？再说那里虽然是南剑宗的地方，但既没有剑宗令，也不像承影山上藏有典籍名剑，他们要来也没用啊。”

聂五摇头，他看起来有些烦躁，并不像往常那样冷静。

“我不想知道他们要干什么。三天后就是约定的时间，你来决定，换还是不换？”

“为什么只有这两种选择？人也抢回来，岛也不用给，不行吗？”宋雪心皱眉，看见聂五的神情，心中一动，“是不是因为父亲？他不同意？”

发生了这么大的事，又和龙渊岛有关，聂五一定会禀告宋连城。但是以宋连城的脾气，绝对不可能答应用龙渊岛来换七羽，多半还会大发雷霆。

果然，聂五点了点头，眉头皱得更紧。

她抿了抿唇，转身欲走：“我去找父亲！”

一直沉默着的萧逐夜突然伸手拉住她：“雪心，稍等。”

宋雪心顿了顿：“怎么？”

“我们先来想想你之前的那个问题。明明可以直接夺岛，为什么还要绑了人来换？况且还是一个小丫头。这种情况之下，大多数人都会和宋老先生一样选择拒绝，这并不算是一个等价交易。”

他语声清冷，让宋雪心也冷静下来，不由得点头：“是啊，为什么？”

萧逐夜转头问道：“聂少侠，可有地图？”

“你们看，这里是长恨岛，这里是承影山，而这边是龙渊岛所在的墨阳湖，往西到这里就是我们曾经去过的鹿鸣城，凌霄门的所在……”

萧逐夜修长的手指在地图上缓缓划过，看不见的线条将这四处连在一起，赫然形成了一个“口”字形，口字的中间，正是十八连环水寨。

“或许，这就是他们想要龙渊岛的原因。”他收回手，轻轻吐了口气。

“合而围之？”宋雪心沉吟，“不对吧，他们现在已经拿下南岸水寨，为什么还要花那么大力气，把我们包围起来再去打持久战？重新召集人手，直接来抢北岸不是方便多了？”

“这和你之前问的，为什么他们不直接夺岛，而是要绑了七羽来换，或许是同一个原因。”他继续道，“雪心，还记得我们来这里的路上，听到过

很多关于白翳和你的传言吗？”

宋雪心急忙反驳：“那个不是我！”

萧逐夜笑了笑，也不和她辩驳：“那些言论大都是看好白翳称霸江湖，销金阁甚至还为此设下赌局。但是有一次我却听到一位老先生说，白门这一年里扩张过快，只怕开疆容易守疆难。正好，我也是这么认为的。”

宋雪心愣了愣，突然明白了：“你是说，他们……人手不够？”

萧逐夜没有否认，凝目看向手中的地图：“白门源于西域，就算白翳常年都在中原，但本门弟子必定不会全部跟来，来了的也难免会水土不服，因此他们在这半年里不断吞并和结盟，大量补充人手，才能有更进一步动作。”

“但是这样得来的人并不可靠，一半屈服于武力，一半为了自己的利益。剩下不肯屈服的，大都来了十八连环水寨。”说着他抬头看了一眼聂五，“要论士气的话，十八连环水寨或许要更高。”

说着，他拿起墨笔在地图上一一点画，不一会儿就点出了二三十个墨点。

“反观白翳，一路东进，不下千里之远。这期间收服了大大小小不下三十个门派，他又能派出多少可靠的人去打理管束？白门最大的弱点，就是战线拉得太长，时间留得太短。当初我会把长恨岛留给他，也是考虑到这个——接管这么大一个门派，只会让他的人手更加不够用。”

宋雪心点头：“难怪这次对付青城派出手这么狠，应该是有人生出二心想造反了，所以趁机给一个下马威吧？顺便还能试一试新做出来的傀儡人。”

“傀儡人制作不易，在青城派损失了一批，在聂少侠手上又损失了一批，再加上白舜华受了重伤，他们现在处于两难境地。要强行拿下十八连环水寨，只怕损失更加惨重；若要打持久战，南边的缺口就要补上。但龙渊岛毕竟是南剑宗的地盘，他们不可能没有顾虑。”

萧逐夜说话的时候不急不缓，语调也十分平和悦耳，宋雪心听得很仔细，顺着这个思路往下说道：“所以他们打算耗时间，如果一个七羽就能换龙渊岛，那再好不过；如果不能，他们也能趁机缓一缓，等恢复元气，再强取也不迟。”

萧逐夜补充：“况且白翳那么了解你，一定笃定七羽对你的重要性，只要你在，用岛换人也不是不可能。”

宋雪心瞪他一眼：“他想得美！我偏不如他所愿！”说完回头看了一眼聂五，“长安，你认为呢？”

聂五一直盯着地图不知在想什么，听到喊他的名字才回过神来，漫不经心地“嗯”了一声。

宋雪心不满道：“问你的意见呢，专心一点行吗？”

聂五神情淡淡，不置可否：“我的意见重要吗？”

嗬，这是闹情绪了？看来这小子在父亲那边受了不小的打击……

“当然重要。”萧逐夜道，“因为有些事，必须要由聂少侠来做。”

聂五的脸上这才露出一丝惊讶：“什么事？”

萧逐夜手中的笔杆逐一指向了地图上的几个墨点：“既然白翳如今人手不够，那么这些小门派，他一定没有精力再去管束。而这些门派里没有归顺白翳的人，有相当一部分都在聂少侠这里。”

他笑了笑：“聂少侠需要做的，是请这些兄弟喝一顿酒，说服他们趁着这个机会回转本门，将自己的家园和同门解救出来。”

听完这番话，聂五完全愣住了，好半天才长长吐出一口气。

“对……”他低头沉吟，方才一改那副恹恹的模样，眼中渐渐亮了起来，“此时的确是个极好的机会，出其不意，方能攻其不备……”

说着，他转头看了一眼萧逐夜，眯了眯眼睛：“果然，要论阴谋诡计，还是你在行。”

宋雪心狠狠剜了聂五一眼。小兔崽子怎么说话的，没礼貌！

萧逐夜却不动声色地笑了笑：“我就当聂少侠是夸奖我了，多谢。”

宋雪心好笑地看着少年被堵得哑口无言的模样，忍不住伸手去揉他的发顶：“行了长安，你说不过他的，还是早点休息吧。你看看你眼下的瘀青，是不是这几天担心七羽都睡不着觉了？”

聂五一扭头挣开她的手，冷道：“谁担心她了。”

“那我问你，如果现在你可以做决定，你会不会用龙渊岛来换人？”

聂五低哼了一声：“没有如果，我做不了决定。”

他想了想，却还是犹豫着开口：“你……真的不打算换人？”

“说不换就不换。”宋雪心看了他一眼，似笑非笑的。

少年的眉头又皱了起来，手忍不住紧紧握拳，一言不发。

“不过，我有别的法子把她救出来。”宋雪心单手支颐，微笑着盯着他，目光中透着几分狡黠，“如果我救她出来，你要怎么感谢我？”

“……”

感谢？为什么要他感谢？七羽明明是她的剑婢！

“不如这样吧，我以后呢也不需要有人前前后后跟着，但是七羽这孩子，我是看着她长大的，不放心把她交给别人，要不你就替我好好照顾她吧。”

聂五几乎跳起来：“什么？”

“南剑宗交给你，七羽也交给你，就这么说定了。”她看着少年隐隐发红的耳根，狡黠又慵懒地笑着，“你考虑考虑，答应了，我就去救人。”

按照萧逐夜的建议，当晚聂五和华文宇就请寨子里的兄弟们喝了一顿酒，由能言善道的华文宇出面，趁着酒酣耳热之际，将计划和盘托出。

没想到，赞成的人比想象中还要多。

许多人离家已久，思念故园担心同门的心情日渐强烈，兄弟朋友之间也早就私下约定，有朝一日要一起联手，将失掉的门派从白翳手中抢回来。如今既然聂五和华文宇亲自开口，他们自然是纷纷响应，摩拳擦掌。

之后两日，北岸水寨中陆陆续续有人离开，到了交换人质那一天，寨中的人只剩下了原来的一半。

这一切，当然都是暗中进行的，表面上聂五依旧照常安排寨中事务，在外人看来和平时没什么区别。

而宋雪心救人的法子，则是“以其人之道，还治其人之身”。

既然桃夭夫人可以假扮她来骗七羽，她也可以“假扮自己”混进南岸的寨子里，再趁着双方见面的时候伺机救下七羽，来个里应外合。

这法子说简单也简单，说凶险也凶险。人不能太多，还需要一个既熟悉水性又熟悉南岸地形的帮手。本来最好的人选是聂五，但他受了伤，华文宇又不会水，最后跟她一起去的人，是南剑宗的女弟子芳歌。

芳歌之前曾随宋雪心一起去过承影山，还上场和华文宇比试过一次，虽然输了，双方却没有伤了和气。这次南、北剑宗都遭遇变故，机缘巧合之下两人又一起在十八连环水寨遇见，相处久了，比剑时留下的那一点好感也就渐渐升华了。

宋雪心见华文宇拉着芳歌一句句嘱咐，生怕她出一点差池的模样，不由得轻轻叹了口气。

声音不大不小，刚好可以让一边的萧逐夜听到。

他的目光微闪，朝着不远处的两人看了一眼，便明白了她的心思，轻道：“雪心想听什么嘱咐？我可以说给你听。”

“我才不需要！”她斜睨他一眼，“只是觉得……年轻真好呀。芳歌还不到十七岁，正是最好的年纪。”

“十七岁还只是个孩子，雪心何必羡慕别人……”萧逐夜说着，侧过头在她耳边低声说了句什么。

宋雪心听完，脸色迅速绯红一片，伸手推了他一下，道：“你胡说八道什么？”说完自己也觉得语气绵软，毫无威慑力，只能瞪他一眼，转过头去。

萧逐夜伸手将她鬓边一缕碎发别到耳后，语气依旧温和低柔：“万事小心，我等你回来。”

两人天不亮就出发，乘一叶扁舟悄无声息地来到江心，换上水靠，然后再悄悄凫水至聂五事先选好的隐蔽处上岸。

当初聂五不惜舍弃南岸水寨，正是因为此处平地居多，水岸绵长，难守易攻。白门刚拿下不久，地形不熟，人手又不怎么够，巡逻定会有所疏漏。

等换上了牛油布背囊中的白门弟子衣裳，两人才结伴朝前走去。

她们登岸之处有一片歪七扭八的破屋，从前是水匪用来豢养牲畜的地方，后来水匪跑了，这里也就荒废了。时间一长无人打理，四处又脏又臭，宋雪心和芳歌几乎是捏着鼻子穿了过去。

一路都没有见到人影，今日双方要交换七羽，想必大部分人都被派去码头了。

根据先前制定好的计划，两人要先潜入桃夭夫人的住处。南岸寨子能住人的地方不多，好的屋子更少，桃夭夫人不是能吃苦的人，所以选择也很有限。

宋雪心在脑子里过了一遍地图上标注的几处屋子，都在码头附近，于是带着芳歌，趁着将明未明的晨曦，借着水岸芦花薄雾的遮挡，朝寨子中心潜去。

本以为这边的人不会多，没想到比想象中的还要少，一直到接近码头的地方，才看到三两个弟子一队，在各个屋舍之间巡逻，有些屋子前有人站岗放哨，戒备森严，有些看起来就是普通的住宿之所，连门都大敞着。

芳歌对这里的地形比较熟悉，探路时不是从屋舍的缝隙间穿过，就是隐蔽在胡乱堆放的器具草垛背后。遇上实在过不去的，宋雪心二话不说直接放倒，顺手取走腰牌，一路而来腰牌收了七八块，标记过的屋子也查看了两间。

两间都不是她们想要找的，但其中有一间，规模颇大，像是个祠堂。两人从侧门悄悄潜入的时候，只看到偌大一个院子里挤挤挨挨地站着二三十个人，当时就吓了一跳，差点就要拔剑，谁知那些人目光呆滞，相互之间没有半点交流，整座庭院鸦雀无声，看起来半点活气也没有，十分诡异。

两人又静悄悄地退了出去，远远地看到门口守着四个弟子，其中两个，宋雪心还有些眼熟，是白燕升的手下。

想必这些就是傀儡人了，上一次聂五火烧栈道据说除掉了不少，现在剩下的已经不多，但看着还是叫人心里发寒。

再往前走，就是寨子里用来议事的广场，穿过广场就是码头，几间最大的屋子也在那里。

天色已经大亮，估摸着华文宇和聂五也快到了，两人都不由自主地加快

了脚步。

广场一览无余，四角都有人守着，中间堆着高高的柴垛，也不知道在焚烧什么，烟气缭绕，弥漫着一股让人作呕的焦臭味。火堆边站着十来个白门弟子，并没有看到熟悉的人。

这次想要取巧从偏僻之处过去是不可能了，宋雪心看了看日头，又看了看广场的位置，朝芳歌使了个眼色，整了整衣衫，率先从墙角隐蔽处走了出去。

偷偷摸摸走不了，那就只剩一个法子——光明正大地走。

芳歌被这大胆的想法吓得心脏狂跳不止，但眼下也没时间好好斟酌了，急忙跟上宋雪心的脚步，低着头朝前走去。

一丈……两丈……果然如之前所料，四角的守卫并没有留意这边正在行走的两个女弟子，而围着火堆的人都捂着口鼻，被烟熏得眯着烟，无暇去顾及四周的动静。

眼看广场已经走完一半，不远处突然出现了一群人。

宋雪心不由得心里一突，偷偷抬眼。只见人群最前面是几个白门弟子抬着几卷草席，后面几步之外的是……

白燕升和白翳！

白翳居然在？

在北岸水寨的时候，他们也曾分析过，一致觉得白翳多半不在这里。之前火烧栈道和白舜华断臂那么大的两件事，他都没有露面，如今更不会待在这个久攻不下的地方，身为门主，他应该还有更重要的事要做。

哪里知道，偏偏在此时此刻遇到了他！

这个时候躲也没地方躲了，宋雪心只能硬着头皮往前走，经过火堆时，眼角的余光见到打头那几个弟子正扛起手里的草席，奋力扔进熊熊燃烧的大火里。

一时火光大盛，火舌缭绕之间，闪过草席间蜷缩的人影。

耳边听到隐隐约约的对话——

“今天又死了好几个？这都来不及烧啊！”

“这些傀儡虽然听话，可是真心娇贵，稍微重点的伤就治不好了……”

……

她低着头，手指在衣袖中紧紧攥起，与对面两人相隔几步，错身而过。

错身而过之际，听到白燕升说道：“……车马都已备好，门主可以即刻启程。”

咦，这是马上就要走了？

白翳淡淡地“嗯”了一声。

白燕升继续道：“门主其实不用亲自去，齐朗不过是趁机……”

他的话下一刻就被白翳冷冷打断了：“现在除了我，还有谁能去？你吗？”

这句话显然说中了要害，白燕升一时语塞，片刻之后才道：“那等此间事了，属下和舜华、桃夭立刻赶去承影山……”

后面的话，因为两边离得越来越远，她听得不太真切，虽然好奇承影山究竟发生了什么，但此时此刻也无心去琢磨，只想快些离开这里。

眼看还剩几步路就可以走出广场，身后突然传来了一个声音：“你们两个，站住。”

她心里一突，尽管一万分不愿意，却不得不停了下来。

就在她犹豫着是该拔腿就跑，还是直接出剑时，身边的芳歌却已经率先转身，弯下腰恭恭敬敬问道：“堂主有何吩咐？”

白燕升此刻显然无心在意一个小弟子，随口吩咐道：“你们到码头去和几位堂主说一声，门主已经启程，让他们速速处理好这里的事，我随后就来。”

芳歌乖巧地答了一声“是”，白燕升挥了挥手。等宋雪心慢吞吞转过身来的时候，他已经回过头去低声和白翳说话了。而白翳的目光始终望着远处被朝霞染红的重重浮云，一言不发，甚至连看都没有往这边看一眼。

宋雪心见状急忙拉着芳歌，快步离开了广场，朝码头方向走去。

心犹在怦怦乱跳，手心里也沁出薄汗。她并不害怕当场被识破，大不了打一架就是，她如今武功恢复了，不敢说能赢过白翳，脱身肯定不是问题。

但七羽还在他们手里，打草惊蛇的话，一切计划都前功尽弃了。

幸好……白翳看起来好像心事重重，完全没有在意周围。

“宗主！宗主这里！”芳歌低低叫了一声，宋雪心急忙收回心神。只见几步开外，芳歌正踩着几个罐子，攀住了一处窗棂，朝她招手。

她个子比芳歌高，因此只是双手轻轻一撑便看到了屋子里的情景。红帐妆奁，花枝铜镜，绣榻上还散了几件衣裳，银灰和赤红相间，正是南剑宗宗主的制式。

这里多半就是宋宗主的房间了！

看了看天色，差不多已到辰时，人都应该去码头了。宋雪心朝芳歌做了个手势，双脚一蹬，腰腹发力，如同一条游鱼般滑进了窗子里。

换上了南剑宗宗主的衣裳，宋雪心反倒不用遮遮掩掩了，明目张胆地带着芳歌朝码头走去。一路上遇到的弟子都对她恭恭敬敬，虽然有几个目露惊讶之色，可见到她一脸倨傲冷漠的神情，也不敢上前来询问。

没过多久就出了寨子，隔着一排缠满藤萝的木廊，远远看到了南岸码头。

码头上站了一群白门弟子，满眼白衣中夹杂了一个娇小的绿衣人影，应该就是七羽。

岸边还有十来条船停在原处，一条连着一条并列排开，阵阵波浪涌动，船身也跟着上下起伏。石砌的驳岸则泊了一艘单桅快船，侧舷搁了舢板，有人正从船上下来。

芳歌一眼认出打头那人是华文宇，忍不住拉了拉宋雪心的衣襟。宋雪心回了她一个少安毋躁的手势，又看了一眼连成一排的船只，抬手指了指，芳歌立刻会意，带着她沿着石滩角落的小路钻进了藤萝密布的缝隙中。

三

聂五跟在华文宇身后下船，一眼就看到了人群中的“宋雪心”。

难怪周师弟会认错，真的……太像了！

除了身材略微丰腴一些，五官几乎一模一样，尤其长发束起，显得利落

又俊俏，尽管和其他人一样穿了白衣，但依旧十分惹眼。

若不是事先知道真相，就算是他，只怕第一眼也会认错。

可是只要多留意几分，就能看出她顾盼之间的神韵还是和真正的宋雪心不一样。这个女人眼波流转，有遮掩不住的娇媚之态，并不似宋雪心的飒爽洒脱。

略一分神，耳边听到七羽弱弱的声音：“文宇哥哥，聂小五……”

他循声看去，只见几个白门弟子从“宋雪心”身后推出了一个绿衣少女，正是七羽。

只是她原本神采飞扬的小脸此刻有些萎靡，眼睛周围挂着浓重的黑眼圈，显然这几天没有好好休息，双手也被反绑在身后，头发乱蓬蓬的，看起来十分可怜。

聂五皱了皱眉，抱剑站在华文宇身后，有些话他实在不习惯说出口，幸好华文宇代他问了：“小七羽，你没事吧？他们有没有虐待你？”

听他一问，七羽原本就拧着的眉头几乎快要扭成麻花，小嘴一撇，万分委屈：“我……”

“我们从来不做虐待人质这种事，小丫头自己害怕得睡不着，怨不着我们。”

她才说了一个字，就被身边的“宋雪心”打断了，这个声音和真正的宋雪心也不一样，虽然语气不善，声线却十分婉转。

这话换来七羽的反驳：“胡说，我才没有害怕！要害怕的不应该是你吗？顶着我们宗主的脸，半夜醒来照镜子不会怕吗？”

这小丫头大概是看到自己人来了，胆气壮了，不得不说，这话说得还挺有道理，完全可以把人气死。

明知不合时宜，聂五还是忍不住想笑，但他刚刚弯起嘴角，笑容就因为七羽一声惨叫，凝固在了嘴角。

“宋雪心”抬手一掌掴在了七羽左脸上，正要接着再打右脸，一个沉沉的声音道：“桃夭，停手！”

白舜华？

聂五原本握紧长剑的手微微松开，眼见七羽眼泪扑簌簌落下，却又咬着嘴唇不敢大声哭的模样，他原本就冰冷不耐的神色变得更加难看了。

白舜华高大的身影自白门弟子背后慢慢走出，他的脸色十分苍白，下巴上的短须应该好几天没刮了，青湛湛地连到鬓角，更显憔悴。

他的左手空荡荡的，袖管随江风轻舞，让他的身体显得有些失衡。

他叫那个女人为“桃夭”……果然，宋雪心所料非差。

桃夭夫人听了白舜华的话，这才收回手冷哼了一声，将七羽往前一搡，白舜华趁机开口：“我们的条件，二位考虑得如何了？”

“这个嘛……”华文宇淡淡一笑，“你们开出的条件太不公平，我们决定——不接受。”

“不接受”这三个字他还特意强调了一下。话音刚落，只见桃夭夫人和白舜华的脸色齐齐一变，尤其是桃夭夫人，一把擒住七羽的后颈，尖声道：“你们不想要这个小丫头的命了？”

华文宇不慌不忙，甚至还轻轻叹了口气：“命自然是想要的，但是南剑宗的龙渊岛，就和我北剑宗的承影山一样，都是门派的立身根本，传承之地。如果你是我，会不会用一个无足轻重的人，来换这么重要的地方？要不这样……”

华文宇的任务本就是要拖延时间，而聂五向来不喜欢这种耍嘴皮子的事，因此听得心不在焉，只留目光四下巡看——

她到底什么时候才到？

直到目光第二次掠过岸边一排船影时，他突然发现不远处的沙地上，有个影子正不断晃动，看起来既不像是风帆，也不像是海鸟——

他慢慢抬起头，方才凝在嘴角的那一丝笑，又完整地舒展了开来。

华文宇长篇大论，却尽说些无关紧要的事。白舜华越来越不耐烦，眼看聂五近在咫尺，断臂之仇却不能报，伤口的疼痛似乎也越发强烈起来。

断臂时的大量失血，导致他的精气损耗严重，内力只剩下原先的六成，再加上夜以继日的疼痛、日常生活的不便，对他这种本就不善于表达情绪的人来说，更容易积郁成疾。按照白燕升的嘱咐，他眼下最好能安静养伤，其他的事一概不要理会。

可是这样一来，交换七羽这件事就只能靠桃夭夫人一人，他左思右想终究放心不下，还是跟了过来。

此时此刻，就在他的耐心即将用罄之时，桃夭夫人终于开口了："废话少说，既然你们无心交换，那我们的交易就此作罢。所谓同门之谊也不过如此，这个小丫头，只怕要和你们永别了。"说着手腕一抬，袖中滑出一把无鞘短剑，飞快地朝七羽后颈切下去。

自华文宇说了"不接受"三个字之后，七羽的身子一直在微微颤抖，直到此刻，才终于忍不住大声尖叫起来："等……等一下啊！"

与她同时出声的，还有聂五。

他说道："且慢。"

桃夭夫人看着大步上前的聂五，唇边露出一丝嘲讽的微笑："还有什么遗言要交代？"顿了顿，又瞥了一眼身后半步的白舜华，冷笑道，"要么，你用自己的两条手臂来换这个小丫头，我或许可以考虑考虑。"

听到她这样说，白舜华愣了一瞬，目中有一闪而逝的柔和。

聂五却没有接话，只是伸出右手，缠着布条的手掌贴到了七羽的脸上，拇指指腹缓缓滑过她细嫩的脸颊，粗粝的触感让她忍不住瑟缩了一下。

他低低道："别怕。"

七羽简直惊呆了！

她瞪大了眼睛，目光顺着他沉凝中略带尴尬的表情一路落到他近在眼前的右手，他掌心缠着的白布上还有斑斑点点的血迹。等等，那不是血，是血迹写就的字。

是个"心"字。

多年相处的默契让她突然明白了，她猛然抬起头，朝他眨了眨眼。

聂五好像更尴尬了，微微垂睫，避开了她的目光。

两人这一番举动看在桃夭夫人眼中就如同眉目传情，让她心底没来由地生出一股怒气，用力将七羽往后一扯，冷笑道：“死了就没什么好怕的了！”说完手腕一转，短剑前送，再次切向七羽纤细的脖子。

聂五眼疾手快，左手竖起掌刀劈向桃夭夫人手臂，与此同时，不远处骤然响起一声大喝：

“谁敢伤她！”

聂五那一掌不过是虚招，这个突如其来的声音才让人大吃一惊，众人纷纷循声望去。

只见岸边一排木船的最高处站着一个人，银灰与赤红的衣衫勾勒出纤长身影，一手握着长剑，一脚踏在船头兽首上，江风将她的长发和衣襟吹得猎猎飞扬，简直气势惊人。

桃夭夫人的脸色立刻变了。

七羽早有了准备，趁着桃夭夫人这一分神，身子一矮，用尽全身力气撞在她腰侧，猝不及防之下，竟将她扣住自己肩膀的手撞开了半分。

桃夭夫人立刻回过神来，手指一紧，拽住七羽肩上的衣服，正要再次将她拽回来，胸口却袭来一柄长剑，正是聂五。虽然换了左手使剑，剑气依旧锐不可当，若然不避，就算抓回了七羽，势必也会被剑锋刺个透心凉。

她只得恨恨松手，眼睁睁看着七羽像只小兔子一样朝聂五扑了过去。

可是聂五也没有顺利接到七羽，就在他手指刚刚触到七羽衣带的一刹那，突然掌力外吐，将她推开，一把窄长的胡刀从两人中间劈过，刚猛的刀风甚至削断了七羽额前一片刘海。

出手的正是白舜华。他和聂五再次交手，两人都只能用一只手，一时依旧难分高下。

七羽没了靠山，桃夭夫人自然不会放过她，手中短剑反握，一剑就朝她的头顶削去。

她如今已经不管什么人质不人质了，能不能换龙渊岛也无所谓。看到宋

雪心的那一刻，她的心底骤然涌起连自己也始料未及的情绪——愤恨？恐惧？不安？嫉妒？她分辨不清……只知道宋雪心——这张脸真正的主人回来了……那么从今往后，她该何去何从？她在白翳面前，又要如何自处？

这个问题，其实她已思考了很久，从她答应白燕升削骨换皮那一天起，就想过了。

但答案始终是无解的——虽然白翳娶的人是“宋雪心”，但真正嫁给白翳的人是她；白翳始终对宋雪心耿耿于怀，但自己扮演的“宋雪心”对白翳来说，也是称霸路上不可或缺的存在。

“不可或缺”四个字对她的诱惑太大，她做梦都想成为白翳生命里无法被替代和消抹的人。就像姐姐白韵仪，每一次白翳提起她的名字来，都会带着惋惜和追念。

所以后来她就不再去深究了，只要能被白翳需要，舍弃自己的脸又有什么关系？

但是这个始终被回避的问题，在她抬眼看到真正的宋雪心站在船头，宛如睥睨天下般仗剑跃下的时候，还是无比清晰地浮而现之，刺痛心脏。

只有真实地面对面，才能察觉到这种“真”与“假”的差距，而这差距，足以让她失去理智。

此刻的她，只想让所有碍眼的东西，统统消失。

七羽功夫微末，也就轻功强一些，根本挡不住这一剑，连退了几步，一跤绊倒。

眼看短剑就要削掉她半边脑袋，剑尖却突然凝滞，飞溅的血花伴随着短剑落地的声响，还有桃夭夫人的痛呼尖叫。

只见她的身体拧过了半圈，露出身后一人来，那人明明穿着白门弟子的衣裳，手中的长剑却刺穿了桃夭夫人的肩膀，剑上鲜血淋漓，触目惊心。

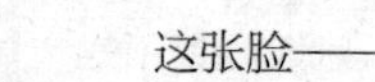

这张脸——

“芳歌姐姐！”

七羽惊喜地大喊起来。

芳歌和宋雪心从石滩边悄悄爬进岸边那些船之后，两人兵分两路，宋雪心负责在关键时刻扰乱对方心神，吸引众人的注意力；芳歌则负责趁乱潜进白门弟子中间，营救七羽。

桃夭夫人捂着肩上的伤口，钻心之痛与不断涌出的鲜血让她目眦欲裂。她看着将七羽护在身后的芳歌，低吼道："你是谁？"

芳歌警惕地看着四周，并没有回答，反倒是一个冷诮中带着几分慵懒的声音回道："那你呢？你又是谁？"

随着话音落下，一柄寒光四溢的长剑抵住了桃夭的喉咙。

顺着剑身往上看去，是那张和她一模一样的，噩梦般的脸庞。

宋雪心。

就在宋雪心的剑抵上桃夭夫人喉咙的那一刻，所有追在她身后的人，还有正和华文宇厮打的人，甚至包括白舜华和聂五，都不约而同地停了手。

见桃夭夫人目光阴郁，一言不发，宋雪心挑了挑眉，剑身微微一抬，卡着她的脖子，迫使她不得不抬起头来。

"还真的是很像……怎么样？变成我的感觉好不好？你是不是打算顶着这张脸过一辈子？"说着，她轻轻哼了一声，"那我可就不太高兴了。"

宋雪心语带嘲讽，桃夭夫人心中怒火越炽，但她毕竟替白翳掌管了大妙如意城许久，这个时候反倒将怒火隐忍了下去，盯着宋雪心冷冷道："恢复了记忆很得意吗？不要忘了，你快要死的时候，是谁救了你？又是谁找来天下最好的药物，衣不解带地照顾你？是谁带你离开大妙如意城回到中原？宋雪心，你们中原人都像你这样忘恩负义的吗？"

宋雪心愣了愣，顿时被她气笑了："首先，你别忘了是谁害我差点死了，又是谁给我下了游魂针？其次，那一回阗玉做了替死鬼的事，别以为我不知道背后是谁在捣鬼，这个仇我还没有找你报！最后，白翳带我回去是为了什

么，你我都心知肚明。如果这些也算是‘恩’，那我就是忘恩负义了，如何？”

桃夭夫人听罢，冷笑不止：“既然你知道自己为什么会被带回中原，那就更应该明白，你对他来说只是一个身份。至于这个身份下的人是真是假，他根本不在意。我比你更爱他，更忠于他，更需要他，所以……你还是就此消失吧！”

她话音未落，整个人朝前撞去，手中的短剑划出半弧，刺向宋雪心胸口。

这架势，分明是要和她拼个你死我活。宋雪心本来也无心杀她，因此见她撞过来，下意识地移开了剑锋，反倒被她一剑划破了胸前衣衫。

笨蛋通常死于话多，宋雪心现在只觉得十分后悔。若不是因为气不过才想着一一反驳，也不至于被对方有机可乘。

她横剑在胸，决心就此闭嘴。华文宇、芳歌、七羽和聂五都聚在她身边，外围的白门弟子也都各自集结，将他们团团围了起来。

桃夭夫人面色狠戾，手中短剑一挥：“无论死活，一个不留！”

一旁的白舜华皱了皱眉，有些担心地看着她：“桃夭，你忘了门主是怎么吩咐的吗？事成与否不重要，但此地不宜久留……”

桃夭夫人看都没有看他一眼，冷道：“这些人若是都死了，门主就没那么多后顾之忧了。你要是怕，你先走，有什么后果我一个人担着。”

白舜华闻言，轻轻叹了口气。

她不走，他怎么可能走？

大概，这是欠她的吧……

白门弟子的人数是他们的五六倍，况且方才还有人偷偷奔回寨子，想必是去叫帮手的，要在这短短的时间内掌控局势，并不那么容易。

这些弟子也看准了他们之中最弱的就是七羽，因此攻击的第一个目标就是她。芳歌和华文宇二人联手回护，出手难免多了一重顾虑。聂五依旧迎战白舜华，余下一个宋雪心，东刺一剑西踹一脚，周旋于余下的人中间，防止他们偷袭。

只有桃夭夫人没有下场，她留了一个弟子替她包扎肩上的剑伤，目光冷凝，盯住场中局势。

不过一盏茶工夫，远处就传来急促的脚步声，桃夭夫人回头，只见之前那个去搬救兵的弟子已经一路小跑着回来了。

她起初心中一喜，但立刻就发现了不对劲，那个弟子身后只跟着寥寥数人。

其他的人呢？那些以一敌十的傀儡人呢？

她起初叫人回去时，特意嘱咐了不要惊动白翳和白燕升。但即便如此，凭自己的身份，调用几十个弟子和庄子里的傀儡人也不成问题，此刻为何人数相差那么多？

眼看那人跑近，桃夭夫人顾不上伤口，起身厉声问道："人呢？"

那弟子一边喘息一边道："门主……门主突然有事离开，带走了大部分人手，还有二十七个傀儡人。燕升先生正在整理药堂，这边只剩下七个傀儡人，其中还有一半有伤。找不到……找不到更多人了！"

看着他身后那几个迈着机械的步伐一步步靠近的傀儡人，桃夭夫人的心一下子沉落谷底。

白翳居然就这么走了？

不等她把这里的事情处理完，甚至连招呼都不打一声，说走就走，连人手都不给她留下，是完全不顾她这边的死活了吗？

理智上她知道他身为门主来去自由，本没有向她报备的必要，但内心深处却无法接受。尤其她刚刚才亲眼见到宋雪心，心中的不甘愤恨因此变得越加激烈。

她的脸色更加阴沉，一把握起短剑，狠声道："那就……杀光他们！"

即使是受了伤的傀儡人，战斗力依旧不可小觑，有他们加入战斗，方才还堪堪持平的战局立刻倒向了一边。

宋雪心一剑逼退一个白门弟子，朝聂五和华文宇使了个眼色。

傀儡人的底细他们都清楚，不到战死不会退下，此时此刻，为了尽早脱身，还是要擒贼先擒王。

在两人的掩护下，宋雪心直取包围圈外的桃夭夫人。

见宋雪心在人群中仗剑突围，身形轻灵矫健，桃夭夫人几乎咬碎银牙，身形一晃，闪到了几个傀儡人身后。

宋雪心的脚步因此受阻，腹背受敌，再加上傀儡人攻击起来不要命，她出剑的节奏顿时被打乱，一时有些左支右绌。

好不容易逼退面前两个人，身后又有一人执刀砍来，她转身避开，冷不防一柄铁锤迎头击落。若是闪过了刀，势必被铁锤击中；可要是躲开这雷霆一锤，身上也一定会挂彩。

不管了，受伤总好过脑袋被锤中，她的脑袋刚恢复正常，金贵得很，可不能再受什么损伤。

她提剑迎上，欲格挡铁锤的千钧之力，趁机调整步伐，尽量闪开腰侧的虎虎刀风，能躲就躲，再图后招。

谁知剑还没有碰到铁锤，耳边突然传来一声短促的吼叫，原本气势惊人的锤头突然去势骤停，随即腰侧的刀刃也偏离了方向，斜斜落下，绵软无力地从她身边滑过。

转眼间，那两个傀儡人已双双栽倒在地，后背均插着一支铁箭，箭尖斜插入胸腹，尾羽犹在颤动。

这一变故太过突然，但宋雪心已先于桃夭夫人回过神来，小心避开倒地的两人，朝江面上望去。

只见原本空阔浩渺的水面上，不知何时多了三艘单桅快船，船上刻着水蛟兽首。其中最靠前的那条船上，一个衣袂纷飞的玄衣人正慢慢放下手中铁弓，露出如皓月般的面容。

她的嘴角止不住地上扬起来。

叶惊弦来了。

这世上再没有什么事会让她害怕了！

十八连环水寨的船突然出现，让原本就底气不足的桃夭夫人更加烦躁。

虽然这和约定的不符，但率先违反约定的是自己，也就没有立场指责对方。而眼下寨中无人，又连番折损人手，事情不能妥善收场的话，要如何去和白翳交代？

这一犹豫，两侧船上又有数支铁箭射来，转眼间又伤了一名弟子和一名傀儡人。

白舜华瞅准一个空当，来到桃夭夫人身边，低喝道："桃夭，走！"

事到如今，继续硬撑只能让损失更大。桃夭夫人咬了咬牙，正要后撤，宋雪心却不肯放过她，一剑凌空而至，拦住了她的去路。

"既然你们可以用七羽来换龙渊岛，那我也想试试。一个你，能不能从白翳手上换到承影山？"

桃夭夫人怒道："宋雪心，你不要欺人太甚！"

"怎么，你对自己没有信心？"宋雪心微微一哂，长剑挽了一个剑花直刺而下，"不试试怎么知道自己的价值——"

桃夭夫人肩伤尚未止血，如何是宋雪心的对手，勉强接了一剑，第二剑无论如何都接不住了。正要闭目就擒，身前突然传来刺耳的锐响，她睁开眼睛一看，是白舜华的胡刀架住了宋雪心的剑。

他自刀光的间隙中瞥了她一眼，目光沉凝，分明说的是："快走！"

桃夭夫人愣了一瞬，当下便转过身，在几个弟子的护持下朝寨子方向飞奔而去。

她和白舜华相识于少时，不论是年幼时的贵贱有别，还是年长后互为同伴，这一路数十年的年华都彼此见证，她对他的为人从未质疑。他虽不善言辞，却是白翳身边最为可靠的助力，有他殿后，她十分放心。

见桃夭夫人离去，白舜华的嘴角弯起一闪即逝的浅笑，大喝一声，内力灌注于胡刀之上，震退了宋雪心的剑。

"宋宗主好剑法。"他沉声道，"只是今日，不可再往前走了。"

宋雪心上下打量白舜华。与聂五力战许久，他的左臂的伤口早已经裂开，鲜血淋淋漓漓地沾满了衣襟，身上也多处受了伤，一身白衣倒像是染上了无数红花。

他都伤成这样了，如何拦她？

“白舜华，我不想和你为敌，你让开。”她皱眉道。

白舜华却只是缓缓摇了摇头，胡刀横在胸前，一副“绝不可能”的架势。

眼看桃夭夫人身影快要消失，宋雪心不再和他多言，长剑一振，直取他脚踝。

她只想尽快逼退他，好快些追上去。可是白舜华偏偏难缠得很，将她上下左右的去路封得死死的。就是这片刻工夫，又有傀儡人追了过来，两相夹击之下，她更加无法脱身。

宋雪心一剑刺中傀儡人膝头，那人却似是无知无觉，依旧大吼着将手里一把厚背朴刀劈山裂石般砍下来。

她见状突然灵机一动，回身一剑虚晃，引来白舜华胡刀急追，眼看角度正好，突然脚下一错，腰身软滑如蛇，上半身倒仰下去，几乎贴到了地面上。

如此一来，白舜华的胡刀从她鼻尖上不到三寸的地方横劈而过，而那个傀儡人的厚背朴刀也重重迎向了白舜华的胸口。

傀儡人力大无比却机变不够，宋雪心本以为以白舜华的功夫，应当可以轻易避开，谁知胡刀在他手中像是突然不再灵活，只来得及收回一半，斩在傀儡人的手臂上，却毫无作用。厚背朴刀还是结结实实地劈中了他的胸腹。

鲜血大片地飞溅出来，宋雪心这才回过神来，一剑掠起，深深刺进傀儡人心口。

傀儡人高大的身躯轰然倒下，与此同时，白舜华的身体也晃了晃，再也支撑不住，跪倒在地。

宋雪心急忙伸手将他扶住，那一刀几乎将他胸前的肋骨全部砍断，血如同开了闸一般汩汩流下，白衣已经全部染红，眼看是神仙再世也救不回来了。

宋雪心一时不知道该说些什么……她本无意杀他，但他毕竟是因她而死，此时此刻，好像说什么都不合适。

而另一边，因为弓箭的助攻，加上桃夭夫人一走，傀儡人全灭，剩下的弟子根本不足为惧，很快伤的伤、逃的逃。

大家纷纷围拢过来，大约是见到白舜华伤得太过惨烈，没有一个人开口。

最后，还是宋雪心轻声问道：“你……还有什么话……想说？”

白舜华的呼吸已经从急促渐渐转为微弱，中刀之时的抽搐也慢慢平息下来，他垂着头，似乎想到了什么，嘴角居然浮现出一丝淡淡微笑。

“她……走了吗？”

声音低得几乎听不见，宋雪心叹了口气，回答道：“走了。”

“那就……好……”

他呢喃着，尾音渐渐低弱，终至不可闻。

或许这一辈子，他都不曾这样温柔过。尽管她听不见，看不见，但——那样也好，至少这隐秘心事，世上再无人会知道。

年少时，他被师父从奴隶市场带回。那时，她是渠犁的贵族小姐，路过宫门，递给他一方净帕，示意他擦拭满脸脏污。

后来，渠犁国灭，他和一群伙伴跟着白翳起事，脱离了师父的控制，从侵略者手中救下那双贵族姐妹。从此一起归于白门，共闯天下。

他知道她的眼中从来只有白翳一个人，但是他不在乎。本就是云泥之别，他也从来没有僭越的奢望。对他而言，她只是藏在心头的一束暖光，只要能时时仰望，便已足矣。

本就寿数将尽，走至尽头之前尚能护她平安，值得了。

人生苦短，至此，而终。

直到扶抱的躯体不再有气息起伏，宋雪心才小心地将白舜华平放在地上。

不论前尘，无关恩怨，死者已矣，生前之事也不必再去追究。

但愿他九泉之下，能得心安。

江风拂过，吹起白舜华胸前残破的衣襟，露出一大片被血污糊住的皮肤。宋雪心心中一动，蹲下身擦去血迹，只见他左边锁骨直至肋下，有一大块皮肉焦黄枯槁，仿佛失去了血脉滋养，宛如枯木。

她心中一沉，不禁想起白司秦的手臂。

原来，白舜华也已经发病了。

第九章

月上龙渊

一

七月初七，银汉迢迢，佳期如梦，是个有情人相聚的日子。

十八连环水寨的庆功宴刚好也在这一天。收回了南岸，重创了强敌，再加上好几拨回老家争地盘的兄弟们也都传回了好消息，留在寨子里的兄弟们都格外高兴，聂五和华文宇顺势将宋雪心的接风宴开成了庆功宴，让连日来身心俱疲的兄弟们好好放松休整一下。

北岸的议事大厅里挂满了灯笼，摆上了十数张长桌，桌上美酒佳肴不断，席间众人往来不绝。猜拳的、喝酒的、寒暄的、唱小曲儿的，甚至还有抱在一起痛哭流涕的，一时间吵吵嚷嚷，却也热热闹闹。

满目人间烟火之气，真实而动人，如同烈酒，足以忘忧。

宋雪心坐在主桌的角落里，慢慢转着手里的酒杯。宴席过半，她已经记不清有多少人来找过她了，有“久仰大名”的，有“好久不见”的，还有纯粹就是来找她喝酒的。可是该死的，她居然不能喝……萧逐夜跟她说，她的身体还没有恢复，不宜饮酒，最多只能喝三杯。

这么小的杯子，三杯能顶什么用？喝完一点感觉都没有……

她四下环顾，这一桌的人已经走得差不多了。

华文宇被兄弟们拉去敬酒，远处聚着一大群人，该是在调侃他和芳歌。

聂五身上有伤，十分自律地滴酒不沾，只吃了几口就带着值守的弟子去外面巡逻布防了。

七羽在这边待得久了，和每个人都混得很熟，早就拉着焉莎不知道蹿到哪里去玩了。

凌天涯和白司秦也不在，也许是到江边看星星去了。

萧逐夜约了紫离到外头聊天，那一卷花墨予所绘的画像，直到今天才找到合适的时机交给她。

至于花墨予，早在宋雪心猜测假扮自己的人是桃夭夫人的时候，就被萧逐夜一纸书信遣去了西域，为的是趁机将城中的“木鱼先生”带回来。

这段时间，桃夭夫人和白翳都不在城中，几位堂主又死的死、伤的伤，凭花墨予的本事，此事不难办到。相比之下，她其实更好奇紫离会对那些画作何反应？

正想着，眼前茜色衣影闪动，居然是紫离回来了。

只见紫离施施然在她身边坐下，径自浅酌慢饮，神情中即不见羞涩也没有不安。这……不应该吧？

察觉到宋雪心的目光，紫离转头嫣然一笑：“掌门师兄到后面去给一位受了内伤的水寨兄弟施针，很快就回来了。宋宗主若是等不及，不如过去找他？”

宋雪心摇了摇头，示意自己没有等不及。犹豫半晌，最后还是忍不住问道：“……你看过那卷画册了吗？”

“看过了。”紫离笑了笑，“小花儿的画还是画得这样好，不愧是丹青圣手。”

“你……”这个反应有点平静过头了吧？宋雪心急道，“最后那几张，他画的是你吧？一看就和别人都不一样，特别有感情！”

紫离垂下眼睫，片刻后才慢慢道：“我们自小相识，自然比别人更加熟悉亲密。你让他画掌门师兄，画素玉姐姐，画凌二，甚至画茵茵，画出来都特别有感情，不奇怪。”

她的语气十分淡然，就像在说一件再普通不过的事，宋雪心愣了愣，才点了点头。

“原来如此。”

她和萧逐夜好不容易重逢，便也希望身边的人都能得到圆满。可世上哪有这么多圆满的事？落花有意流水无情，明月清风互不相行……一路行来，处处都是遗憾。

紫离和花墨予也好，白舜华和桃夭夫人也好，哪怕是哥哥和欧阳蕙，甚至是叶霜迟和叶幽云……谁不是各有各的坚持，各有各的选择，也自然各有各的因果。

她忍不住拿起桌上的酒杯一饮而尽，喝完才想起来已经过了三杯的量。不过既然过了，一杯也是过，十杯也是过，她干脆又倒了一杯，递到紫离面前：

“来，为了花墨予。”

紫离愣了愣，不禁莞尔：“好，为了小花儿。”

天气不错。

幽蓝深邃的天幕中有云朵悠悠行过，轻薄缥缈，挡不住星月辉光，遍洒于天地山川之上。

宋雪心倚在厅外临江的栏杆上，看向不远处的江面。北岸地势高，远近渔船的星点灯火尽收眼底。江风徐徐，少了白日的燥热，带着些许清凉，仿佛将身后大厅里的欢笑吵闹都带走了。

自从来了这里，还没有好好看过此地风物，明日或许可以去游赏一番。

身后传来脚步声，有人沉声道：“你在这里做什么？”

她转过身，嘿嘿一笑：“长安，你怎么回来了？”

他不是应该带着巡夜的弟子去布防了吗？

聂五的一身灰衣几乎要和黑夜融为一体，见她眼波潋滟，唇畔带笑，不

禁皱了皱眉，凑上前闻了闻：“你喝酒了？”

宋雪心急忙竖起一根手指压在他嘴唇上：“嘘，小声点，别被叶惊弦听到了。”

刚被她的指尖触到，聂五便如遭雷击般地扭头避开，冷笑一声：“你就这么怕他？”

“臭小子！那不是怕，那叫尊重！他是我男人，我当然得尊重他！”宋雪心的手指顺势在他肩上用力戳了几下，“你给我好好记着，以后也要尊重七羽。她一个弱女子，你不能欺负她。你要是对她不好，我可不会放过你！”

聂五没说话，只是拿一种古怪的眼神看着她。

宋雪心不满意了，继续戳：“你这是什么表情？你忘了答应过我的吗，只要我能救回七羽，你就……”

话没说完，他突然一把擒住她乱戳乱点的手，随即用力将她带进了怀中，紧紧扣住了她的后背。

冷淡的声音在耳边响起：“我的事不用你管，先顾好你自己吧！”

宋雪心这才回过神来，屈肘撞向他胸口：“臭小子没大没小的！长姐如母懂不懂？你的事我当然要管，我答应过凌珠……”

聂五却已经松开了手，后退一步，她这一击落了空，反倒因为使力过猛而踉跄了一下，急忙伸手扶住身边的栏杆。

抬眼看去，聂五的脸隐在黑暗里看不真切，但他的语气却难得地带了一丝愉悦：“你还记得姐姐就最好。别忘了你我之间还有恩怨未了，再不好好练剑，只怕你会输得很难看。”

宋雪心被他话中的嘲讽之意气到了，二话不说摘下长剑就扔了过去。

“去你的！”

剑没有砸到聂五身上，也没有落地，而是被人接住了。

她呆呆地看着慢慢走近的萧逐夜，突然语塞，“你你你”了半天，也没能说出一句完整的话来。

聂五却像是早就知道他在那里了，此刻不过是微微挑了挑眉，与萧逐夜

错身而过之际，淡淡道：“她喝多了可难缠得很，你自求多福吧。”

萧逐夜看了他一眼，少年的目光中有一丝掩饰不住的审度和挑衅。

他是从议事厅外的山道绕行过来的，方才那一幕，他自然看到了，而且他知道，聂五是故意让他看见的。

少年人啊……

他笑了笑，朝聂五微微颔首：“有劳了，多谢。”

谢聂五陪伴她的往昔岁月，也谢聂五对她始终如一地支持。

聂五已转身朝大厅方向走去，听见这话，没有回头，只是随意地挥了挥手。

交给你了。

人生旅路漫长，有幸结伴，却终有一日要各赴前程。

宋雪心看着萧逐夜走近，不由得有些心虚，退了两步，撞到身后栏杆，又急忙侧身，想从他身边越过去。

“我……我有点渴，先回去喝口水！”

才踏出一步，手臂就被他扣住了，长剑递到她面前。

“随身之物，不可乱丢。”

“好的……”

她伸手接剑，却被他顺势握住手掌，身形也随之逼近，将她牢牢困在他和栏杆之间的方寸之地。

她抬眼看着他，目光咫尺，呼吸相闻。

方才所喝的那些酒，此刻好像一下子都涌进了脑子里，猛烈地烧了起来……㞞什么？多喝了几杯酒而已，他还能把她吃了不成？十六岁时她就放过狠话，“顺我者昌，逆我者亡”，怎么现在反倒怕了他？

咬了咬嘴唇，她轻哼了一声：“你想干什么？”

萧逐夜微微眯起眼睛，清冷的声音压得极低：“喝了多少？”

“不记得了。”

那挑衅的目光，唇边隐含小得意的笑容，仿佛一根羽毛，挠在他的心底，

又轻又痒，叫人按捺不住，叫人抓狂。

不自觉地，他的声音都变作喑哑魅惑："不听话，是要受罚的。"

她挑眉："罚就罚……"

尾音隐没在他覆下的唇间，清冽微苦的药香融入她唇齿间的酒香中，随着辗转吸吮，一路浸润入心肺血脉，入骨入魂，难分彼此。

他的手臂横过她柔韧纤细的腰肢，一再收紧，几乎没有空隙，亲吻却是与此相反的温柔细致，舌尖细细扫过每一处温软，再缓缓加深，换来她抑制不住地轻吟。

是意乱情迷，也是蓄势已久，她抬起手臂蛇一般绕上他的脖子，专注热烈地回应。

不知过了多久，绵长的吻才止歇，但他并没有松开他，只低头贴着她的湿润的唇瓣，轻喘片刻才低声问道："今晚……我可以求你吗？"

她一下子想到了在云境温泉时说过的话。

——"……除非你求我！"

——"好，我会求你的。"

……

脸一下子烧了起来，可哪能这么容易就答应他？她软软地哼了一声："不行，诚意不够……"

他一下一下啄着她的嘴角，声音喑哑，却极有耐心："你说，怎么做才够？"

她左右闪躲，却又抵挡不住诱惑，吃吃笑道："看你……表现……"

"你要给我机会，方能表现……"他吻了吻她的耳珠，按住她发软的身子，在她耳边循循善诱，"不如先回去，我们慢慢商量，嗯？"

最后，她到底还是输了阵，昏昏沉沉，半拉半抱地被他牵回了屋。

商量的结果嘛，自然是诚意足够了，理智也被他哄没了，只能任他使坏……反正她也总是栽在他手里，不差这一回。

从年少时的色授魂与，到如今历经生死离别重逢，辗转失散了这么久，

才终成这一夜七夕的金风玉露，如梦佳期。

幸而有你，便胜却人间无数。

宋雪心是被雷声惊醒的。

醒来时屋子里光线昏暗，窗外雨声淅沥，雷声阵阵，虽然是白天，却看不出时辰。

痴缠了一夜，此刻她只觉得眼皮沉重，浑身酸软，恨不得继续倒头大睡，可是心里却闪过一丝异样，急忙支起身朝身边看去。

身侧的枕衾余温尚在，却空无一人。

她心里一沉，往昔回忆骤然涌现，急忙拿起一件衣裳披上，正要揭被下床，门“吱呀”一声被人推开了。

是萧逐夜，他穿了一袭月白单衣，手里捧着一只热气腾腾的瓷碗，正不急不缓地走进来。

见她坐在床头，他有些惊讶，放下碗坐到她身边，柔声道：“怎么醒了？可是有哪里不舒服？”

她却只是定定地看着他，眼睛都不眨一下。

他这才察觉有些不对，伸手将她额前凌乱的发丝拨至耳后：“这么看着我做什么？”

她抿了抿唇，有些黯然：“我以为你又丢下我走掉了。”

这个“又”字，让他的心脏不由得微微抽痛，伸手将她搂进怀中，轻轻吻了吻她的额头，轻声道：“不会再有那样的事了，信我。”

她伸手环住他的腰，埋首于他胸前，闷闷道：“真的？”

“真的。”

话音才落，她便狠狠地在他锁骨上咬了一口，他忍痛抽了一声，她已抬起头来，目光阴恻恻的：“你算算看，骗了我多少次了？是你自己说的，长得越好看的人，越会骗人。你是惯犯了，要我怎么信你？”

这么多年前说过的话，她居然还记得。萧逐夜不禁失笑，轻叹道：“可

我也说过，不管我去哪里，都会等你来。你只记得我的不好，却不记得我的好，这不公平。”

说完，他从腰畔解下那枚常随身侧的白玉玦，摊开她的手，放入掌心中，再将她的五指一一蜷起：“这是我母亲的遗物，自小便伴着我。这七年间历经几多辗转，幸得保全。我将身心俱付于此，从今往后，你要妥帖收好。”

看着手中首尾相衔的白玉凤凰，她倏然想起十六岁那一年，满树落樱似雪，那个坐在树下的白衣少年，星眸微敛，笑着说道：“你回来了。”

七年的光阴轮转，也不过是个首尾相衔的环。而今，她已经回来，再不会离开了。

……

“……我要去见你父亲。”

正陷入感慨中的宋雪心模模糊糊地听到了他的后半句话，倏然从床上跳了起来：

“你说什么？你要去见谁？”

“你的父亲，宋老宗主。”他伸手按下她的肩膀，“婚姻大事，自然要征得长辈同意，你莫要激动。”

“婚……婚什么？”事情太过突然，她连要说什么都没想好，只是结结巴巴道，“我什么时候说过要……要……要……”

“莫非你还有别的选择？”他笑得十分温和，拉过她的手，按在自己的锁骨上，“已经留下了标记，难道想始乱终弃不成？”

她顺着自己的手看去，只见他衣领微敞，锁骨上一圈深深牙印，锁骨下方的肌肤上，还隐约可见某些说不清道不明的痕迹……

她顿时脸红了，一把推开他，气急败坏：“我才没有！无赖！禽兽！你走开！”

完全忘记了禽兽的那个人是自己……

他笑了笑，镇定自若地拢好衣襟：

“乖，把药喝了，再睡一会儿，我去去就回。”

与宋连城的交流，比萧逐夜预想的要顺利。

起手敲门的时候，他心中尚带几分忐忑，没想到进了门还未开口，宋连城便猜到了他的来意。

“萧谷主是为雪心而来？”

萧逐夜愣了愣，心里反倒安定了下来，点头道：“正是。”

宋连城笑了笑，邀他坐下，亲自执壶替他倒茶。

“这是我从龙渊岛带来的玉尖——墨阳湖一带独有的茶，来尝一尝。”

萧逐夜急忙双手接过，道了一声谢。

浅啜润喉之后，他便放下茶杯，坐正身子，缓缓开口道：“惊弦此次前来，是为了向宋老宗主求娶令爱。惊弦家身微薄，无以为聘，但情之所钟，不囿朝夕，唯愿与雪心相伴白首，此生定不相负。还请宋老宗主首肯。”

他特意以本名自称，语气也十分郑重。宋连城抬眼打量他，沉默许久，才轻轻叹了口气：“萧谷主自谦了，放眼整个江湖，光凭‘倾城谷’三个字，就没人敢说微薄。雪心何德何能，能得萧谷主青睐。”

萧逐夜闻言轻轻一笑：“宋老宗主谬赞了，此话应当我说才是。”

这句话让宋连城不禁笑了，片刻后却又皱起眉道：“雪心的母亲走得早，我事务繁忙，见她是个女孩儿，从没有善待过她。雪阳去后，我又报仇心切，将重振门派的重任压在她一人身上，事事紧逼，从来没有考虑过她的感受。直到半年前她生死未卜，我才发觉我这个做父亲的，竟连她喜欢的是什么都不知道……”

他的声音越来越低，眼中渐渐显出几分哀戚。

“我这半生陷于恩怨杀伐之中，到头来却一无所得。念及往昔，多有愧疚。虽说婚姻大事是父母之命，但如今，只要是她喜欢的，她自己选的，我一定不会反对。”

说着，他对着萧逐夜点了点头，那张线条冷厉的脸竟显出几分慈祥来。

“萧谷主，雪心虽是女孩儿，却自小顽劣，脾气也随我，十分倔强难缠。

今后你要多担待些，别和她一般计较。”

“好。”

“将她交托于你，我也就放心了。”

宋连城知道，他的时代已经过去了。

他再不是从前那个一剑可斩风云、一呼千人附和的南剑宗宗主，江湖中英雄辈出，代代更迭，不再有他的容身之处。

也好……就这么告别吧，虽不隆重，却也合宜。选个合适的日子回龙渊岛，陪陪亡妻和长子，趁着还能走路，看看曾经看过的风景。如果雪心愿意，或许还能等到她的孩子出生，含饴弄孙，安享余生。

放心……放下了，就心安了。

萧逐夜合上宋连城的屋门，往前走了几步，突然见道边站着一个素衣人影。

居然是许久不见的姚落英。

屠苏楼被毁之后，姚落英和几名幸存的弟子，跟随紫离、花墨予一同回了十八连环水寨，此后便一直住在这里，帮助聂五、华文宇他们一起对抗白门。

萧逐夜和宋雪心回来那一日，她刻意避开了。此后便是交换七羽，收回南岸，整个寨子都忙忙碌碌，也没有叙旧的机会，直到前一晚的庆功宴。

宴席她也去了，独自坐在角落里，一整夜都看着主桌上的萧逐夜和宋雪心。

说不难受是假的，但这些日子里，她也听说了很多事，隐隐明白那两人之间的羁绊非同寻常，旁人无法取代。而自己对萧逐夜的满心爱慕，终究也只能是一厢情愿，无疾而终。

亲眼所见，不过是让自己彻底死心罢了……虽然难受，却也释然。

感谢他曾经相救，也感谢这一段遇见。只是万事终有尽头，该到离开的时候了。

“萧兄，我是来和你道别的。”

萧逐夜轻轻“嗯”了一声，礼貌问道：“姚姑娘意欲何往？”

“我有几位师叔师伯从西域而来，聚集了好些散落四处的弟子，叫我回去重建门派。最近我也看到寨子里好多兄弟夺回了自己的家园，就想着，自己的确该振作起来了。”

“如此甚好。”他笑了笑，“屠苏楼虽毁，但只要还有一人在，就不算灭门。我相信以姚姑娘的才能，屠苏楼定会重现往日风采。”

“萧兄说的是。”她朝他微笑点头，“我这就要启程了，多谢萧兄此前的照拂，他日有机会定当报答。后会有期，珍重！”

“珍重。”

二

寨中的日子清静闲适，越发显得岁月悠长。

聂五的伤势日渐好转，华文宇则每日领众弟子练剑巡寨。这些天里，又有好些兄弟决定回去收复家园。在寨子里待久了，认识了许多有同样境遇的好朋友，大家结伴同行，既能互相鼓励，也可以彼此扶持帮护。寨子外头频频传来的好消息，更是给这些热血犹存的人带来了希望。

转道倾城谷的樊素玉也回来了，除了带来几位长老有关于游魂针和西域巫医的诊治意见，还带来了一件极其重要的东西——宋雪心的随身佩剑红棘。

自空青堂一役之后，红棘被萧逐夜自废墟中捡回，妥善收藏于倾城谷中。这一次重回宋雪心身边，她喜不自胜，一连抱着剑睡了好几夜。

白司秦的病一直没有好转，但幸好樊素玉带来了几位长老有关于此病的一些手札，再加上《清澄丹书》的记载和这段时间凌天涯的参详，师兄妹几人商讨数日，终于总结出了一套医治之法。

只是这法子里需要用到几味极其难找的药材，有些甚至只存在于传说中，因此凌天涯决定亲自带着白司秦前往巫医出没的地方寻药。事不宜迟，两人很快就动身上路了。

而花墨予那边也有消息传来，他已经想办法见到了“木鱼先生”，并确认“木鱼先生”正是下落不明的倾城谷前任谷主萧轻寒。只是将他带走还要花一些工夫，让大家再耐心等待些时日。

这段日子里送信来的还有云深，他说自己最近夜观天象，见荧惑守心，卜卦问签之后算到不日东南方会有大灾劫，特意来信提醒他们小心。

在宋雪心来十八连环水寨之前，云深就已经带着胡缜回了明镜山庄。

经过倾城谷众人尽力救治，胡缜的手脚筋脉已经续接，但毕竟不能恢复如初，终生也不能提剑握刀。云深却不甚在意，只说这个孩子与自己有缘，坚持要收他入门。原先胡缜十分抵触，但这半年之中，心思也慢慢转变，最后终于松口答应，云深便赶着回去行拜师之礼了。

对于这位神神道道的庄主的来信，寨子里大部分人都和紫离的态度一致：“看过就算了，怪力乱神之说不可当真。”

身为大名鼎鼎的明镜山庄庄主，也不知道听了这些会不会觉得委屈……

整个寨子里最无忧无虑的人，大概要算宋雪心。原本她就不大热衷于江湖恩怨，如今记忆也恢复了，红棘也回来了，哥哥的大仇也报了，亲朋好友都在身边，心爱之人近在咫尺，每日与清风明月为伴，闲来教宋雪辰练练剑，兴起和聂五比试一场，每天吃得下睡得香，日子简直过得和神仙没两样。

越舒坦，越懒得理会江湖上的纷争。谁成王谁败寇，谁合纵谁连横，是谁今日一呼百应又是谁明日被千万人踩在脚下，统统与她无关。

但不理会，并不代表不存在。

你不去理会他，不代表他就会放过你。

后来他们才知道，那一日在南岸水寨遇见白翳匆匆离去，是因为彼时北剑宗的齐朗突然叛变了。

齐朗不知从哪里得知白司秦被逐、白舜华受伤的消息，暗中联络了几个同样不愿臣服于白门的帮派，趁着白门全力攻打十八连环水寨的时机，一同

起事，以雷霆之势除掉了留守在这几个门派中的白门弟子，再以剑宗令为号，称自己为“中原武林正统”，打着要将西域蛮夷逐出中原的口号，直接和白门翻脸。

其实他的反心一直有，从前他不甘心屈居于宋连霆之下，现在又怎么甘心屈服于白翳之下？只是没有找到合适的时机罢了。如今有这么好一个收复人心、借势上位的机会，他自然不会放过。

历经青城派灭门一事，江湖上的肃杀之气已经被压抑到了极点，他这一振臂高呼，顿时就得到了许多热血男儿响应，怀揣各种心思的江湖中人迅速围聚到了北剑宗，一致推举齐朗为“武林盟主”。

齐朗顺水推舟地做了这个盟主，上任的第一件事，就是讨伐白翳。

十八连环水寨尚未攻下，背后又被捅了一刀。白翳腹背受敌，手下又无人可用，不得不亲自出马，连夜带人直赴承影山。

听说那一战的场面十分惨烈，可谓血流成河，尸横遍野。白门的傀儡人几乎死绝了，但齐朗手下那些各怀心思的乌合之众也没有讨到一丝便宜，死的死，伤的伤。十成的盟友，最后只剩不到一成。

最后，齐朗被白翳亲手斩于剑下，剑宗令被夺走，剑渊中的上千册典籍也被付之一炬。

短暂的“武林盟主”之梦，也就此落空。

虽然白门赢了这一战，但损失可谓极其惨重，不光失去了叫人闻风丧胆的傀儡人，就连原先收服归顺的“盟友”都所剩无几——一半是被齐朗鼓动，倒戈加入了武林盟中，最后多半死在了承影山；还有一半，则是被悄然从十八连环水寨里离开的人趁乱收回接管了。

这样的情形之下，不要说再次合围十八连环水寨，只怕连保住承影山和长恨岛都难。

白门在这半年里迅速建立的强权，也在极短的时间里犹如大厦将倾，大有土崩瓦解之势。

十八连环水寨这边虽然暂时无事，但华文宇得到了萧逐夜的提示，暗中派人在江湖上大肆散布白司秦失踪、白舜华身亡的消息，许多原先还在观望的人更加看衰白门运势，纷纷与之离的离、断的断，一时间个个都成了正义之士，成天将“为中原武林正统而战”挂在嘴边，全然忘了几个月前是如何谄媚逢迎，又是如何一掷千金赌白门能一统江湖。

许多人都猜测，事已至此，颓败之势不可挽回，白门短时间内不可能再掀起什么大风浪，白翳势必会带着剩余门人暗中西归，保存实力，休养生息，再图后事。

谁知这位如飓风般席卷了整个中原武林的年轻人，再次做出了一桩让所有人震惊的举动——

他在南剑宗的龙渊岛设下了“珍宝局”，邀“有心人”赴约。

所谓的“珍宝局”，即白门一路东进的这些年头里，从各个门派劫走的“珍宝”。

其中有许多算得上是镇派之宝，比如扬威镖局的镖旗、空青堂的诊疗笔记、长恨岛的碧玉钉图谱……最有名的，则是青城派的晦明双剑和剑宗的剑宗令。

“有心人”，也就是有心拿回这些“珍宝”的人。

白翳的邀贴中写得很明白——若是八月十五之前，没有人来赴这个“珍宝局”，那么整座龙渊岛连同这些传承数代的镇派之宝，都将被付之一炬。

作为本门弟子，哪有人不想夺回本门之物？即便不是这一派的弟子，也不想看到这些赫赫有名的传承之宝就这么毁于一旦。

可是谁都知道，这一个局必定万分凶险。白门本可以蛰伏休养，可白翳却偏偏在这个时候选择了公开对峙，只怕是孤注一掷，破釜沉舟。

一字一字看完聂五递来的帖子，宋雪心脸上的表情从最初的怒不可遏，到越来越平静，最后居然还笑了一声：“龙渊岛？他可真会选地方。”

果然当初要用七羽换龙渊岛只是缓兵之计，只要他想，拿下一个连主人都不在的龙渊岛又有什么难的？

龙渊岛中心七星湖边的七星阁，就是他此次设下“珍宝局”的地方，也是历代南剑宗宗主起居理事之处。七星阁共有七层，站在第七层上，可俯瞰墨阳湖，天气好的时候，甚至能看到远处的千百岛屿。

偌大江湖，他偏偏选了这里，聂五一语道破：“他是为了逼你去见他。”

也难怪他会这么想，就连宋雪心自己都这么觉得。

各个门派的宝物，与她何干？就算是剑宗令，她也懒得去拿。在她看来，东西是死的，人是活的，难道没有了剑宗令，剑宗就不存在了吗？

但是龙渊岛不同，那里是她的家。

那儿有娘亲和哥哥的墓，有凌珠的墓，有她从大到小所有的愉快和不愉快的记忆。

她不可能眼睁睁地看着龙渊岛被毁，最后她还是得去赴那个局。

这不是什么自作多情，只是她多少了解白翳的为人——

敢侮辱他的，他一定会加倍讨回。

敢拒绝他的，一定要受到惩罚。

得不到的，一定要毁掉。

“那就去。”她抬眼看了看周围的人，“你们还有谁要一起？”

众人纷纷举手，她看了一眼，逐一点过去：“芳歌和文宇要看着寨子，就别去了；长安伤还没好，也别去了；你们几个武功低微，去了也是白搭……”

点了一圈，竟然一个能去的都没有。聂五轻哼了一声，眼皮都没抬，一副根本不打算理会她的样子。华文宇也反驳：“剑宗令本就是我北剑宗保管的，如今师父不在了，齐师兄也被杀了，我若是再躲着做缩头乌龟，江湖上岂不是要笑我北剑宗无人？”

宋雪心皱眉：“你们以为那是去玩的吗？白翳是什么样的人，你们哪有我清楚……”

话音未落，便被一个温和的声音打断：“每个人心中都有自己的取舍，雪心何必强求？”

看着站在议事厅门口的那个玄衣身影，她神色一动，急忙上前去，拽着他的袖子，将他拉上前来：“只要你和我一起去就够了，何必那么劳师动众？他们还有其他重要的事要做，那个什么局，一看就是白翳的阴谋……”

她这话说得如此理所当然，萧逐夜不由得笑了笑，低头看着她，目光柔和。

她能够这样不见外，他心里很是高兴，原本这件事就算她不说他也会去，只是如今……

“抱歉雪心，这次我恐怕不能陪你一起去了。”

“哎？”她愣了愣，“为什么？”

萧逐夜将手中一封密函递了过去：“大妙如意城出事了。”

密函是紫离刚刚才收到的，发函人是倾城谷留驻双城的弟子。花墨予当初要前往大妙如意城，就是在双城休整，备足了水粮，乔装成货商过了虎踞关。

原本他们和双城的人说好三日一信，二十日左右即归，让这边做好接应的准备。谁知二十日过去，不光人没有回来，连三日一信也中断了。

最近的一次信里，花墨予提到已经说服沐雨先生和他一起离开，城里没有什么武功高强的人，事情进行得很顺利。

但是过了三日又三日，却再没有任何音讯传来。

有商队回城，说是在关外遇到了巨大的沙暴，商队连人带骆驼损失了将近一半。双城这边急忙派人出关去查探，却带来了整座大妙如意城被风沙摧毁，半座城都被流沙吞没的噩耗。

在西域荒漠，沙暴极其常见。大妙如意城作为曾经渠犁的都城，不可能如此轻易就被一场沙暴毁成这样，双城那里的主事急忙调派了大量人手去调查，果然在主城的废墟下发现了数座阻隔流沙的闸口。

这些闸口年代久远，应该是建城时就一同建造了，平时用以阻隔附近地下的流沙涌入城市，长年累月下来，流沙几乎已经将整座城的地基包围，只

要一开闸，街道屋舍很快就会被流沙吞没。

也不知道那一晚是谁拉开了沙闸，正逢沙暴肆虐，昏天暗地，日月无光，偌大一座古城就如同被上古巨兽吞噬，无声无息地被掩埋在了黄沙之下。

双城的主事试图寻找花墨予和沐雨先生的下落，但是沙暴推动了附近沙丘，加上城市陷入流沙，沙砾堆积最高处足足有几十丈，光靠人手挖掘，一时半会儿根本没有进展。

大妙如意城附近方圆几里也都遭了沙暴，许多地方都改头换面，连原先的路标都认不出了，这种地方要找两个人，简直就是大海捞针一般艰难。

……

紫离一看完信就哭了，哽咽得一句话都说不出来。樊素玉倒还算冷静，急忙找萧逐夜商议，三人当下就决定，立刻前往大妙如意城一趟。

他正想来辞行，谁知宋雪心这边，也正好收到了白翳的"珍宝局"邀帖。

虽说事从缓急，但是眼前这两件事，却难分轻重。

对宋雪心来说，一边是自己的家园，一边是萧逐夜的亲友；而对萧逐夜来说，一边是师父至交的性命，一边是宋雪心的家园和安危。

没有什么应该不应该的，同样的事对不同的人，意义原本就不可能一样。

宋雪心沉默半晌，轻轻吸了一口气。她想起那座生活了半年的古老石城，那个总是叫她"茵茵"的文雅老人，还有那个总是花枝招展、言笑晏晏的男子。

萧逐夜说得对，她无权去要求别人做什么，但她可以做好自己该做的。

"那好，你放心去西域，这边交给我就行了。"她回头看了一眼，"至于你们，想去就一起去，但是去之前，一定要考虑好，最坏的结果是什么。"

萧逐夜笑了笑，还真是干脆利落，颇有她的风格。

他牵起她的手，将她拉到屋外廊下，柔声道："我即刻就要启程，紫离和素玉也要同去。这边的伤者，我会另外调几位定风城的大夫过来帮忙护理。此外，白燕升擅使毒，会驱毒物毒虫，我留了一些解毒药物，你自己上了岛也要万事小心，不要逞强。如今大妙如意城已毁，白翳没有退路，你要留意

他……”

话没说完，她突然凑上前来，在他唇上轻轻一啄，温暖柔软的触感让他顿时愣住，一时忘了接下去该说什么。

这是议事厅外的走廊，时不时会有人走过，她还真是胆大妄为。

“说这么多，比我爹还啰唆。”她斜睨了他一眼，“又不是生离死别，我也不是小孩子，有这个时间吩咐这个吩咐那个，不如说些……”

见她语速放缓，眼珠乱转，他不由得失笑，语气低沉：“你要我说什么？”

“不如说些甜言蜜语？”她勾唇一笑，“那种可以让我不断回味，记到下一次见面的时候的甜言蜜语。”

“好。”他笑了笑，轻轻搂上她的腰，凑近她耳边，慢慢道，“愿你我此行，皆能得偿所愿。”

他的气息拂在她耳边，痒得不行，她边笑边躲：“就这个？这算什么甜言蜜语？”

“还想听的话，下次补上。”他笑，“留着念想，方能回味。”

“狡猾！”

三

当远处七星阁高大的影子破开水光，映入眼帘的时候，宋雪心才发现，自己差不多有十个月没有回过家了。

走的时候是一个人，回来的时候却声势浩大。湖面上足足排开了六条船，浩浩荡荡的阵仗让附近的岛民还以为是官兵来剿匪了。

这是华文宇的主意，他主张把江湖上那些想要去龙渊岛夺宝的人都联合起来，共赴“珍宝局”。这样一来，有心无力的小门派有了靠山，大一点的门派也多了帮手，百利而无一害。

宋雪心有时候觉得，比起齐朗，华文宇说不定更适合做武林盟主。经他一番游说，各个门派几乎都同意联手，可见他的口才和他的武功一样，十分优秀。

墨阳湖虽大，但湖面上岛屿众多，一连六条大船穿行其间，速度怎么样也快不了。宋雪心站久了有些无聊，正要进舱，身后突然传来一个声音，道："雪心可是在担心'珍宝局'的事？"

她转过头，见来者是云深。

他还是如往常一般，一袭布衣，背负桃木剑，那盏从不离身的小灯笼闪闪烁烁地挂在腰畔。

云深是在大部队准备登船的时候突然出现的，他说自己特意赶来给宋雪心加油打气。来帮忙就直说，加油打气是什么鬼？简直叫人哭笑不得。

但宋雪心一直记着他是哥哥的好友，而且后来也从紫离口中得知，当初她被诬陷下毒暗算宋连霆时，是云深多方奔走调查才还了她清白。虽说她不在乎名声好坏，但对于云深的帮忙，她一直心存感激。

因此，加油也好，帮忙也罢，她都欢迎。

"会发生什么，一会儿上岛就明白了，没什么好担心的。"她微微一笑，"倒是云庄主，让阿缜一个人留在明镜山庄，不要紧吗？"

"放心，你大侄子好得很，我们明镜山庄有妖怪守门，寻常人进不去。"云深朝她咧出一个大大的笑容，"等这里的事情了结，欢迎你去做客。"

自从正式拜师之后，胡缜已经改姓为"云"。

他的生母欧阳蕙已遁入空门，每天除了照顾不能行走的老父欧阳云天之外，就是吃斋念佛不理俗事；养父胡少英被宋雪心打断手脚之后已和废人没什么区别，"胡"这个姓氏对小小少年来说是一场梦魇，恨不得丢掉。

但亲生父亲的"宋"姓，于他还太过陌生。宋氏一门都是剑道高手，胡缜却此生再不能用剑，若是传承了这个姓氏，对他来说也不啻为一种折磨。

改姓云深的"云"字，是胡缜自己的决定。他小小年纪，历经磨难，性子渐渐敏感乖戾，幸好得到云深教导陪伴。云深为人宽厚乐观，有他照拂看顾，宋雪心也十分放心。

这么一说，自己欠他的似乎又多了一条。

宋雪心点头笑道："好啊，我倒要去看看，传说中只照妖不照人的明镜山庄，到底有什么特别之处。"

云深见她神色如常，与半年之前并无分别，甚至眉宇之间更加清明开朗，忍不住感慨："看见你现在这样，雪阳也可以安心了。"

宋雪心被他说得心中一动："云庄主，你当年是怎么认识我哥哥的？"

不料云深居然眨了眨眼："秘密。"

"那他是什么时候写的信让你对我多加照拂？"她顿了顿，"他不能预料自己的生死。在没有被白轩辕盯上之前，他根本不需要委托别人来照顾我。不对，是他知道我根本不需要别人照顾……信上所言究竟从何而来？"

云深嘿嘿一笑："当然是……托梦写下的啊！"

"……"宋雪心觉得跟他讲话真是太累了……

"雪心呀……"云深语重心长地叹了口气，像个长辈一般地揉了揉她的发顶，"世上很多事都不用那么较真的。你只要知道，雪阳希望你能幸福，我也绝对不会害你。虽然比起我来，萧谷主还差了一点儿，不过你喜欢最重要。等龙渊岛的事情一了，雪阳的心愿也该达成了……"

他还真是大言不惭，宋雪心不禁失笑："萧逐夜比你差在哪儿了？"

云深嘿嘿一笑："别的不说，我的阅历，他一定比不上。"

阅历？他们俩不是差不多大吗，阅历再多能多到哪里去？说得好像他已经七老八十似的……宋雪心决定不跟他瞎扯了，随口问道："那以云庄主丰富的阅历来看，白翳所谓的'珍宝局'意欲何为？"

云深道："我不知道。"

"……"说好的阅历呢？

"但我知道，他一定不是认真地想要称霸武林。"

云深补充的这一句，却让宋雪心神情一肃，目光也沉凝下来："为什么这么说？"

说实话，自从白门突然血洗青城派开始，她就隐隐有这种感觉了。

"因为想要当霸主，要么靠武力，要么靠智慧。从武力上来说，白门有

开疆拓土的实力，却并没有好好花心思去经营，对一个想要称霸江湖的人来说，目光实在短浅；可若要以德服人，他们血洗青城派一事，只会让结果适得其反……”

云深每说一句话，宋雪心的眉头就拧得更深一些。

或许是她比别人更了解白翳的缘故，这个人心思缜密，绝对不会没有做好准备就去夺取，除非他根本没想过要去维持；他也不可能做什么以德服人的事，哪怕是暂时的逢迎示弱，对他来说都是耻辱，将来必会加倍讨回。

那么他这一路东来，闹出了这么大动静，人人自危；如今式微之下还不低调行事，反而公开挑衅，到底是为了什么呢？

正想着，不远处的一座小岛背后突然驶出了一艘小艇，正是之前他们派去探路的快船之一。

小艇很快靠了过来，前去探路的人回禀，龙渊岛码头周围没有发现什么埋伏，甚至连一个守卫的人都没有。

“确定？”宋雪心皱眉。

“对，地图上标注的地方我们都去探过了，确实没有人。”那人也很疑惑，“他们这是要唱空城计吗？”

宋雪心沉吟片刻道：“即使没有人也不可轻敌。岛上有施毒高手，大家还是要多加小心。”

说着，她便开始和华文宇部署上岛诸事，回头看到云深依旧悠闲地抱臂立在一旁，于是问道：“云庄主可要同我们一起上岛？”

云深笑眯眯地摇了摇头：“我就不去了，说了这次是来给你加油打气的。而且我来之前算了一卦，这次的局面，需要你独自面对解决，方能永绝后患，我就在这里等着你回来吧。”

虽然去不去是他的自由，她也不会强求，但是理由是“算了一卦”这个……好吧，姑且相信这是他的独门秘技好了，毕竟前几次他算出来的卦象还是有几分准的……

“也好，那就烦请云庄主替我看守船只，多多留意四周，以防有人偷袭。”

“行，你自己小心。”

午时刚过，第一艘船便缓缓靠岸。宋雪心自甲板上望过去，果真如探子回报的那样，偌大的码头静悄悄的，半个人影都见不到。

看起来周围也没什么古怪之处，一切都和她十个月前离岛时一模一样。

按照先前的计划，宋雪心留了一半人在船上，剩下的人跟着她一起下船，踏上了码头。

依然没有异样，周围安静得只剩水浪和鸟鸣的声音，以及许多人轻而细碎的脚步声。

“搞什么鬼。”宋雪心嘀咕了一声，目光顺着地势一路走高，望向岛中心的七星阁。

从码头走过去的路不算远，需要爬上一座山坡。山坡上每隔九十九级台阶，便有一座高大古朴的石牌楼，一共有三座。穿过最后一座牌楼，就是南剑宗的山门。

沿着宽大的台阶拾级而上，两边的树木高大茂密，间或有几座古老的石碑和握剑起舞的石人立于树干之间，石碑上记载着剑宗开宗立派以及门派中的大事记，许多已经残破不堪，可见年代久远。

宋雪心走过这些熟悉的景致，却无心驻足，心头的不安越来越深重。

太安静了，安静得古怪。

眼看走过了最后一座牌楼，两扇紧闭的朱漆大门近在眼前，门前匾额上的“龙渊”二字，如一双眼睛，静静地看着众人。

宋雪心没有犹豫，率先走上前去，伸手推了推门。

厚重的门没有闩上，随着她的力道缓缓朝两边打开，露出一条四五人宽的青石板大道，一直通到前厅。

路两边是高大的银杏和松柏，隔得远一些的是弟子们平常练功起居的地方，如今都空无一人，因此显得一群人走在石板路上的脚步声分外清晰。

无形的压迫感逐渐笼罩在各人心头，初时满满的斗志也在这种诡异的安静中慢慢消磨，再这样下去，还没见到正主，只怕大家的锐气就没了。

宋雪心皱了皱眉，大步朝前走去，抬腿一脚踹开了前厅的门。

门后依旧空无一人，桌椅都摆在原来的位置。众人鱼贯而入，终于有人忍不住了，问道：“这里为什么一个人都没有？”

声音在空荡荡的厅中回响，袅袅余音中，似乎有一丝轻微的沙沙声，自墙角四壁传来。

来的都是武林高手，很快都捕捉到了这异样的声音，顿时警觉地聚拢，四下观望。只听走在最后的人厉声喝道：“蝎子！”

他的喊声仿佛一个暗号，沙沙声骤然变大了起来，众人抬起头，只见屋梁上、桌椅下……隐在暗处的角落里，竟纷纷涌出了一只只漆黑的长尾蝎，身体有鸡蛋大小，螯足巨大，粗粗一眼看下来，不下百十只。

宋雪心想到萧逐夜的嘱咐，即刻出声喊道：“大家小心有毒！”

中原武林人士甚少见到如此形貌的毒物，一时都有些慌乱，其中一人离窗较近，当下便挥动手中的九节鞭砸开了窗棂。

他本想破窗而出，谁知，碎裂的巨响之后，紧跟着响起一线清脆的铃音，随即又扯带起更多的铃声，绵绵密密延伸开来。

一时间，远远近近，铺天盖地，满耳都是铃音。

宋雪心看了一眼，只见那扇被砸坏的窗外悬着半截丝线，丝线上系着一个小铃铛，丝线另一端往外延伸，尾端又连着另一扇窗子上的丝线，那上面也悬着铃铛。

这一眼也看不到尽头，想必这张丝线结成的铃网十分庞大，只要动了其中一处，就如同湖面涟漪一般，波动随着丝线连绵传递，连带着震响了线上的铃铛。

看起来，这像是一个……机关，提醒有人来了。

可是，究竟是要提醒谁呢？八月十五的“珍宝局”，时间是早就约好的，白翳早知道他们会来，何必用这么麻烦的方式来提醒？

但如今已经没有时间让她深想了，周围的黑蝎群越逼越近，空气里弥漫

着一股古怪的腥臭味，宋雪心果断地快走几步，抡起手边一张椅子砸向了通往另一头的门。

不出所料，那扇门外也系着铃铛，被砸开的时候，本已经势尽的铃音再次绵绵响起。宋雪心说了一声“走”，便率先跃了出去。

门外是南剑宗的演武场，场地十分宽阔，两边各有一座高大的试剑台，刻着剑宗的门训。跨过演武场便是宽阔的白石台阶，直通山坡顶上的七星阁。

这一次，他们终于看到了人。

只有一个人，直直地站在演武场另一边，白衣黑发，唇边留着整齐的短须，正是白燕升。

他静静地看着众人冲进演武场中，走得慢的几个人，挥舞手中的武器驱赶着蝎群，可是也不知道为什么，那上百只蝎子追到了演武场边缘，就不再前进，反倒挥舞着螯足，潮水般地退了回去。

这情形，像是故意要把他们赶过来的。

宋雪心警觉地看着白燕升，据她所知，白燕升本身武功并不十分高深，此时此刻，既然他敢独自面对几十号高手，必然还另有准备。

“宋宗主一别金安。”白燕升笑了笑，居然出人意料的客气，“想起往事，可喜可贺。”

宋雪心可没忘记，当初自己所中的游魂针正是他下的手，虽然她重伤之际也全赖他相救，但此一时彼一时，功过相抵。如今立场不同，她也无意与他交恶，只是淡淡道：“白堂主等在这里，是为了迎接我们吗？”

“不，我迎接的是你，不是你们。”白燕升微微一笑，“至于其他人，自有别的人迎接。”

他这话刚说完，衣袖一挥，袖中也不知道飞出了什么，撞在了一侧试剑台上。

刚刚才平复下去的铃音再度绵绵不绝地响了起来，似乎更加急促，更加高亢。

随着这第三阵铃音响起，演武场四周骤然响起了纷杂的脚步声。

众人自前厅突遇蝎子之后，便一直十分警觉，此刻听到这脚步声，早已纷纷举起手中的武器。

只见试剑台背后的走廊上突然冲出许多人，甚至还有人直接从高台上跃下。每个人的衣饰都不一样，唯一相同的，是手中闪着寒光的武器，和脸上木讷僵硬的表情。

宋雪心一眼看过去，心中一沉，忍不住和华文宇对望了一眼。

难道是……傀儡人？

这一次赴“珍宝局”，宋雪心好不容易说服受伤未愈的聂五留在了十八连环水寨，芳歌也没有一起跟来，因此在场的这些人里面，只有她和华文宇近距离地与傀儡人交过手。眼前这些人，虽然形貌各不相同，但看这冲杀时不管不顾的劲头和茫然无知的神情，与水寨遇到过的那些傀儡人如出一辙。

但是，当初随着白翳离开水寨的傀儡人，大多数都在承影山和齐朗一战时死绝了，这么短的时间里，怎么又冒出了这么一大群？

正疑惑间，人群中有人惊叫了一声：“师兄！”

出声的是一个随华文宇一起来的寨中兄弟。那人本是扬威镖局的一名镖师，镖局落入白门手中之后，他因为不满白门而投奔了十八连环水寨，这次是为夺回镖旗而来的。

会被他叫作“师兄”的人……难道这群傀儡人偶中，有扬威镖局的人？

她循声望去，果然看到那人正拉着一个汉子急迫地说着什么，但对方无知无觉，手中的长刀只想往他身上砍，完全看不出半点有交情的样子。

宋雪心心里顿时生出了一些很不好的预感，朝华文宇示意了一眼：“事情不妙。”

不等华文宇有什么反应，周围已经接二连三地响起了或惊讶或喜悦的声音。有更多同来的武林人士认出了自己的亲朋好友，那些大都是当初门派被白门所占时，选择归顺或者留下的人。

这其中，甚至还有华文宇的师弟师妹，以及当初留守在龙渊岛的南剑宗弟子们。

但是这些被认出来的人看到同门时，却没有任何反应，木然的眼中只剩杀气，手中的武器也毫不留情，一个劲地朝呼唤着自己的亲友砍去。

也因为如此，许多人一时急着相认，毫无防备，顿时就受了伤，甚至还有人被刺中要害，连连哀号，看起来凶多吉少。

其他人后知后觉地拿起武器迎敌，但毕竟面对的都是熟人，即使当初选择的道路不同，却也不至于反目成仇，下手时多有顾虑，不比那些无知无觉的傀儡人偶，一心只想将对手置于死地，受了伤也不知道后退。

虽然他们这边的人武功更高，人数也略胜一筹，但在这种情形之下，完全没有占到上风。

宋雪心又惊又怒，一剑将围攻华文宇的北剑宗弟子逼退，对着白燕升怒道："歹毒至斯，好不要脸！"

"过奖。"白燕升仰了仰头，脸上闪过一丝冷笑，高声道，"这一批药偶制作时间太短，因此并未完全失智，假以时日还是能恢复如常的。各位刀下留情，别伤了同门。"

此话一出，无异于火上浇油。他明明白白说了这些人还能救，那就更不忍心痛下杀手，大多数时候只能防不能攻，群雄一时捉襟见肘起来。

只听白燕升笑声悠悠："宋宗主，事到如今还要和这些人共同进退吗？反正这些药偶也不会伤你，你还是快快随我去见门主，何必管这些人死活？"

这话说得模棱两可，十分引人遐想，众人的目光不由得落在宋雪心身上，果然发现她虽然身处混战之中，但那群傀儡人却并没有主动去攻击她，甚至看到她的身影趋近，反倒纷纷躲避开来。

见此情景，好些人不由得想起江湖上那些有关"南剑宗宗主宋雪心"的传闻来。

半年前宋雪心突然失踪，再出现时，代替长恨岛少岛主叶灵芷嫁给了白翳。接着与白翳共赴青城山，全程参与了青城派的灭门之祸。

这些一起上岛赴"珍宝局"的武林人士，在今日之前大都是互不相识的，大家不过是听了华文宇的游说，决定临时联手罢了。当初华文宇确实解释过，

白翳的新婚妻子是假的南剑宗宗主，这次一起上岛的这个才是真的宋雪心。但毕竟他们和南剑宗宗主并不熟悉，口说无凭，如今见她和白燕升一副十分熟稔的模样，傀儡人也不袭击她，不由得心生怀疑起来。

宋雪心虽然不明就里，但也明白这显然是白燕升的离间之计。此事不解决，时间一长，人心惶惶，对他们这一方更加不利。

她皱了皱眉，挽了一个剑花，退至华文宇身后，低低道："你想办法去催动那张铃网，我去将白燕升控住，省得他继续胡说八道。"

从铃网下手，是她方才一瞬间想到的。

她曾经听过五君子关于《清澄丹书》中"药偶"的讨论，他们认为白门后来制作的这一批傀儡人，要比之前空青堂的那一批更加高级，可以做更加复杂的动作，也不必使用埙音来控制。但是要让没有意识的傀儡行动，必然还需要什么其他的指令，可能是一句话或者一个动作，甚至一个图案，只是这些都尚未明确。

但眼下情况略有不同，白燕升自己也说了，这一批傀儡人是短时期内赶制的，必然没有攻打青城派和十八连环水寨的那一批改造完善。那会不会也和空青堂那个时候一样，是需要用特殊的声音来催动呢？

——比如，铃声。

她记得，窗户被打破的时候响起了第一阵铃声；门被撞开时，是第二阵；最后一阵铃声，则是白燕升亲手催发的。直到这个时候，傀儡人才突然出现。

是不是说，必须要三次铃音，才能控制傀儡人进攻？

那如果再多催发几次，有没有可能打乱这种控制，或者出现其他的转机？

反正也没有更好的办法，姑且一试好了。

华文宇应了一声，虚晃一招，朝试剑台方向而去，宋雪心则纵身跃起，提剑朝着演武场边的白燕升扑去。

见她来势汹汹，白燕升急忙退后一步，双手一合，又用力分开，掌中逸

出数道白烟，劈头盖脸朝宋雪心罩来。

不用想便知道这烟雾必然有毒，可宋雪心却没有一点要闪躲的意思，腕力下沉，红棘直刺白燕升胸口。

白燕升目光一紧，连退好几步才狼狈避过，同时挥动两袖，袖中飞出数点寒星，夹杂着幽蓝光芒，朝宋雪心飞去。随即自怀中抽出一支铁笛，架住了她的当胸一剑。

宋雪心拧身避过，幽蓝暗器撞在演武场地面的石板上冒出一股白烟，石缝中的青草顿时枯萎焦黑。

她皱眉看了一眼，手下攻势更加强硬，红棘如疾风骤雨一般。白燕升手中铁笛左右抵挡，不时夹杂暗器，都被宋雪心一一躲过。

不多时，耳边响起阵阵铃音，她心中一定，冒险执剑横削，红棘从白燕升双掌间隙穿过，竟一剑削去了他三根手指。

但同时，一枚淬着剧毒的三尖袖钉也从她的面颊划过，皮破血流，破口之处立刻变成了黑色。

白燕升手中的铁笛脱手飞出，疼得冷汗直冒，一边捂住伤口，一边却不断冷笑道："此毒若是没有解药，三日之内必死无疑，宋宗主若想保住性命，就……"

他的话还没有说完，宋雪心已飞快地从腰囊中掏出一只小瓷瓶，打开盖子，将瓶子里的药丸一股脑儿倒进嘴里。

很快，她脸上的黑气以肉眼可见的速度褪去，最后凝结于伤口一线。她伸手重重一抹，有黑色污血淋漓而下，又被她用衣袖随意擦去。

血迹变成了鲜红色，又很快凝结了。

这时候，第二阵铃音绵绵不绝地自四面八方传来，身后的刀剑之声，也渐渐低弱下来。

白燕升喘着粗气，目光阴沉地看着她血迹未干面无表情的脸，突然间大笑起来："我竟忘了，你有我那位小师弟一心一意护着，这种程度的毒都伤不到你……他人呢？叫他过来！我倒要看看，他到底有什么了不得的本事，居然可以让那个老顽固把谷主的位置传给他！”

宋雪心顿时心中一动，道：“你们当初为何要将‘木鱼先生’带到大妙如意城？只是因为他可以治好巫医留下的病根？”

白燕升掌中剧痛，又眼看铃声过后，演武场中的傀儡人行动受阻，心中已是烦躁不已，忍不住脱口而出道：“要不是他还有这点用处，我何必留他到今日……”

话未说完，他突然警觉：“你怎么会知道萧轻寒和巫医之事？”

宋雪心没有回答，她想知道的事，已经确认了。

听到身后脚步声不断传来，她飞快地往旁边一闪，低声说了一句“交给你们了”，便往前方台阶上冲去。

因为铃声的干扰，演武场上的傀儡人失去了控制，行动迟缓，四下乱转，群雄终于得以脱身。可尽管如此，方才一场恶战也已经折了好几个高手，剩下的人里又不得不分出人手来照顾伤者和看守白燕升，因此最后跟随宋雪心来到七星阁前的人，只剩下原来上岛的一半。

宋雪心抬头望了一眼高大的楼阁，正要推开紧闭的大门，头顶上方突然传来了熟悉的声音：

“雪心，辛苦你，到这里就可以了。”

这个语气，轻柔又甜蜜，却偏偏十分清晰，传进每个人的耳中。

宋雪心再次抬头望去，只见原本空无一人的七星阁顶层围廊上，突然多了一个人，正是白翳。

在他身后，日光灼灼，长风猎猎，墨发白衣被风吹搅在一处，翩然若仙，仿若随时都能羽化而去。

她皱了皱眉：“你叫错人了吧？”

“怎会？”他笑，“偌大江湖，谁不知道我的妻子是南剑宗的宋宗主？”

“那可不是我。”

“别闹了，你不是南剑宗的宗主？你不叫宋雪心吗？”他的声量不大不

小，温柔缱绻，语气中满是无奈宠溺，就好像眼前的她，不过刚刚在和他置气而已。

围在阁前的人再次朝宋雪心投来了怀疑的目光，方才虽然全靠她解围，但毕竟傀儡人唯独不攻击她一事还没有叫人信服的解释，如今白翳又这样说话，怎么能不叫人心生戒备？

宋雪心简直气坏了，真真假假，无凭无据，一时又怎么能说得清？

挑拨离间，太阴险了！

“叫桃夭夫人出来。”她怒道，“是真是假，当面说清楚！”

话音刚落，白翳还没有说话，就听到一个娇媚的声音道：“找我有什么事？”

眼前紧闭的大门“吱呀”一声被拉开，门后站着一个白衣白裙女子，身形窈窕，云鬓上簪着数朵鲜嫩的玉簪，一袭长长的白纱蒙住半张脸，柳眉纤长，目若秋水，正是桃夭夫人。

宋雪心也不客气，沉声道：“将你的面纱取下来！”

桃夭夫人轻笑一声，语气中带了几分不屑：“你真要看？”

“取下来！”

桃夭夫人嗤笑一声，探手取下面纱，整张脸顿时暴露在众人面前，竟让在场诸人忍不住发出了惊叫声。

宋雪心也愣住了——这张脸，不是她！

确切地说，不再是她。

在长恨岛上，她曾亲眼见过叶幽云因为玄玉屑之毒发作而溃烂红肿的脸，那张脸虽然可怕，至少还分得出五官，可是眼前桃夭夫人的脸，却像是被刀子划了十七八刀，皮肉外翻，除了一双眼睛依旧美丽，颧骨以下的部分只剩一团模糊，根本分不清嘴唇和鼻子。

她这是……发生了什么？

身侧已经有人转过头去，不忍细看。桃夭夫人夫人却毫不在意，反倒凑近宋雪心，用只有她才能听得到的声音，低低道：“我讨厌你的脸！看到就觉得恶心！我不想每天对着这张脸，就只好亲手毁掉了！一刀一刀……可疼了，你要试试吗？”

她原本低柔妩媚的声音里带着怨毒，叫人听起来毛骨悚然，宋雪心惊愕地看着她——她莫不是疯了？

还没等她说话，桃夭夫人已经直起身来，看着周围的人，道：“各位可看够了？”

她的声音是笑着的，脸上只有一堆红红的肉块挤在一起，完全看不出表情。宋雪心只觉得一阵反胃，桃夭夫人却已经伸手戴上面纱，又变成了那个身段妖娆，白衣飘飘的美人。

“你要见我，已经见到了。这江湖中只有一位宋宗主，哪还有别人？况且既然已经将他们引来此处，就不必再假装了。”桃夭夫人语气轻缓，幽幽一笑，侧身让出了一条路，“宋宗主快请进吧，门主正等着和你一起分享珍宝，至于剩下的各位嘛……”

只见她突然伸出手，不紧不慢地拍了三下。

众人耳边突然传来窸窸窣窣的声音，仿佛有无数虫子正在爬行。

有了之前在前厅的经验，大家心中都顿生警惕，迅速地聚拢在一起。很快，数不清的毒物便出现在视野之中。除了之前在前厅见过的黑蝎，还有各种虫蛇兽蚁，不断从第一层楼阁的窗缝和墙角涌出，甚至连屋檐上都有，密密麻麻，看得人头皮发麻，背脊发冷。

而且这些玩意儿显然也带有剧毒，所行之处弥漫着令人欲呕的腥臭味。众人纷纷捂住口鼻，不敢接近，那些毒物速度奇快，眨眼间就将一群人围在中间，其中有一些极具攻击性的虫蚁，已经迫不及待地扑了上来。

离得近的人不得不挥动武器砍杀，飞溅而出的血和黏液沾到衣物皮肤上，立刻以肉眼可见的速度迅速溃烂。没过多久，好几个人都痛得大叫起来。

但是说来也奇怪，这些如潮水一般不断涌来的毒物，不光绕过了桃夭夫人，也同样绕过了宋雪心，甚至在宋雪心提剑来刺的时候，纷纷后退避让。

从最初上岛时长时间磨人的安静，到突然之间被亲朋好友无意识攻击，

再到此刻被无数毒物包围，群雄早已经身心俱疲。眼看宋雪心竟然这般有别于他人，之前白燕升和白翳说的每一句话，似乎都有了佐证。

他们越想越愤怒，终于有人大吼道："我们被骗了！"

一旦有人开了头，猜忌之心就像是风中柳絮一般迅速扩散，众人纷纷附和，对宋雪心退避三舍，怒目而视，有几个受了伤的，甚至大叫道："先拿下这个毒妇，逼他们把解药拿出来！"

宋雪心简直百口莫辩，她根本不知道为何自己会被排斥在外，之前傀儡人不攻击她，现在连毒虫都绕着她走。她很想去援助那些被困的人，但是对方既然已经心生怀疑，便拒绝得十分彻底，眼下情况如此紧急，叫她要如何自证清白？

偏偏桃夭夫人还不时从旁煽风点火，群雄本就自顾不暇，这样的情形之下更加没法冷静思考，几句话下来，已经将宋雪心视作了心怀叵测的内奸。

有些冲动的人，连毒虫都顾不上了，转而围攻起宋雪心来，周遭一时混乱不堪。

事情变成这样，真是让人始料未及，宋雪心连续接了自己人好几刀，一抬头，见白翳还倚在栏杆之上，目光低垂。虽看不清他的表情，但她知道，他一定正用那种温柔中透着冷淡，微笑中夹杂着讥讽的目光看着她。

这就是他的报复吗？

要亲眼看着她因为他而众叛亲离？

这叫人如何能忍？

满身的邪火顷刻蹿起，几乎吞没了她的理智。她眸中一冷，连续三剑"驭灵式"，一招快过一招，生生闯出重围，靠近华文宇道："这里你替我顾着一些，我先去将那些东西都抢回来！"

说着，她将萧逐夜给的那些解毒药物一股脑儿塞进华文宇怀里，足尖在栏杆上一蹬，身子跃起，伸手抓住屋檐，翻身就上了第一层屋面。

反正那些毒虫毒蛇看到她都会避开，她也没有任何停留，将轻功施展到极限，借着阁身突出的窗棂檐角，一口气往上纵跃，几个起落，直接攀上了第七层，身形一闪，落在了廊上。

在她面前几步远的地方，白翳正负手而立，看着她笑道：

“你终于来了。”

日光已渐渐晦暗，高阁之上风声喧嚣，卷着白翳的衣摆猎猎作响。

宋雪心不想跟他废话，一连三剑直攻他上中下三路，白翳足尖一跃，轻飘飘地跃后三尺，落在栏杆立柱的兽首之上。

他略带沙哑的声音冷淡又温柔，笑道：“这么着急？为了下面那些不信任你的人，值得吗？”

宋雪心没理他，剑尖斜指，是个随时进攻的姿势，冷冷道：“东西呢？”

白翳自立柱上跃下，顺势推开身侧的门，身影没入门后。

“想要，就进来。”

宋雪心只想速战速决，没有犹豫便跟了进去。

屋子里并没有她以为的机关满布危机重重，一眼看去，跟原来几乎一模一样。

七星阁第七层是存放南剑宗剑谱卷宗和剑器的地方，平时甚少有人来。如今唯一有变化的，也只是宽大的木桌上多了一整套茶具，还有几本翻开的卷宗。

卷宗边上压着一块手掌宽的玄铁令牌，她一眼就认了出来，正是剑宗令。

而其他门派的镇派之宝，也都随意地堆放在一眼就能看到的地方，并没有施加什么特别的保护。

白翳在桌边坐下，挽起袖子：“来，陪我喝杯茶。”

宋雪心站着不动。

“怎么，来都来了，还怕我下毒不成？”他微微一哂，“我特意备了墨阳湖的玉尖，你尝一尝，可是你熟悉的味道？”

宋雪心不耐烦道：“别故弄玄虚了，想干什么直说。”

白翳慢条斯理地将面前的两个茶杯满上，淡淡地看了她一眼：“或许，

你还记得你我一同回中原的那段日子？不过只是记起过去而已，怎么让你连性子都变得如此无趣？”

一起回中原的日子……宋雪心不由得皱了皱眉。

她没有忘记，那时她还什么都不记得。虽然无心于他，但有求于他，为了讨好他每天十分努力，而且说实话，平常的白翳并不是很难相处的人，某些时候甚至十分温柔可亲。

那段时间，大概是他们之间最为融洽的日子。

平心而论，若非白翳，她没法顺利回到中原，甚至没有他，她现在已经死了。

他救过她的命，但是，差点要了她命的人，也是他。

是该感恩，还是仇恨——因与果，恩和怨，谁能理清？

她走过去在桌边坐下，拿起茶杯慢慢啜了一口。

的确是墨阳湖的玉尖，清香甘醇，是她从小就熟悉的味道。

胸中的郁燥微微平静了一些，她知道现在不能急。以他的性子，你越是着急，他越要折磨你，结果只有适得其反。

白翳突然低声问道：“舜华的尸骨，你们如何处置了？”

宋雪心没想到他会问起这事，顿了顿：“埋在水寨南岸，他是在那里死的，给他立了碑，很好找。”

他沉默了片刻，说了声“多谢”，又问道：“司秦呢，还活着吗？”

“活着，很好。”

白翳闻言轻轻叹了口气：“那就行。”

她忍不住皱眉：“当初是你将他们丢下的，如今就不必假惺惺了吧？”

白翳看了她一眼：“你心里怨我，自然觉得什么都是我的错。可舜华明明是自愿为桃夭而死，司秦也是自己选择离开的，我没有派人去拦她，已经是顾及了往日情分。”

停了停，他又淡淡道：“西域巫医之事，想来你已经知晓了？”不等她

回答，便接着说了下去，“反正大家也都活不久，何不让他们做自己想做的事？我们三人认识不下二十年，是真是假，还轮不到别人来说。”

宋雪心沉默片刻，最终还是没有将倾城谷或许已找到医治巫术的方法告诉他。

他手上沾染的血太多，她无法代替那些死去的人和失去挚爱的人，来擅自给他任何生的希望。

“所以，你的病也发作了？”

“怎么，你关心我？”他斜睨她一眼，目光中却是冰冷讥诮，“我死了，你可会伤心？”

宋雪心答道：“不会。”

白翳顿时大笑起来：“好一个‘不会’！宋雪心我告诉你，我从来没有对一个女人如此用心，也从来没有一个女人会一而再再而三地拒绝我。我给过你那么多机会，但凡我做得狠心绝情一些，你如今也不可能拿着剑站在我面前。

“你有没有想过，如果你什么都没有记起来，现在会怎么样？

“不会有萧逐夜，也不会有十八连环水寨，舜华不会死，桃夭也不必自毁容貌。你我早已成婚，亲密无间，携手称霸天下，全江湖的人都会羡慕嫉恨，却又无可奈何……”

宋雪心忍无可忍，冷喝道：“闭嘴！”

他也笑声骤停，目光又恢复冰冷：“怎么，光想想就觉得难以忍受对吗？我呢，最喜欢看别人难受了。人都有软肋，打蛇也要打七寸，看着他们于自己的心魔中痛苦挣扎，是世上最有趣的事！”

她听了心中一震，上岛时让人窒息的寂静，迫使群雄与熟识的傀儡人刀剑相向，特意离间她和同行之人……原来都是他精心设计好的，打的就是他们的“七寸”。

“最喜欢看别人难受”，这的确像是他会做的事，不论是带她回中原，还是长恨岛一役，他最擅长的就是抓住一个人心底最柔软的部分，然后再当

着他的面硬生生地毁掉。

如云深所说，他或许并不是真的想称霸江湖，他只是想让所有敌视他的人“难受”而已。

那么，所谓的“珍宝局”，也并不一定就是他的“破釜沉舟”“鱼死网破”。

她心里有一丝莫名的不安，阁底的刀剑相撞声和惊呼声时而传上来，更加让她无法静下心来思考，皱眉问道：

“你到底想做些什么？”

他笑：“雪心，你生于世家，有父兄庇佑，怎么能明白我们这些从小就生活在杀戮和欺骗中的人在想些什么？你不用费心去猜，你不会懂的。”

是的，她不会懂的。

从有记忆开始，他便流离辗转于西域诸国。被白轩辕带回渠犁之后，也曾以为能过上正常的生活，却没想到，真正的噩梦才刚开始。

往日的经历让他学会看人眼色、虚与委蛇，只要有用，他可以去讨好一切对自己有利的人。可他永远都会记得那个渠犁商人按住他身体的油腻粗糙的手，也永远不会忘记鞭子抽在背上时皮开肉绽的痛。

有很多次，他都会恶心到呕吐，转眼却又要执杯换盏，言笑晏晏。醉眼迷离之间，他甚至分不清是更加厌恶自己，还是痛恨那些将他推入地狱的人？

但是后来，这些强烈的情绪、脆弱的记忆，渐渐都变成了心里最坚硬的墙。他宛如一个旁观者，默默地看着周围的同伴一个个离去——被驱赶，被转赠，或者被杀。

家国倾覆，生死更迭，都不外如是。

他看多了，也就看透了。这个世上没有什么是永存的，名利、财富、美貌……皆是幻影，唯有自己的感受，才最真实。

那些侮辱过他的人，他都要加倍讨还；看不起他的人，要让他们跪下乞求他的原谅；高高在上的，要落入尘埃；义正词严的，要痛哭流涕，追悔莫及。

这样才有趣，不是吗？

这样，才会在有限的生命里，得以竭尽全力，永垂不朽。

不论是非，无谓对错，只要留下痕迹，就不枉此生。

他缓缓喝下杯中最后一口茶，目光温柔多情地看着她：

“七年前在晴岚书院，你本不该救我的。”

缱绻的尾音尚未散去，他已掷杯于地，碎瓷声中剑吟绵绵而生，一对光华灿烂的长剑已被他握在手中，握柄一黑一白，十分醒目。

“还记得这对阴阳乾坤剑吗？是我曾经送你的礼物，可惜你却只收了剑穗。”他的浅笑在剑芒映衬之下显得有些魔魅，“如今，那对剑穗可还在？”

不等她回答，他手中的剑尖已漾开千点寒光，朝宋雪心全身罩去。

“不曾料到，你我之间也终有刀剑相向这一天。”

华文宇手中的重剑如风车一般抡开，四周密密麻麻的毒物顿时如风扫落叶一般，纷纷被剑气削成几截，有些离得近的虫蚁，甚至被拍成一摊肉泥。

这已经是不知道第几拨毒物，但来势和数量显然已经大不如前。地上堆着大量毒虫毒兽的尸体，黄绿色的汁水流得到处都是，只要沾上一点，衣物皮肤就会立刻溃烂。他们这十来个人里面，就有半数的人或被毒虫扑到，或被汁液溅到，纷纷中了招。

幸好宋雪心临走之前，将倾城谷那些解毒奇药都留下了，因此除了直接被毒虫毒蛇咬中要害的，其他小伤暂时都能压制，众人又都是本门高手，因此一时虽不能脱困，但也不至于落败。

而且看样子，毒物很快就要死绝，再撑一会儿就好了。

正当此时，耳边传来奇异的呼喝之声，他抬头一看，只见演武场的前厅里，突然涌出大群的蝎子，黑压压的一片，飞快地朝这边爬来。

这些巨大的黑蝎子，正是方才那些将他们一路赶至演武场后又退回去的那些。

华文宇心里一惊，强打精神正准备招呼众人继续战斗，没想到浩浩荡荡

的蝎群之后，紧跟着走出一个人来。

身穿青布袍，背负桃花剑——是明镜山庄庄主云深！

和平常不同的是，一直挂在他腰间的漆黑小灯，此刻已被提在手中，灯中光焰竟是前所未见的亮蓝，闪烁不定，犹如鬼火。

虽然除此之外什么都看不到，但是那一刻，在场诸人都感觉到仿佛有一种异常沉重的气息笼罩而来，明明西沉的日光依旧灿烂，但眼前如同蒙了层荫翳，压抑无比。

奇怪的是，那群黑蝎子径直穿过了演武场，却没有攻击任何人，只是将那群无头苍蝇般乱转的傀儡人和因为寡不敌众而被五花大绑的白燕升围了起来。

更奇怪的是那些自阁中涌出的毒物，像是感知到了什么可怕的东西，一时间都停了下来，在原地犹豫片刻之后，纷纷后退窜逃，片刻之间就散得无影无踪。

云深这才将手中的提灯重新别回腰间，伸手抚了抚，光亮重新暗淡下去，那种无形的重压也就此消失了，众人这才纷纷松了一口气。

见他穿过演武场，走上台阶，华文宇赶紧迎了上去，急道：“多谢云庄主相救！后援的兄弟们呢？”

“不急不急，我打头阵，他们很快就到。”云深不慌不忙，依旧是笑眯眯的样子，朝华文宇身后看去，“雪心呢？”

“她进去找白翳了。”华文宇回头朝七星阁的方向示意了一下，却突然发现有些不对。

原本站在门内冷眼旁观的桃夭夫人，不知道什么时候已经不知去向。

是进阁了，还是溜走了？他心中一急，但目光滑过阁前空地上的群雄，思忖片刻，决定还是先顾眼下：“云庄主，后援人手中可有会解毒疗伤的人？我们这边中毒受伤的人急需医治。”

云深点了点头：“你们需要的人很快就到……

话未说完，虚空之中倏然传来剑吟之声。

众人不由得抬头看去，只见七星阁第七层之上，两个人影从阁中蹿出，在外圈围廊上腾挪起跃，手中剑影纷飞。哪怕离得那么远，也能听到剑器相撞的清越之音，声声不止。

是宋雪心和白翳！

四

江湖上关于白翳的传闻有很多，却从来没有人见识过他的武功究竟如何。

宋雪心与他相识多年，却也是第一次知道，原来他会用剑，而且剑术极好。

先前她曾经与白轩辕多次交手，知道此人虽然神志不清，但剑术却着实高超，甚至算得上是个天才。

白轩辕的剑法并没有什么派系和套路，他与许多一流高手交过手，交手之后便可以将对手的招数牢记，然后再与其他派系的剑法融会贯通，自创了一套让人无迹可寻却又犀利无比的新剑法。

而白翳作为他最中意的弟子，自然也习得其精髓。即便白轩辕心有戒备，有意藏私，但以白翳的资质，也能很快融会贯通。

她此前果然还是小看了他。

比起单手剑，双手剑更讲究左右配合，在他使来却犹如行云流水，严丝合缝，剑剑递进，却又从容不迫，若非凝神细察，几乎找不到空隙。

不知不觉间，两人交手已将近百招，从屋内打到屋外，依旧无法分出高下。

宋雪心已将剑宗轻剑流的“驭灵式”“驭妖式”研习得炉火纯青，虽半年不曾握剑，但从手感到剑意都恢复得很快，比起半年前的自己，除了体力上差一点，其他都没有分别。

但她并没有占到一丝一毫的上风。

尽管不想承认，但不得不说，白翳确实是她所遇到过的对手中，最难缠的一个。

——也是让她感觉最酣畅淋漓的一个。

在这之前，她和宋连霆及欧阳云天的对决，都比到一半就终止了；而面对白轩辕时，她又复仇心切，根本没有顾及过个人安危，剑剑直奔要害，也就失去了君子之器本该有的风度。

但这一战不同。

出招，化解，环环相扣，每一个细微角度的变化都经过精心设计，每一步后招也都在把控之中。她出手并不急进，他也不会冒失，彼此并没到以命相搏的地步，反而能沉浸于纯粹的剑术中，使其精妙得以发挥至最大。

有好几个瞬间，她甚至想，如果他们不是敌人就好了。

可那毕竟只是“如果”，他们之间，终究是要分出胜负的。

夕阳的光芒铺满整座楼阁，宋雪心起身纵起，一手攀住厚重的戗角，轻轻跃上了屋脊，戗角之下铜铃被带动，发出阵阵悦耳声响。

白翳也随之攀上，站在戗角起翘的最高处，与她隔了一把剑的距离，静静看着她。

彼此都受了伤，不重，但有血色染濡了衣襟，他的白衣之上尤为鲜明，像是盛开了一朵朵艳丽的花。

他轻轻“啧”了一声，双剑交错于身前，长风送来他的声音：

“宋雪心，你今日可尽兴了？”

她一言不发，抹了一把颊边的血，一式“驭天地”，化重剑之势横扫而去。

白翳足尖一点，随着剑风斜掠开去，轻道：“那该轮到我了……”

话音刚落，双剑接连插入脚下屋面，重重揭起，无数瓦片凌空朝宋雪心飞来，一时将视线都遮蔽了。

宋雪心没料到他竟然会利用屋瓦来攻击，“驭天地”的力道撞到琉璃瓦，碎成无数片流金，反射出夕阳光芒，闪了她的眼睛。

她忍不住闭眼，再睁开时，只见碎瓦之间数点剑光突至，她来不及细想，手中红棘反手掠刺，从碎瓦和剑光之中极微小的空隙中穿出。

剑尖一窒，像是刺中了什么东西。

她惊了一下，想要反手撤回，剑尖却像是被什么吸住了，一扯之下居然分毫不动。

眨眼之间，琉璃的碎片纷纷落下，夕阳的光晕重新铺满了屋面。

她的剑，刺中了白翳的胸口。

不偏不倚，仿佛精心计算，正在锁骨下方的位置，几乎是一剑对穿。

而他那张精美如烈阳的脸上，却挂着浅淡笑容——那是一种志得意满、阴郁邪肆的笑，仿佛结局已尽在掌握。

极短的时间之内，她的呼吸有些急促。

很快，她将所有的力道都运于右腕，想要将红棘拔出来。可是他的肌肉骨骼却将剑尖绞紧，同时伸出手，牢牢握住了剑身。

锋利的剑刃很快将他的手掌割出淋漓鲜血，他却毫不在乎，反倒用力朝前一撞，剑尖很快从后背透出，他的身体也离她更近了一些。

就在这一刹那，他倏然腾身而起，朝前方扑下。

等宋雪心想明白他要做什么时，已经来不及了，只能被他的力道带起，一同往后倒去。

原本两人的位置已靠近屋檐，如此一来，脚下再无踏足之处，双双从屋面至高处坠了下去。

感觉到耳畔风声，宋雪心脑中一片空白，任她再怎么猜，也猜不到他最后的目的，竟然是要和她同归于尽。

她奋力挣扎，却被他一手扣住腰身，气息拂在她耳边，带着笑意："你不喜欢我，却要和我死在一起，血肉都不分彼此，是不是很生气，很难受？

"看到你越难受，我就越高兴……"

他侧身，极其温柔地吻了吻她的额角，伤口的鲜血已经浸透他的胸口，漫到了她的衣襟上。

宋雪心从来没有这样慌张过。大仇得报之后，她就十分珍惜自己的性命，就如白翳所说，她根本不想死，更不想和他一起死。

她用尽全身力气去推他，却收效甚微，撕扯之间将他肩膀的衣服撕开一幅，只见布满旧伤的肩背之上，依稀可见一小片枯槁的暗影。

她愣了愣，正在此时，身后七星阁阁顶突然传来巨大的爆裂声，一团团浓烟和火光自隔窗中蹿出，屋顶以肉眼可见的速度坍塌下去，木瓦纷纷抛起弹落，有些甚至飞溅到他们的身上。

震耳欲聋的声响让她浑身发抖，却也终于明白过来——

他从来都没有想过要归还那些镇派之宝！

自始至终，这就是一个死局——他不光要她，还要这无数珍宝一起给他陪葬！

白翳搂着她飞快地坠落，仿佛过了很久，又仿佛只有一瞬间。

就在宋雪心几乎绝望之时，耳边突然遥遥传来一声大喊：

“雪心，弃剑！”

仿佛眼前洞开一线光明，这声音如此熟悉，瞬间让希望重回心底。

她咬了咬牙，手压住剑柄用力往下按，白翳闷哼了一声，趁着他手臂微松，她一下侧过身来，只见白翳身后烟尘翻滚的半空中，几点寒芒迅速袭来。

寒芒没入白翳后背的瞬间，她也用尽仅剩的力气推在了他的伤口之上。

这一次，终于推开了。

她旋即松开红棘剑柄，自他怀中挣脱，头顶上方又传来第二声：“伸手！这里！”

甚至没有抬头确认方位，她已朝着发声之处伸出手去，在感觉到身子下坠之前，有人已经牢牢握住了她的胳膊。

下坠的巨大力量带动两人又一连下滑了好几丈方止住坠势，却依旧晃晃悠悠地悬在半空之中。

她抬起头来，漫天烟尘火光，却只能看进一双似沉浸了星河月光的眼眸，那眸中的惊惧慌乱正慢慢褪去，只余下喜悦，缓缓蔓延。

如此情境之下相见，她难得软弱，眼眶一红，差点落下泪来。

怕他单手承担她的重量太辛苦，她腰腹用力，提气攀着他的胳膊一路往上爬，最后伸出手搂住他的脖子，埋首于他颈边，呜呜咽咽地呢喃道："叶惊弦……"

明明还有许多重要的问题想要问他——

他不是去西域了吗，为何会出现在这里？

他是怎样救下了她？

七星阁仍旧在塌落，危机是否已经解除了？

大家的那些宝物救出来了吗？

还有……白翳最后怎么样了？

……

但此时此刻，她什么都不愿意去想，只想与他静静相拥，感受彼此的心跳，哪怕只有眼前这一瞬间。

听他清冷魅惑的声音在耳边低声道："没事了，有我在。"

所有的惊慌、恐惧，都已不复存在。

夕阳的光越加微薄，天空中显出一轮淡淡明月，浑圆美满。

八月十五，人圆月圆。

共婵娟。

尾章
世无双

清晨的雾气缭绕在倾城谷中，将谷中五彩斑斓的秋色笼上了一层薄薄的白纱。

宋雪心掩上门，没走两步，就看到樊素玉迎面而来。

看到她，樊素玉停下脚步，点了点头道："宋宗主，掌门师兄可好些了？"

宋雪心轻轻"嗯"了一声："刚睡下。沐雨先生呢？"

"师父他老人家已经好多了，今天还叫了我的名字，没有忘记呢。"樊素玉笑道，"回到谷中，有我们看护着，他会越来越好的。"

宋雪心笑了笑："对，大家都会越来越好的。"

一个多月前，白翳在南剑宗龙渊岛设下"珍宝局"，众位失去镇派之宝的江湖人士结伴前去赴约，不料却落入了圈套。

所谓"珍宝局"，其实是一个死局，白翳根本没有想过归还宝物，只想让其随他一起毁灭。

他与宋雪心在七星阁顶决斗，故意露出破绽，抓住宋雪心一起跃下。与此同时，桃夭夫人也点燃了阁中火药，百年剑宗标志性的七星阁，就此崩毁塌落。

但幸好，本应去往西域的萧逐夜不知为什么放弃了行程，赶回龙渊岛，在最危急的时候登上七星阁，用阁中纱帘系结成长绳，自四层之上飞掠而出，硬生生救下了急坠而下的宋雪心，白翳则径直落入了阁底七星湖中。

只是偌大一座高阁，一旦坍塌，其势之强人力根本无法阻止。虽然萧逐夜救下了宋雪心，却也来不及在第四层倒塌之前成功脱身，两人最后也一起落进了湖中。

入水之时，萧逐夜将她牢牢搂在怀里，以一己之躯撞入水中，再加上之前飞掠而出抢人，情急之下将自身的“九天游”功力几乎催动到了极致，从而引发了早年血蛊留下的旧伤，因此当他被人从湖中救上来时，不断咯血，几近昏迷。

回到倾城谷之后，在几位长老的医治护持之下，他的内伤得以控制。虽然一天之内仍旧有大部分时间是在昏睡，但比起之前命悬一线的情况，已然好了许多。

根据长老们的意见，他的内伤若要完全恢复，需要五君子的五行之力一起疗伤。但如今大家各自都有要事在身，一时不能聚齐，此事只能留待日后。

不过很快，西域那边就传来了消息。

有好消息，也有坏消息。

好消息是，紫离和樊素玉在距离大妙如意城几十里之外的一个小村子里，找到了沐雨先生和两位幸存的弟子。

坏消息是，其中没有花墨予。

根据幸存弟子所言，当初流沙吞没城池的时候，花墨予殿后，一路掩护其他人先行离开，但是当他们带着沐雨先生到了安全的地方，等了整整两天，却没有等到花墨予和他们会合。

他也许还在那座城里，也许被流沙带到了别的地方。

紫离十分坚持，无论如何都要继续留下寻找，于是先由樊素玉将沐雨先

生护送回倾城谷。

白门的大部分弟子都在“珍宝局”之前被白翳遣散，跟随他一起去龙渊岛的只有白燕升和桃夭夫人。

白燕升寡不敌众，被群雄拿下后废除了武功。因为他曾经是倾城谷的弟子，众人看在萧逐夜的面子上，将他交还了倾城谷发落。

桃夭夫人则在点燃火药之后，追随白翳自楼顶一跃而下。只是她跳下时刚好被弹出的木梁击中，身体被推出数丈，摔落在阁前台阶上，只挣扎了片刻便香消玉殒了。

宋雪心没有见到那个场景，据华文宇说，她的血蔓延着流满了整个台阶。临死之前，她似乎想要说什么，却始终没有说出口，合眼之际，目光中并无怨毒。

死而瞑目，或许于她来说，这才是最好的结局吧。

至于落入七星湖中的白翳，却始终找不到他的行迹。生不见人，死不见尸，也就无法确定他的生死，甚至连被他带走的红棘都不见踪影。

按理说，他被宋雪心刺中要害，又被萧逐夜的暗器打中，就算有通天本事也不可能再活下来。但七星湖中有暗流与墨阳湖相通，或许他落水时被卷入暗流，直接带进墨阳湖中也未可知。若真是如此，墨阳湖方圆千里，要在湖中找到一具尸首，实在太难了。

但事已至此，除了加派人手多留意附近岛屿水域，也没有更好的办法。

那些存活下来的傀儡人，因为施药的时间不长，已由倾城谷专门派了弟子来救治。假以时日，他们应当都能与亲友团聚。

这一局终了，白门几乎全军覆没，但江湖中人并没有因此欢呼雀跃，反倒很长时间里都弥漫着一股沉重悲伤的气氛，相熟之人见面，无不唏嘘感叹，心有戚戚。

那些门派引以为傲的镇派之宝、得以立足于江湖的标志，都在一夕之间与南剑宗的七星阁一起化为烟尘，埋葬在墨阳湖畔。

这众多宝物中，有长恨岛的碧玉钉、青城派的晦明双剑，甚至是剑宗传承百年的剑宗令，以及南剑宗宗主的佩剑红棘……见证了本门无数辉煌时刻的至宝，如今却都只能成为各自门派记事卷宗上的一个名字、一个图形，留存于历史之中。

一起被各派卷宗永久记录下来的，还有造成这一切的罪魁祸首——白翳。

或许，这才是他真正的目的——

生死之外，他已得偿所愿。

和樊素玉道别之后，宋雪心独自沿着木芙蓉盛开的道路走了一段，想了想，又折了回去，走上了另一条蜿蜒曲折的小路。

这条小路渐渐通入荒僻的高地，最后止于一个被铁栅栏牢牢锁起的山洞前。

她往前走了两步，就听到洞中传出铁链的声音，随后一个蓬头垢面的人扑了过来，用力握住铁栅栏，哑声问道："你们找到他了？"

宋雪心看着他身上早已看不出本来颜色的白衣，淡淡道："墨阳湖方圆千里，有人居住的岛屿不下百座，找不到的，你死心吧。"

这个人，正是白燕升。

他被带回倾城谷之后就一直被关在这里，在此期间出人意料地没有反抗，唯有每次见人就追问白翳的下落。不管别人多少次告诉他希望渺茫，他都不肯相信。

"他不是普通人，不会就这么死了的。你们等着瞧，他会回来的！"

宋雪心觉得，这个人怕不是走火入魔了。

她道："听樊姑娘说，沐雨先生偶尔神志清醒的时候会提到你，让我们放你自由，只说天高海阔，随心即往。"

白燕升听罢却没什么反应，只是冷笑一声。

他已经失去了武功，只剩一副残弱之躯，谈何随心？

"要么你们就杀了我，不杀我，我就在这儿等着。"

“没想到白翳会有你这样忠心不二的手下。”宋雪心摇头，“沐雨先生是你师父，你却背叛为难于他；白翳将你当作工具，你却对他死心塌地。”

这一次，白燕升沉默了很久，就在宋雪心以为他不会回答的时候，他却开口了：“门主惊才绝艳，岂是你们这些凡夫俗子可以比的？他这一生唯一做错的，就是和你纠缠不清。早知道那个时候，就应该让你死，绝了他的念想！”

是的，这些人绝不会懂的！当他流浪到战乱中的大妙如意城那一天，在鲜血、尸骨和硝烟中见到那个犹如烈日般的白衣少年的那一刻起，他就明白了，自己一直以来追求的方向，就在这里。

他的师父不懂他，他的同门不容他，唯有这个眼神冷漠无视天地规则的少年，才能让他心甘情愿地跟从。

“你这个平庸的女人怎么能懂他？你根本不了解他！他对你那么好，你却背叛他！你根本不配！我等着，等着看你有朝一日不得好死！”

他越说越激动，声嘶力竭，状似疯魔。一旁看管的弟子见状，急忙上前来，指尖捻了一枚银针连扎他几处穴道，才让他安静下来，蜷缩在地上大口喘气。

看管弟子连连朝宋雪心道歉，她却只是摆了摆手，后退两步，转身而去，再也没有朝洞里的人看上一眼。

每个人都有自己的选择，也有自己的执念。不打扰，已经是她最大的仁慈。

宋雪心离开山洞，去药房取了药，又往回走。

萧逐夜的内伤极重，虽然得了几位长老的护持，但毕竟伤了元气，一天之中有大半时间都在昏睡。宋雪心每天的日常就是守着他，端茶倒水送饭送药，就像他从前对自己做过的那样。

有时候闲下来逗逗猫、看看书，甚至什么都不做，只是看着他，便觉得恬静满足，时间也就不知不觉地过去了。

她想过，如果就这样守着他安安静静老去，就算哪儿都不去，也没什么不好的。

大概，他也是这么想的吧？

在他醒着的时候，她曾经问过他，为什么已经决定了去西域，还会突然半途折回来？

萧逐夜说，有一天夜里梦见了她，明明在朝他奔跑却无论如何都触碰不到，心有所感而骤然惊醒，突然就想起在水寨时云深寄来的那封信。

云深在信上说，他夜观天象，看到荧惑守心的异状，于是占卜问卦，算到东南方会有大灾劫。

而龙渊岛，正在东南方。

当初大家都没有把那些玄乎的话放在心上，但萧逐夜于客途之中记起，却惊出了一身冷汗，当即与紫离和樊素玉告别，连夜赶去了龙渊岛。

幸好，他赶上了。

还没有走近，她就远远地看到了他。

他正半躺在屋外池塘边的一座竹榻上，廊上有蔷薇花枝低垂，粉白的花瓣不时飘落在他身上。一只橘色的猫正伏在他怀里，另有一只蓝绿眼睛的小白猫，蹲在竹榻边好奇地用爪子拨拉他散下的长发。

他闭着眼睛任由它们玩耍。或许是醒来以后见不到她，他独自出门等待，等着等着，却又睡了。

宋雪心蹑手蹑脚地走过去。

猫儿们平日里已经跟她玩熟了，见了她也没有逃开，她于是在榻的另一边慢慢蹲下，凝神细细地打量榻上的人。

眉目如画，如寒梅映雪，如秋水惊鸿。

她忍不住伸出手，指尖沿着他眉眼鼻梁的起伏慢慢勾勒，及至唇边，轻轻抚了抚，正要倾身吻下。不料他却睁开了眼睛，目光一瞬间由迷离转为幽暗，默不作声地看着她。

宋雪心抿了抿唇，嘿嘿一笑：

“哪家的仙人，生得如此好看？”

他不禁莞尔一笑，捉住她的手放到唇边轻轻吻了吻，低声道：

“你的。”

方才她还不曾觉得忸怩，如今却因为这两个字脸红起来。要论脸皮厚，果真是比不过他。

他笑意更深，手掌绕上她的后颈，将她缓缓拉近，吻上她的嘴角。

“如你……所愿。”

一如多年前的那一天，她嚣张狂妄地宣告着所有权——而从始至终他的回答都是一样的。

浮生若梦，为欢几何？

不过是，如你所愿而已。

（全文完）

番外

·倾城雪·

倾城谷下了第一场雪，细细软软，落在谷中依旧茂盛的花木之上，分外温柔。

宋雪心用手归拢起窗棂上的薄雪，正专心致志地捏着一个拇指大小的雪人。突然觉得有人在拽她的衣角，睁眼一看，居然是萧茵茵。

这半年里，小姑娘又长高了不少，圆脸褪去了少许稚气，美人坯子已初现端倪，越发讨人喜欢了。

宋雪心俯下身摸了摸她的头发："怎么了？"

萧茵茵却顺势抱住她的腰，将小脑袋埋在她胸前，十分忧伤地问道："雪心姐姐，将来你和爹爹有了自己的小宝宝，会不会就不要我了？"

宋雪心愣了愣，一时又好气又好笑，忍不住屈起手指弹了弹她的脑门，道："小丫头年纪不大倒挺会胡思乱想。听好了，首先，你是你爹的女儿，自然也是我的女儿，以后不可以再叫我姐姐了；其次，一日为父，终身为父，就算你不要他，他也会认你，他要是敢不要你，我就揍他；最后，你想得太远了，就算哪一天你真的有了弟弟妹妹，不过是多个人陪你，难道不是好事

吗？”说罢揉了揉她的脸，语气变得严肃起来，“现在你老实告诉我，为什么会这么想？是不是有人跟你说了什么？”

萧茵茵的脸涨得通红，咬着嘴唇一个劲儿地摇头，偏偏不肯开口。

宋雪心没什么对付小孩子的经验，正绞尽脑汁的时候，门外雪地里传来了萧逐夜的声音：“茵茵，你怎么到这儿来了？布置给你的功课都做完了吗？”

萧茵茵闻言轻轻“哎呀”了一声，从宋雪心怀中跳了起来，朝她吐了吐舌头，提着小裙子飞快地跑了。

“我这就走嘛，不打扰你们啦！爹爹加油！”

加油……什么？

萧逐夜一脸疑惑地走进来，见宋雪心正拥着毛毯，一脸贼兮兮地朝他笑。

“是茵茵吵醒你了？”他在她身边坐下，一眼看到窗棂上两个已具雏形的小雪人，忍不住轻笑一声，将她因为玩雪冻得冰凉的手握在掌心，慢慢摩挲着，“时间还早，要不要再睡会儿？等一下我叫你。”

前两日聂五送来一大张清单，请教她关于南剑宗七星阁的修缮方案。身为宗主，她自然当仁不让，连夜回复，洋洋洒洒写了十页纸，花了大半夜的工夫，天快亮的时候才睡下。

“没事。”她很享受他手掌的抚触，懒洋洋地靠在他身上，将方才萧茵茵的古怪举动复述了一遍。

“她是不是听到什么奇怪的传言了？要是被我知道有人敢在她耳边乱嚼舌根，哼哼……”

她发出一声冷酷无情的低哼，其意不言自明。

可萧逐夜沉吟片刻，却道：“我猜……或许是她早上听到了我和素玉的对话。”

“咦？”万万没想到罪魁祸首竟然真的是他……

“此事还没来得及告诉你。”他松开手，从怀中拿出一封信来，“凌晨才收到的，是天涯的信。”

宋雪心愣了一瞬，然后飞快地抢过来打开，一目十行。

自从凌天涯和白司秦一同离开水寨寻找克制巫医之毒的药引开始，他就很少写信回来，因为事情没有进展，以他的个性，绝不会多说一个字。

但这封信，写得很长。

按照信中所说，他们前往西域寻找巫医，有一次在沙暴中迷路，误打误撞来到了一个几乎与世隔绝的绿洲。在那处绿洲上，不光发现了医治白司秦所需的药草，还发现了一个村落。

那个村落几乎不与外界联系，生活方式还停留在百年之前。他们似乎藏了很多秘密，其中最大的一个秘密，和一个神秘的图形有关。

凌天涯费了很大的工夫才拼出了那个图形的原貌，并绘制了一幅，寄了过来。

“天涯之所以如此在意，是因为这个图案，和茵茵肩上的胎记一模一样。”

这封信看得宋雪心的心情跌宕起伏，直到这时，才惊讶地叫出声来。

“你是说……”

“那个村落，很可能和茵茵的身世有关。”萧逐夜肯定了她的想法，“当年师父将茵茵抱回来的时候，她才刚出生不久，师父也没有说明她的来历。如今师父神志不清，能不能问出那些往事要看运气，所以我和素玉商量，想要派人去查一查茵茵的身世……”

宋雪心恍然：“难怪小姑娘会那么问。她一定是偷听到了你们的话，以为要把她送去还给她的亲生父母。”

萧逐夜闻言不禁笑叹：“人小鬼大……就知道迂回着来向你撒娇求情，却不肯当面来问我。”

“这就叫以柔克刚。”宋雪心觉得这么做没什么不妥，“我就吃她这一套。她这是跟你学的，要是你们两个都爱绕着讲话的人碰在一处，那才叫糟糕。”

她说的虽然是歪理，却好像也有些道理？

萧逐夜不和她争辩，扶着她的肩膀，正要将她安顿下来继续补觉，她两手一伸，圈住他的脖子，在他耳边吐气如兰：“茵茵虽然猜错了，不过她有

句话说得挺好，你……想不想给她添个弟弟妹妹？”

萧逐夜微微一愣，伸手拉开她水蛇似的手臂，慢慢直起身来，脸色有些严肃：“雪心，你重伤之后未曾好好调养，以至气血亏损、体寒阴虚，脏腑之内也有隐疾，不宜有孕。”

宋雪心的表情一下子垮了下来：“又是不宜，怎么那么多不宜？是暂时不宜，还是一直不宜？”

“若是你的身子一直无法调理好，那就一直不宜……”

“你够了啊！”宋雪心推了他一把，有些委屈，“懂医术有什么了不起的，天天吓唬我呢！”

她的身体她最清楚，能吃能喝，能跑能跳，明明好得很！

“雪心！”他握住她的肩膀，强迫她抬起头来，一字一字道，“你好好听我说！女子生产，古来就是鬼门关上搏命。我不想你没有做好充足的准备，就把自己的命赌在上面。孩子我可以不要，可你别想再离开我！我不准！”

一次，两次……看着她当着他的面去死，那种心慌、心痛、心死的感觉，他已经受够了！

没有人可以夺走她，哪怕是他们的孩子，他也不允许！

也许是他难得如此强势，宋雪心呆滞了半响，之前的气焰全没了。好半天，她才讷讷道：“我只是……只是很好奇我们的孩子会长什么样……”

萧逐夜轻轻吐了口气，脸色也缓和下来，将她轻轻揽在怀中，柔声道：“我知道……我会努力的，若有一日，你的身子有足够能力孕育一个新生命，我定会欢迎他的到来……”

“那说好了啊……对了，叶惊弦你喜欢男孩还是女孩？”

“无所谓。”

“啧，不好选哪，要不生两个吧？”

“不行！”

……

窗外，细雪若有似无地飘落，落在窗棂上那两个靠得很近的小雪人身上，

冰雪渐渐融合粘连，填满了彼此之间的空隙。

仿若依偎在一起，看这天地落雪，倾国倾城。

·云深不知处·

宋雪心和萧逐夜成婚的那天，向来以清静绝尘闻名的倾城谷也难得热闹起来。

婚礼邀请的宾客并不多，大家都是熟人，彼此都没有什么架子，喝喝酒聊聊天，就如同寻常朋友间的聚会一般。

最后，就连新娘子都加入喝酒划拳的队伍中，吆五喝六，比谁都玩得起劲。

云深难得换了一身绛红色的袍子，端了杯桂花酿倚在一株杏树下，眯着眼睛远远地看着一身红装的宋雪心，还有她身后不远处的萧逐夜。

她见到了好朋友，多喝了几杯酒，眼睛亮晶晶的，笑容十分明艳，一时兴致高了就不免有些吵闹，和周遭优雅清静的神仙洞府之境格格不入。

但萧逐夜的目光，却始终流连在她身上，只见无边温柔，不见一丝不耐。

云深看了一会儿，轻轻叹了口气，低低道："雪阳，大结局了，你该安心了吧？"

挂在他身侧的七煞转魂灯仿佛在回应他的问话似的，幽幽地闪了闪。

"我们说好的，等雪心找到了归宿，你就舍了转世，做我的转魂灯灵使。"云深笑了笑，"我等你好多年了，看在我这么专一的份上，这一次，可以答应我了吗？"

这一次七煞转魂灯的灯光更加明亮，连续闪了好几下。

云深低低"嗯"了一声："不为什么，就因为你最合适……那一天，当你入我梦中，将雪心托付给我的时候就该知道了，找到一个合适的人做转魂

灯灵使真的很不容易。你我相识多年，你也知道我的，活了那么久也没找到个生魂契合的，多痛苦啊。我就只有你了，你就从了我……”

话音未落，灯光轻轻闪了闪。

云深的声音顿时停住了，片刻之后大喜道：“真的？你真的答应了？”

“好好好，婚礼结束我们就回明镜山庄！”

“放心！从此有我的地方就有你。除非我形神俱灭，否则我们永远都会在一起……”

“哎，别，我不说了。你是你，我是我，好吗？别生气，别生气……”

他一边摩挲着灯身，一边嘀嘀咕咕，撒腿就朝宋雪心的方向跑去。

“雪心雪心，划拳带我一个！”

“我今天高兴！来啊先干了这一碗！”

“萧谷主，恭喜恭喜！能从我手上抢走雪心，你很不简单啊！我最欣赏你这样的年轻人了，哈哈哈……”

·将离·

一到春天，西域的天气就像孩子的脸，说变就变。前一刻还是微风阵阵，下一刻就乌云密布，沙尘暴肆虐。

紫离跑进车马驿的时候，嘴里已经满是沙子。她吐了好一会儿才吐干净，漱了漱口，就直奔驿站后面的厢房。

厢房里有好些常住的人，多数是行脚商人、舞姬和四处流浪的手艺人。紫离揭开其中一张厚重的毛毡帘子，走了进去。

屋子里很昏暗，点了一盏油灯，灯下坐了一个身披彩纱的美貌舞姬，仔细看已经有点年纪了，眼角布满细纹，眼神也是经了风霜的沧桑。

“娜宁姑姑。”紫离叫了一声，将手里的包袱放在那中年舞姬面前，“这是西街彩衣坊最新的舞衣。我这就要走啦，按照之前的约定，这套新衣是您教授我舞技的报酬，您自己保重，后会有期！”

名叫娜宁的舞姬朝她点了点头：“好啊！你的腾纱四十八套舞步，已经都学会了？”

“那当然。”紫离莞尔一笑，“娜宁姑姑是疏勒第一舞姬，您教的学生哪有学不会的道理？”

“那是紫离你学得好。”娜宁的官话说得不甚流利，神情却十分温和慈祥，“你追随着情郎的踪迹，下一站又要去往何方？”

紫离闻言一愣，急忙纠正：“不不不，那个……他不是我情郎，只是我的朋友。”

看着她微微泛红的双颊，娜宁了然一笑，道：“我有个当领队的朋友，今天刚好要带商队去往库车。如果你愿意，可以随他一同启程。”

紫离抿了抿唇，道：“不必了，我还是想……在这附近找一找。”

这是她离开中原的第八个月。

离开的时候是桂子飘香的季节，如今关内应该已是春暖花开。但她想找的人，还是没有任何消息。

为了找他，她甚至连中原武林的劫难都无暇过问，连掌门师兄的婚礼都没有回去参加。

但是她的小花儿，却好像从这个世界上消失了。

她亲眼见到过被流沙吞噬的大妙如意城，偌大一座城池，只剩下角楼和天璇宫的高塔还矗立在黄沙之外。有一小段街道被挖开了，很多人围着一间刚刚被清理出来的屋子，屋门后发现了没有来得及逃出来的一家四口，互相依偎着，脸上依旧保留着惶恐绝望的神情。

她不忍心再看下去，匆匆离开。不，她绝不会相信，那个每天像花蝴蝶

一样，活得优雅又率性的男人，会以这样的方式长眠在这座黄沙城中。

大妙如意城的挖掘还需要很长的时间，这段日子里，她独自行走在一片片村庄、一座座城市、一个个国家，试图寻找那一晚风沙中留下的蛛丝马迹。

与其说她不愿意相信花墨予已死，倒不如说长久以来的互相了解，让她相信以他的能力，绝不可能轻易死在这种地方。

她认识了很多有意思的人，学习了许多西域特有的舞步。寻找和等待，已成为她生活的全部意义。

她和娜宁告辞，刚揭开帘子，外面就冲进来一个小姑娘，慌慌张张地撞到了她的身上。

“对不住，对不住！”一身胡旋舞姬打扮的小姑娘一边道歉，一边急道，“娜宁姑姑，不好啦不好啦。罗罗她们遭了沙盗袭击，有人受伤了！”

紫离一听，急忙和娜宁一起赶到驿站前，只见一个红衣舞姬正捂着腹部靠墙而坐，另有几个胡人女子和行脚商人围着她。

见红衣舞姬衣服上有血迹，紫离赶紧上前查看，娜宁则询问同行之人：“发生了什么？有没有通报驿臣？”

同行舞姬心有余悸，捂着胸口答道：“我们经过沙坡村的时候突然遇到了盗贼，抢了商队的行李，还想抢人。罗罗姐姐不从，被他们拿刀子砍伤了。幸好后来红衣侠救了我们……”

话还没说完，紫离突然道：“伤口是谁替你处理的？”

只见那个名叫罗罗的舞姬腹部被刀划伤的地方，血迹已经被清理干净，还经过了简单的包扎，手法看起来十分娴熟。

罗罗苍白的脸色中泛出一丝红晕，低低道：“是恩公……”

一旁有人接口道：“就是红衣侠啊。他武功高，人又好，穿着一件红斗篷，前襟上还绣了朵花儿，盗贼们一看到那花儿，吓得腿都软了！”

另有一名商人也连连点头，激动道：“对对对，我们经常跑商的都知道。前段日子，这条线上突然出现了一位红衣大侠，时常替那些因为请不起保镖

而被沙盗抢掠的商队出头。大家都很感激他呢！没想到今天居然被我亲眼见到了！”

众人纷纷说起那位红衣侠的事迹，无不交口称赞。沉默许久的紫离却突然将手举了起来，晃了晃腕上数枚细金镯，道：

“他衣襟上绣的花，是这个吗？”

将离，是芍药的别称。

紫离的手腕上，戴着一串细细的金镯，镯子上缀着许多金铃铛，仔细看去，每一个铃铛都是芍药花的形状。

将离，将别以赠之。

思念、不舍、离别——她的名字中也有一个“离”字，那是她最喜欢的花。

见众人连连点头，紫离头也不回地冲出门去。

沙坡村是附近一座废弃已久的村庄，因为缺少水源，村民纷纷离去，久而久之，日晒风蚀，大半的屋舍都倒塌了。

紫离骑着马一口气疾驰到这里，四下环顾，荒无人烟。她甚至来不及下马，便冲着废墟之中大喊道：“花墨予，你还在吗？”

回声袅袅不绝，惊飞了几只觅食的乌鸦，却并没有人回答她。

她咬了咬牙，飞身下马，看准了废村中仅存的完好的那一处大屋，几个起落跃上屋顶，一把扯开覆脸的面纱，继续大喊道：“花墨予，是我！如果你在这里，就出来见我！

“别躲着不出来！我知道你还在！

“我找了你好久！你出来……跟我回家！

“你有本事躲起来，就没本事出来见我吗！胆小鬼！”

……

整整半个时辰过去了，软的硬的，她把能说的话都说尽了，周围却始终静悄悄的，回应她的只有风暴过后尚且阴沉的天空。

不停歇的大声呼喊让她的喉咙又干又疼，不得不停下来，大口喘气。

稍歇之后，她施展开轻功，起落腾挪，花了一顿饭的工夫，又将整个村庄仔细查看了一遍。可是除了倒塌破败的房子和枯萎的胡杨，连个活物都看到，更不要说人了。

回到原地，马儿依旧静静地甩着长尾，没有任何人经过的痕迹。

她一言不发地上前解开缰绳，抓紧辔头，却迟迟没有上马。

许久，她突然蹲下身，将头埋进膝盖里，大声哭了起来。

重新回到城里，她的两只眼睛已经肿得跟核桃一样，只能拉起斗篷上的兜帽，低低地挡住了脸。

街上十分热闹，吆喝声、交谈声，还夹杂着激烈轻快的胡乐。她下意识地转过头，只见街边一家装饰得五彩斑斓的酒肆中，正有几个胡姬随着音乐翩翩起舞，透过大开的窗户看过去，每张桌边都坐满了人，就连两旁的隔间都满了。

其中有一间尤其惹人注目，几名衣着艳丽的女子正围着一个红衣男子，倒酒夹菜，十分殷勤。

紫离的脚步停了下来，目光灼灼，在那个隔间中流连了片刻，转身大步走进了酒肆中。

她的到来并没有引起别人的注意，此时此刻，客人们的目光都停留在那几个犹如水蛇一般扭动的胡姬身上，不时发出叫好声。

紫离从人群中一步步走过，目光始终盯着隔间中那个红衣男子。他正懒洋洋地半靠在一个红衣女子身上，就着另一个鬈发女子的纤纤玉手喝酒，半眯着的桃花眼中，俱是朦胧醉意。

她眸中渐渐燃起炽焰，将眼眶灼得发烫，脚下也越走越快，很快就走到了那群胡姬面前。

酒肆中负责维持秩序的酒保这才发现她的异样，就要上前阻止。可是手才沾到她的衣角，就被她反手一挥，居然没有站稳，一跤跌坐在地。

酒保喝了一声，正要叫人，却见她边走边解开身上的斗篷，随手一扬，灰扑扑的斗篷下居然是一身鲜丽的茜色纱裙，薄薄的布料裹住曼妙身躯，步履轻盈，短短几步路，已吸引了众人的目光。

她开始随着音乐起舞，舞步飞旋，腰肢柔韧，足尖如踏雪凌波，妍丽中不失矫健，妩媚却不流于俗艳，立刻将身边那几个胡姬比得黯然失色。

“哎呀，这是娜宁姑娘的腾纱舞！”客人中有人认了出来，不由得激动地大喊起来，“自从娜宁踝骨受伤，这舞再没人能跳得这么好了！姑娘好身段！”

短暂的沉默之后，酒肆中立刻爆发出接连不断的喝彩声，众人纷纷围拢，争相一睹她的舞姿。有些长期跑商的客人，在酒肆中和胡姬们调笑胡闹惯了，见紫离肤白貌美，比起那些胡姬更为撩人，便忍不住心痒难耐，纷纷伸手去拉扯触摸。

紫离目光一冷，正要出手，眼前突然一花，有个声音冷冷道：“就凭你们，也配碰她？”

她皱眉抬头，只见眼前扬起一片红影，将她整个人都笼罩了起来。

黄土城墙下，四处都是黄沙尘土，身处其间的两人显得尤为醒目。

紫离脸色不善，道：“行啊，你终于肯露面了？”

她对面的男子穿着黑麂皮靴子、暗红色的斗篷，神情中有宿醉后的疲惫，但眉眼却美好依旧——总像是戏谑微笑的薄唇、顾盼间显得含情脉脉的一双桃花眼。

但此刻，这双眼睛里除了醉意，还有一些看不透的疏离。

他不说话，只是紧抿嘴唇，默默地看着她。

紫离起手恨恨地推了他一把：“说话呀！你不是很会说话的吗，你倒是解释呀！我在这片破地方找了你八个月，人人都跟我说你死了，我不信！是我太蠢了，你是没死，我看你快活得很，根本就不想回去了！”

他的嘴唇动了动，想说什么，最后却只是道：“你说得对，我在这里过

得很快活。你既然找到了我，那就赶紧回去吧。西域风吹日晒，不适合你。”

他的语气平淡，紫离却听得心头火起，抬头怒目而视，他的脸色有些苍白，嘴角有一抹淡淡的胭脂色，也不知道是方才那群姑娘里面的哪一位留下的。

没有任何预兆地，她的眼泪就这样径直落了下来，一时纷纷如雨，沾湿了衣襟。

花墨予愣了愣，似乎有些无措，轻道：“阿离……”

“走就走！你有什么了不起的！”她用力地抹了一把眼泪，妆容都花了也不管，当机立断，转身就跑。

茜色轻纱扬起，一瞬间迷了眼睛。

他胸口起伏，下意识地伸手去拉她，却换来她愤愤回身，一巴掌打了过去。

不料竟一下打了个空。

这一次，她终于发现了不对劲，脚步立刻停了下来。

“小花儿，你……你的右手呢？”

暗红色的斗篷下，右边的袖子空空荡荡，在风里轻轻飘动着。

看着她震惊的脸，他一直悬着的心反而安定了下来。

“如你所见。”他看了看自己右手的位置，语气如常，“没有了。”

紫离早已经将方才的怒气抛诸脑后，伸手握住他右边的衣袖，声音有些颤抖：“怎……怎么会……”

“流沙推倒了城墙，石头砸中了我的胳膊。骨肉都坏死了，只能不要了。”他平静地叙述着，就好像失去的不是一条胳膊，只是什么不重要的东西。

说罢微微笑了笑，这是自他们重逢之后，他第一次笑。

“所以你看，我真的不想回去。这里姑娘们很美，酒也很好喝，我留在这里很好。”他垂下眼睛，有些话说出口来居然比想象的要顺畅，“倾城谷中年轻有为的师兄弟不少，五君子本就是能者居之，你回去告诉掌门师兄……”

话还没说完，就被紫离恶狠狠地打断：“我才不走！你不走，我也不走！你爱做你的红衣大侠，我也可以去做个绝世舞姬。有漂亮小姑娘愿意陪你喝

酒，自然也有男人愿意捧着大把的金子请我跳舞，咱们谁也别管谁！”

“阿离，别任性了！”

“任性？到底是谁任性？”紫离的眼泪又掉下来了，但是语气还是很凶，“倾城谷是你说来就来说走就走的地方吗？你在祖师爷爷面前立下的誓言都喂了狗了？五君子是谁都能当的吗？你以为你是谁啊，别自以为是了，花墨予！”

他向来伶牙俐齿，换作从前，早就有一百句话来堵她这些暴怒之言，可不知道为什么，此时此刻，他却只觉得语拙。

他屈起手指，试图替她擦去不断滑落的眼泪。奇怪，这么明艳泼辣的姑娘，居然也会有那么多眼泪。

“阿离你看，现在的我如果要替你擦眼泪，就没有办法去拥抱你。”他淡淡一笑，语带叹息，“人各有志，何必勉强？”

“我就是要勉强！”她吸了吸鼻子，声音瓮声瓮气的，“你还给我画过好多画儿呢，你忘了？你就不想知道我的回答吗？”

说起那些画，花墨予不禁愣了愣，犹豫半晌，欲言又止，最后却还是摇了摇头：“不必了。现在我已经不能再提笔作画，所以你的回答对我来说也已经不再重要。可以的话，你就忘掉吧。”

“我偏不！”紫离冷笑一声，突然冲上前来，一下子跳到他身上，双手钩住他的脖子，在他唇边用力地咬了一口，顺便两三下将那道胭脂印子舔了干净。

等她重新落回地面，花墨予已经连耳朵都通红了，他不自觉地用手背按住唇畔那道深深的牙印，一双桃花眼中水光盈盈，波光流转，简直算得上风情万种。

紫离轻哼一声，看他平时一副满嘴骚话风流多情的样子，没想到动真格的时候居然会如此害羞。

她盯着他，一字一字道：“右手不能画，那就换左手；两只手不能拥抱我，那就用一只手。但是五君子的花墨予，却没有人可以代替。我的小花儿，

也没人能代替！”

他的声音都软了：“阿离……”

“走！”

她二话不说，牵起他的左手，转身大步朝城门口走去。

“去哪里？”

“回家！”

一个大男人，竟这样被一个纤弱女子拖着拽着一步步往前，毫无反抗之力。

也或许是，根本不想反抗。

大概，他的心里其实一直都在等她来吧？

就算是失去了右手的那些日子，再痛苦再颓丧，活得再艰难，哪怕放弃了自己，也都没有放下过心底深处微薄的希望。

衣襟之上的将离，酒肆之中的舞步，都是他思念一个人的证明。

他的等待微弱而卑微，只有在醉得不省人事的时刻，才敢轻唤她的名字，期待着有朝一日，会有人为他而来。

对他说。

“回家。”

·少年不惧红尘老·

宋连霆的坟墓，立在承影山剑渊之旁，面朝着深谷远山，终年云雾缠绕。

就如他生前所愿，守着剑渊，守住剑宗的百年荣光。

宋雪辰恭恭敬敬地在墓碑前跪下，拜了三拜，将手中的长香插入香炉。

细雨蒙蒙，连绵不绝，距离那一场江湖浩劫，已经过去了五年。当初痛失亲人迷茫无措的孩子，如今已经长成沉稳的少年，形容清雅，目光温柔。

祭拜完毕，他起身回头，身后不远处的女孩子急忙快步走过来，想要将手里的伞撑在他头顶，却因为个子太矮，踮着脚也够不到。

宋雪辰笑了笑，伸手接过女孩手中的伞，将两人一同罩住。

“谢谢你茵茵，还是我来吧。”

女孩子约莫十一二岁的样子，尚且梳着孩童的双丫髻，但眉目之间已有温婉卓然的气质，活脱脱是个小美人。

“雪辰哥哥，你要回去了吗？”

宋雪辰轻轻“嗯”了一声：“宗主接任仪式过后，很多事都要我亲自去做了。华师兄和芳歌师姐的第二个孩子刚刚出生，他也忙得很，不能再事事麻烦他。”

萧茵茵斜睨了他一眼，嘿嘿一笑：“雪辰哥哥好厉害，从今往后，和我娘一样都是一门之主啦！”

宋雪辰赧然道：“我怎么能和师父比？将来还有许多事情要向师父讨教，等我忙完这一阵就去登门拜访。”说到这里，他顿了顿，又问道，“师父的身体最近还好吧？”

“雪心姐姐好得很，吃得下，睡得香。不过爹爹倒是有些神经衰弱，说她好不容易有了身孕，这也不许那也不行，快把雪心姐姐憋坏啦。本来这次你接任北剑宗宗主之位，雪心姐姐应该亲自来的，但因为爹爹坚决不准，所以就换成二叔二婶了。”说罢，朝他眨了眨眼，“至于我呀，我是蹭着二叔二婶来的。好久没见到你了，我还记着你给我抄的《花间游》呢，那话本子后来怎么样了？”

宋雪辰轻轻咳了一声，脸上泛起可疑的红晕，有些不自在道：“那本子……不看也罢……”

……

两人一边聊天一边走下台阶，远远便看到一辆青毡马车停在道边，正是倾城谷的马车。

萧茵茵同他道别："雪辰哥哥，我要走啦！过几天我就要启程去西域了。爹爹和叔叔们说已经找到了我的族人，那些族人麻烦得很，非要让我亲自去一趟……下次再见面恐怕就要等我从西域回来了。到时候，我给你带特产啊！听说西域的宝石特别美，我选一块回来给你绣剑穗！"

"好……我等你。"

少年的回答轻柔婉转，伸手落在她头顶的丫髻上，扶了扶颤颤巍巍的珠花。

他的目光殷殷，目送她走远，进了马车，这才招呼跟随的弟子转身离去。

到底要什么样的剑穗才好呢？太复杂的，怕她绣不来；太简单的，又怕她不上心……

下次见面之前，一定要将自己喜欢的样式选好才行！

萧茵茵揭开马车帘子，这才发现凌天涯和白司秦并不在里面。

但车厢里并不是空无一人，有个穿着玄黑窄袖长衣、神情冷漠的少年正倚在车壁上，就着车厢里微弱的光线，把玩着手中一颗拇指大小透明无色的琉璃珠。

随着角度变换，原本透亮的琉璃珠中幻出无数七彩光芒，煞是好看。萧茵茵愣了愣才道："云缜，你怎么在这儿？"

少年淡淡地睨了她一眼，轻哼一声："没大没小，叫哥哥！"

按辈分来算，云缜确实是她表哥；按年纪来算，也确实比她大三岁，年少无知的时候，她也确实叫过他哥哥。但现在嘛，这个只会欺负她惹她生气的人哪里有一点"兄长"的样子？温柔的雪辰哥哥才担得起她一声"哥哥"。至于他，只配她连名带姓地叫。

萧茵茵没理他，径自去车厢角落的小柜子里找包好的桂花松子糖和腌梅子，一边找一边随口问道："你来这儿干什么？仪式早就结束了，不和云庄主回去吗？”

“我来找你的。”

“咦？”萧茵茵愣了愣，随后就看到了空空如也的小柜子，顿时惊叫了一声，“我的糖呢？我的蜜饯呢？”

“在找这个？”

耳边传来一声嗤笑，只见云缜手掌中托着一张白棉纸，纸上还残留着桂花香气和松子碎屑，但是原本包在里面的糖块和梅子，却已经不翼而飞了。

萧茵茵瞪大眼睛：“纸包里的东西去哪儿了？”

云缜满不在乎地回答：“我吃了。甜得要命，难吃。”

“……”

去他的淑女之仪吧！萧茵茵一脚踹了过去：“你！立刻给我下车！”

少年修韧的身躯微微一闪就避了过去，一扬手，将手中的琉璃珠扔了过来：“喏，这个赔给你。”

萧茵茵一头雾水地接住，打量了一眼。

珠子是真的好看，可是……这家伙的行为也真的叫人迷惑。

“这是什么？为什么要给我？”

“算是……护身符吧。”云缜勾起一边嘴角，神秘兮兮地说，“这可是价值连城的宝贝，一颗换你一屋子糖都够了。你好好收着，弄丢了的话，小心我把你所有的零嘴儿都拿去喂鱼。”

“我才不稀罕！”

“走了。”不等她拒绝，他就半弯下腰蹿出了车门，萧茵茵的第二脚又没踹中。

帘外远远传来一句：“去西域的路可不好走，你自己路上长点心。”

云缜沿着山道走了好远，耳边似乎还能听到萧茵茵气呼呼地大叫。

想象着小姑娘气得跳脚的样子，他就觉得十分开心。他知道她的，再怎么看不惯，也不会把气撒在那颗上古流传下来的辟邪琉璃珠身上，只要她能

乖乖把珠子随身携带，那就行了。

他的占星之术学得还不够好，只能算出她此行会有大事发生，或将改变今后命数。但这改变，究竟是凶是吉，却无论如何卜算不出。

他向师父云深请教，云深却说，天机不可泄漏，万事万物都有定数，让他随缘。

在明镜山庄待了这么多年，他也不是不懂“随缘”的道理，只是……随便戴个护身符在身边，总没有错吧？

对了，下次再见面，一定要告诉她不能再吃那么多糖了，甜得牙齿都掉光，那可真的是太丑了！

（完）